난 날 믿어

난 날 믿어

발행일	2018년 10월 22일

지은이	정 형 기		
펴낸이	손 형 국		
펴낸곳	(주)북랩		
편집인	선일영	편집	오경진, 권혁신, 최예은, 최승헌, 김경무
디자인	이현수, 김민하, 한수희, 김윤주, 허지혜	제작	박기성, 황동현, 구성우, 정성배
마케팅	김회란, 박진관, 조하라		
출판등록	2004. 12. 1(제2012-000051호)		
주소	서울시 금천구 가산디지털 1로 168, 우림라이온스밸리 B동 B113, 114호		
홈페이지	www.book.co.kr		
전화번호	(02)2026-5777	팩스	(02)2026-5747

ISBN   979-11-6299-317-0 03810 (종이책)   979-11-6299-318-7 05810 (전자책)

이 도서의 국립중앙도서관 출판예정도서목록(CIP)은 서지정보유통지원시스템 홈페이지(http://seoji.nl.go.kr)와
국가자료공동목록시스템(http://www.nl.go.kr/kolisnet)에서 이용하실 수 있습니다.
(CIP제어번호 : CIP2018033092)

(주)북랩 성공출판의 파트너

북랩 홈페이지와 패밀리 사이트에서 다양한 출판 솔루션을 만나 보세요!

홈페이지 book.co.kr • **블로그** blog.naver.com/essaybook • **원고모집** book@book.co.kr

난 날 믿어

정형기

대한민국 최초의 인생성형가 정형기가 말하는 성공인생의 비결

북랩 book Lab

나는 어떤 드라마 주인공보다 극적인 출생의 비밀을 타고났다. 어머니는 어릴 적에 북한에 사는 동안 아버지를 여의었다. 해방 직후에 이북의 미래를 불안하게 내다본 할아버지 손에 이끌려 사선을 넘어 인천에 닿았다고 한다. 월남할 당시에 일곱 살이었는데 두 동생과 함께 배를 타려고 하자 애들이 울면 감시병에게 발각되어 모두 죽는다고 하며 선장이 막았다고 한다. 할아버지가 선장에게 간곡하게 사정하여 피난선에 올랐다는 것이다.

어머니는 그때 일이 지금도 눈에 선하다고 말한다. 금강산에 가서는 북한에 묻은 아버지가 생각나서 안내원에게 진남포가 어디냐고 물어 그쪽을 보며 아버지의 명복을 빌었다고 한다.

얼굴도 모르는 외증조부 덕분에 나는 북한이 아니라 남한에서 태어났다. 그 이름도 얼마 전에야 알았다. 그 슬기를 이어받은 어머니 아래서 자란지라 나는 나를 믿는다. 내 인생에 감사하며 역사의 주역이 되려 한다. 위대한 탄생설화를 안고 나온 내가 어찌 엑스트라처럼 살겠는가.

현실은 비정하여 한국전쟁이 일어났고, 어머니는 익산을 떠나 외중조부 고향으로 피난을 갔는데 거기에서 가난한 남편을 만났다. 외중조부가 재산을 정리하고 고향을 떠난 터라 어머니와 형편이 비슷한 배우자를 만났다. 아버지도 할아버지를 따라 밥이나 먹고 살려고 찾아든 그곳에서 어머니와 소박한 살림을 차렸다. 둘 다 초등학교도 못 나왔으며, 상속 재산은 가난이 전부였다. 전라북도 진안에서 그런 부모 사이에서 나는 58년 개띠 해에 6남매의 장남으로 출생했다.

영웅의 일생을 향유해도 모자랄 판에 환갑이 되도록 내 배경을 생각하며 열등감에 싸여 살았다. 부모의 형편을 고려하면 외국유학을 능가하는데도 지방대를 나왔다고 주눅이 들었다. 초등학교 동창 중에는 초등학교 졸업이 학력의 전부인 경우도 많다. 나는 지방대를 나왔다고 고민했는데 그들은 중학교 간판도 없이 얼마나 고생하며 살았을까. 그 친구들과 같은 약자를 도우려고 이 책을 쓴다.

가난했지만 근면하고 검소한 데다 자식농사를 중시한 부모 은택으로 나는 박사학위까지 취득했다. 전라북도 진안읍에서 초중고를 다녔는데 동창생 중에서 학벌은 상위 1%에 든다. 성취감을 가질 만한 내가 평생 패배감을 안고 살았다. 언제나 위를 바라보며 지냈기 때문이다.

내 나이 예순에 이르러 능력은 타고나지 않으며, 세평에 문제가 많다는 사실을 알았다. 박근혜는 대구에서 박정희의 딸로 태어났으며, 서강대를 나와 대통령이 되었다. 연줄이 좋아 대성했으나 능력이 모자라 임기도 못 채우고 쫓겨났다. 감옥에서 파란만장(波瀾萬丈)한 인생을 돌아보며 무슨 생각을 할까.

나는 시행착오를 거치며 지혜와 통찰을 얻었다. 새로운 마당에 나갈 때마다 다른 사람을 뛰어넘으려 애썼으나 삶이 마음대로 풀리지는 않았다. 대학에서 함께 공부한 사람 가운데 몇은 교수와 교장이 되었다. 나는 교사를 그만두고 교수가 되려고 하다 여의치 않아 학원을 차렸다. 쉰 살에 학원을 접고 인생성형가를 자처한 뒤로 읽고 쓰며 지낸다. 인생행로에서 부침을 겪으며 배운 바를 사람들과 함께 나누려는 뜻이다.

이 책에서 나는 강자를 비판하고 약자는 옹호한다. 기득권은 분리와 차별을 내세워 나를 다스렸다. 그들은 나를 나라고도 못 부르게 하였다. 나는 그 의도를 받들어 나를 낮추고 살았다. 위계의식에 쩌들어 남의 눈치를 보며 지냈다. 그게 잘못이라는 사실을 깨닫고 나 같은 약자를 도우려 한다.

기득권의 음모를 알뿐더러 나를 사랑하므로 내 안에 도사린 열등감을 자신감으로 승화한다. 나는 생각보다 괜찮은 사람이다. 내 민낯을 모른 채 남을 부러워했을 뿐이다. 나는 우주에 하나뿐이요, 재능이 남다르다. 나를 갈고닦으면 내 몸값이 오른다. 앞으로 남의 연기를 보기보다 내 삶을 누리며 살고 싶다. 당신은 나보다 잘났으니 자신을 믿고 살기 바란다.

나는 작가지만 수시로 육체노동을 한다. 울타리는 되도록 걷어내고 자유롭게 산다. 나는 외중조부의 결단은 탁월했으며, 부모의 희생이 최선이었다는 사실을 증명하려 한다. 아내가 나를 믿고 11년이나 물심양면으로 밀어준 사실을 엄중하게 인식한다. 이런 마당에 나를 저버리고 누구를 믿겠는가.

자고로 기득권자가 스스로 권력을 내려놓은 사례는 없다. 나는 기득권자가 주입한 가치관을 부정하고 내 철학을 가슴에 장착한다. 그들의 명령을 거역하고 내 삶을 가꾼다. 힘을 길러 약자에게 자신감을 불어넣고 싶다.

나는 어려운 가운데서 자신감을 키웠다. 그 자신감을 바탕으로 나와 남을 도우려 한다. 산전수전을 겪으면서 얻은 지식과 경험을 선용하려는 뜻이다.

이 책은 그런 의도에서 집필한 자신감 충전기다. 나는 이 책을 쓰면서 자신감을 충만하게 채웠다. 자신감이 방전되어 고전한다면 이 책을 읽고 자신감을 무한 리필하기 바란다.

우리는 자궁, 곧 자녀의 궁궐에서 태어났다. 위대한 왕손인데 세파에 부대끼며 그 원형을 상실했다. 세상을 모를 때는 내가 세상에서 최고인 줄 알았다. 사회에 나가 보니 나는 결핍 덩어리였다. 세상은 나에게 유교적 가치를 따르라고 강요하며 나를 집단과 계급에 맞도록 길들이려 했다. 그 지시에 반기를 들고 내 삶을 밀고 나아간다. 힘들어도 가슴이 뛰는 일이니 기꺼이 걸어간다.

오늘이 자신감을 충전하기 가장 좋은 날이다. 위기에서 자신을 신뢰하면 그 열매가 돋보인다. 기득권이 왜곡한 정체성을 교정하는 만큼 자라니 아주 멋진 일이다.

지금 여기에서 시작하여 꾸준히 자신감을 채우면 머잖아 성공한다. 자신을 신뢰하고 한 걸음씩 나아갈 때 삶이 멋지게 바뀐다. 목표를 담대하게 실행하는 사람이 새 길을 연다. 환상이나 신비에 빠지면 실패한다. 스스로 믿는 대로 나아갈 때 뜻을 이룬다.

　나는 수억 대 일의 정자 경쟁을 뚫고 세상에 태어났다. 자궁, 바로 자녀 궁전에서 나온 임금인데 자리싸움에서 밀려 서민이 되었다. 왕위를 되찾는 일이 내 사명이며, 그것은 나를 믿고 내가 수행해야 한다. 내 왕좌를 누가 찾아주겠는가.

　나와 남을 돕는 일에 복무하며 삶을 마무리하고 싶다. 한 사람이라도 바람직한 곳으로 이끌면 여한이 없겠다. 나를 믿고 한 걸음씩 가는 데까지 내 길을 내려 한다. 일모도원(日暮途遠), 곧 해는 지고 길은 멀다. 그래도 뚜벅뚜벅 한 걸음씩 나아간다.

　나를 믿는 사람이 많은 데다 북랩에서 책을 냈으니 내 꿈을 이루리라 믿는다.

2018년 가을
정형기

차례

2장__내가 나를 못 믿는데 누가 나를 믿겠는가

3장__믿는 만큼 이룬다

4장 ___ 나를 믿고 나아간다

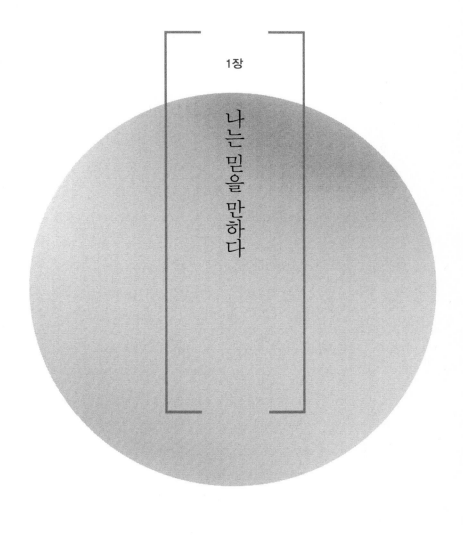

1장

나는 믿을 만하다

우주에 하나뿐이다

내가 사람들에게 글을 쓴다고 말하면 대부분 나를 베스트셀러 작가에 비교한다. 무명일뿐더러 글로 뜨기 힘든지라 그 말을 들으면 자신감이 떨어진다. 좋은 책을 못 냈기에 입을 다문다. 구차하게 변명하지 않고 성과를 보여주겠다고 다짐한다.

남 말이야 스치면 그만이지만 아들이 힘들게 친구에게 아빠가 책을 썼다고 얘기했는데 그 친구가 서점에 내 책이 보이지 않는다고 하여 창피했다고 하면 나는 아들보다 더 부끄럽다. 자식 같은 내 책이 출판시장에서 천대를 받는 일도 서러운데 아들마저 내 저서 때문에 체면을 구겼다니 참담하다. 집안을 빛내기는커녕 가문의 수치라는 기분이 들어 씁쓸하다.

누가 뭐래도 나는 우주에 하나뿐인 나를 믿고 날마다 재능을 갈고닦는다. 11년째 저술에 몰두해도 빛을 내지 못하니 가족도 반신반의한다. 그럴수록 지상에 유일한 나를 미덥게 여기고 나아간다.

이 책은 자신감 충전기다. 이 책을 쓰면서 방전되기 직전인 내 자신감을 많이 채웠다. 당신도 이 책을 읽고 자신감을 무한 리필하여 세계적인 보물로 탄생하기 원한다.

남들은 내가 돈을 벌려고 글을 쓰는 줄 안다. 내 꿈을 모르는 데다 직업에서 경제적 의미가 중요하니 그렇게 생각한다.

나는 돈보다 뜻을 보고 저술한다. 내 재능을 바람직하게 쓰려고 글을 쓴다. 먹고살 만큼 번 뒤에 하고 싶은 일을 하는 게 아니라 열망을 실현하고 싶어서 배고파도 글을 쓴다. 글로 밥벌이를 하면 물론 금상첨화다.

나는 우주의 보배다. 천하를 준다고 해도 나와 안 바꾼다. 몸값을 올리려고 주야로 읽고 쓴다. 잘나가는 작가를 보면 힘이 빠진다. 내 현실은 잊고 그에게 뒤진다는 사실에 실망한다. 20대가 첫 책으로 떴다는 사실을 알고 나면 나에게 실망한다. 길을 잘못 들어섰는지 고민도 한다.

백세희는 자신 있게 『죽고 싶지만 떡볶이는 먹고 싶어』에 자기 치부를 드러내 이름을 떨쳤다. 여자라면 자신을 미화하고 과장하는 속성이 있는데 그는 우울증을 앓는다고 세상에 공개했다. 그 결과 그보다 훨씬 비참하게 사는 여자를 제치고 승리했다.

유일성은 인간의 보편적 속성이므로 같은 조건에서 다른 사람보다 뛰어나야 뜬다. 과감하게 자신을 개방하여 유명작가 반열에 오른 그를 보며 내가 뛰어오를 길을 찾는다. 자녀 또래와 견주며 나를 가다듬는다.

남이 비교하지 않아도 항상 알맞은 대상을 골라 나와 견준다. 6남매는 물론 자식과도 겨룬다. 유명한 작가로서 나와 조건이 비슷한 사람을 바라보며 작품 수준을 올리려 한다. 끊임없이 내 재능을 연마하여 세상에 하나뿐인 보물을 빛내려 한다. 현실에 일회일

비하지 않고 나를 믿고 재능을 기른다.

천하에 유일한 보물, 화씨지벽(和氏之璧)은 조나라 혜문왕이 신하 목현에게 빼앗은 옥이다. 진나라 소양왕이 그 구슬의 소문을 듣고 혜문왕에게 15개의 성과 바꾸자고 요구했다. 진나라가 조나라보다 강대한지라 내놓으라는 협박이었다. 얼마나 빼어났기에 소양왕이 성읍 15개와 교환하자고 했을까.

화씨지벽은 지상에 하나뿐인 보물이다. 빼어난 재료를 훌륭한 장인이 갈고닦아 명품을 만들었다. 예술성이 뛰어나다는 평판이 천하에 퍼져 최고가 되었다. 황제도 손에 넣지 못했다는 설화와 함께 그 이름이 우리 입에도 오르내린다.

무명인도 재능을 연마한 뒤에 사람들의 관심을 끌면 보물이 된다. 누구나 하나뿐이요, 재능을 타고났으니 스스로 가다듬으면 거인이 된다. 노력하는 만큼 자라니 해볼 만하다.

다만 무명기에는 배가 고프고 자신감도 떨어진다. 그 시절이 언제 끝날지도 모르니 불안하다. 아무도 알아주지 않는 그때야말로 자신감이 더욱 필요하다. 고난을 딛고 자신감을 충전하며 재능을 연마할 때 뜻을 이룬다.

우주에 하나뿐이라고 하여 누구나 탁월하지는 않다. 하나라고 하여 최고는 아니다. 같은 조건에서 남보다 잘해야 성공한다. 조건이 불리하면 브랜딩과 스토리텔링에 유능해야 부상한다. 사람이 유명하면 그 책도 동반상승한다. 그래서 나도 이름을 띄우려고 온갖 수단을 동원한다. 여전히 무명이지만 덕분에 조금씩 이름이 알려진다.

　나는 유명 작가보다 열등하지 않다. 세상에 많이 알려진 작가보다 아는 사람이 적을 뿐이다. 세상에 널리 퍼졌다고 하여 훌륭한 작가가 아니다. SNS 유명세를 이용해 책을 많이 팔 수 있으나 그렇다고 작품 수준이 높지는 않다. 가령, 김동석은 나보다 유명하다. 그는 인터넷 공간에서 이름을 떨친 뒤에 책을 내서 떴다. 그는 나와 다를 뿐 나보다 낫다고 보기 힘들다. 출판시장이 복잡하여 괜찮은 작가도 무명할 수 있다. 나도 여러모로 나를 알리려고 힘쓰지만 그보다는 독자의 기대에 부응하는 좋은 글을 쓰려고 더 노력한다.
　농부가 열매로 말하듯 작가는 작품으로 말한다. 내 책은 시장에서 다른 책과 경쟁한다. 출판시장에서 독자의 선택을 기다린다. 나는 내 책을 보배로 여긴다. 남들도 내 책을 귀하게 생각하도록 하려고 최선을 다한다.
　나는 남을 부러워하지 않고 나답게 살지 못하는 것을 부끄러워한다. 내 빛깔과 모양에 맞는 일을 한다. 강자를 누르고 약자를 부추겨 평등사회를 만드는 일이 내 꿈이다.

　메마른 환경에서 자란 사람은 생존하는 동안 변종이 된다. 그 변종이 진화를 거듭하여 위인으로 탄생한다. 나는 가난한 부모 아래서 태어나 나름대로 살아남으려고 애쓴다. 여러 차례 인생을 전환하며 내 삶을 빛내려고 힘썼다.
　나를 보물로 대접하여 남들도 나를 존중하게 한다. 있는 그대로를 우주의 보배로 인정한다. 타인도 나를 귀중하게 여기도록 재능을 연마한다.

모나리자처럼 나도 세상에 하나뿐이다. 모나리자는 나폴레옹의 침실에 걸려 있었고, 도난 사건에 휘말려 세계적으로 떴다. 나는 유일성에 작품성을 가미하고, 거기에 이야기를 덧붙여 뜨고 싶다.

모나리자와 화씨지벽은 미화와 과장으로 포장한 데다 우리가 외국을 선망하여 유명해졌다. 정작 그보다 잘난 자신은 그보다 낮게 보았다. 내가 어떤 예술 작품보다 빼어난데 일개 물건처럼 싸게 굴었다.

현실을 직시하고 자신을 연마할 때 명품이 된다. 졸작이든 명작이든 하나뿐이요, 내 모두이니 값을 못 매긴다. 타고난 재질을 인정하고 최선의 작품을 만들면 그만이다. 모나리자와 화씨지벽을 찬양할수록 그 가격만 올릴 뿐 나는 초라해진다. 내 몸값은 무엇보다 비싸다. 아무도 찾지 않아도 천하에 유일한 보물이니 부르는 게 값이다.

고수는 개천에 살아도 주눅이 들지 않는다. 미꾸라지든 피라미든 있는 그대로 존중한다. 내가 보물인 줄 알기 때문이다. 언제 어디에 살든, 용이 되든 말든 나는 절세의 보물이다. 우주의 유일한 보배다.

오늘 나를 다듬으면 내일은 명품이 된다. 누구도 거들떠보지 않아도 나를 갈고닦으면 임자를 만난다. 아직 인연이 나타나지 않아 존재가 드러나지 않았을 뿐이다. 재능을 부단히 연마하면 때와 운을 만나 보물이 된다. 인연을 얻는 날까지 몸과 맘을 가꿀 일이다. 유일한 자신을 보물로 만들 때 타인도 조용히 지켜본다. 비록 늙은이라도 무시하지 못한다.

역사의 주인공이다

"여편네가 못하는 말이 없어, 웅?"

"나는 말리는 딸이 더 밉데."

"애미는 그게 또 뭐여."

"며느리 말에 기가 맥혀."

"시상이 말쎄여, 말쎄!"

시골에서 할머니들과 일하다 보면 흔히 듣는 이야기다. 드라마를 안 보지만 그들이 왜 화를 내는지 짐작이 간다. 칠순이 넘도록 주인공으로 살아본 적이 없는 그들이 극 중 인물에게 분노한다. 막장 드라마가 역사의 주인공을 휘어잡는다. 현장에서 사는 터라 그들은 바로 일상으로 돌아온다.

"누구네 며느리는 돈 줘야 잠자리를 헌디야."

"그 나라는 그런 게비네."

"그게, 창녀지 마누라여!"

"…"

동침할 때마다 돈을 요구한다는 외국인 며느리를 두고 하는 말이다. 그렇다고 그를 창녀라 하니 분위기가 썰렁해진다. 어색한 침묵을 신세타령이 깬다. "내 아들은 외국 여자는 싫대야." 하며 마흔을 넘긴 아들을 변호한다. 그들은 자기 현실을 이야기한다. 환경과 시각에 따라 현실을 다르게 보면서 제 열망을 드러낸다.

늙은이와 달리 젊은이는 영화 같은 인생을 기대한다. 환상과 현실을 구분하지 못해서다. 그들은 영상에서 잘못된 가치관을 수용하여 살다가 청춘을 낭비한다. 드라마 주인공 흉내를 내느라고 현실을 외면하다 낭패를 당한다.

한국은 드라마공화국이다. 한국에서 드라마를 미국의 두 배 이상 제작한다. 인구와 언어의 영향력을 고려하면 우리가 미국보다 드라마를 수십 배나 많이 만든다. 그나마 미국은 성취와 해법을 주제로 삼는 데 견주어 우리는 재미와 환상을 추구한다. 병원 드라마의 경우, 미국 의사는 수술을 하고, 한국 의사는 연애를 한다.

올해 초에 동생 하나가 수술을 했다. 의사가 다섯 시간 정도 수술한다고 했는데 두 배 이상이 걸려도 수술이 끝나지 않았다. 제수씨는 불길한 생각이 들어 애가 탔는지 "드라마와 다르네요!" 하고 외쳤다. 드라마에선 수술이 몇 분이면 끝나지만, 현실에서는 종일 수술하기도 한다. 때문에 의사들은 의학 드라마를 안 본다. 수술할 때는 스마트폰도 꺼놓는다.

한 기관에서 대학생들에게 '가장 닮고 싶은 사람이 누구인가?'라는 설문을 조사했더니 1-5위를 대기업 2세가 차지했다고 한다. 재벌 2세가 드라마에 많이 등장하는 데다 돈이 최고요, 상속이 열망이다 보니 그런 현상이 생긴다. 그들은 '내 꿈은 재벌 2세인데 부모들은 재벌이 되려고 노력하지 않는다'고 한다. 조물주 위에 건물주라고 하는

데 드라마를 비롯한 영상에서 환상을 심으니 헛된 꿈을 꾼다.

한국인은 영화에 빠져 산다. 그나마 남이 보는 옛날 광경을 본다. 2017년 8월 현재, 천만 관객을 넘긴 영화는 15편이다. 그 가운데 9편이 사극이다. 사극의 다수가 〈명량〉이나 〈국제시장〉처럼 유교적 가치에 입각하여 지도자를 옹호한다. 치욕을 감추고 영광은 내세우며, 과거를 예찬하고 미래는 외면한다. 역사는 현재의 거울이요, 미래의 지표라는 사실과 거리가 멀다.

로베스 피에르의 말마따나 역사는 허구다. 승자는 사실을 왜곡하는데 우리 역사는 그나마 궁중을 중심으로 돌아간다. 그것을 즐기면 기득권의 노예가 되기 쉽다.

한국에서 천만 관객을 넘긴 미국 영화는 〈아바타〉와 〈인터스텔라〉처럼 미래를 말한다. 올해 들어온 〈어벤져스〉도 지구 수호 전쟁이라는 거대 담론을 주제로 삼았다. 앞날을 보고 야망을 품는 사회적 분위기에서 사는 아이들이 미래를 개척한다. 마이크로소프트, 애플, 구글, 페이스북, 인텔 등이 미국에서 나왔다. 반면, 올해 1,000만 관객을 훌쩍 넘긴 한국영화 〈신과함께〉는 불교 세계관에서 개인의 과거를 조명했다. 이런 풍토이다 보니 삼성전자도 미국과 일본의 전자산업을 모방하여 일류가 되었을 뿐이다.

어제를 말하는 사람은 10대라도 노인이다. 전직을 팔아먹고 사는 사람을 멀리하고 미래를 보아야 창의적으로 산다. 공무원이 꿈인 나라에는 비전이 없다. 공무원은 전례가 없으면 일을 못 하기 때문이다. 역사의 주인공은 기득권에 대항하여 이 땅을 좋은 쪽으로 이끈다. 다수가 공직으로 나아갈 때 다른 길로 가서 한국의 위상을 끌어올린다.

내가 역사의 주인공이다. 나를 통치할 수 있는 사람은 나뿐이다. 내가 하는 일을 기록하면 역사가 된다. 내 역사는 내 사관에 따라 내가 쓴다. 역사의 무대는 청와대가 아니라 내 울타리다. 오늘도 나는 서재에서 약자에게 힘을 주는 역사를 쓰며 내일을 꿈꾼다.

대통령은 내 머슴이다. 일꾼을 잘못 뽑으면 내가 그 노예가 된다. 머슴을 잘못 두니 세금을 내면서 머슴의 탄압을 받는다. 이런 현실에 분노하는 일이 드라마 시청보다 중요하다. 대통령을 제대로 부릴 때 내가 사는 까닭이다.

주인공이 미련하면 머슴인 대통령의 술책에 놀아난다. 역대 대통령은 우민정책(愚民政策), 곧 백성을 우매하게 하는 전략을 편다. 그들은 그 일환으로 우리를 드라마에 빠뜨렸다. 그에 따라 신문도 제대로 안 보니 현실을 모른다. 자신이 주인이란 사실도 잊고 머슴의 음모에 말려들었다. 위정자들이 자기 부정을 가리려는 놀음에 놀아나는 만큼 머슴에게 휘둘린다.

거인은 재능을 특별하게 사용했는데 이윤환이 그랬다. 그는 지방 출신으로 지방대학을 나온 물리치료사다. 그는 요양병원을 두 곳 운영한다. 병원에서 능력만큼 임금을 받다가 병원을 인수했다. 병원 대표가 되고 싶었기에 직원으로 근무하면서도 사장처럼 일했다. 직원 시절부터 병원을 총체적으로 보는 힘을 기른 터라 지금까지 병원을 성공적으로 경영한다.

그 요양병원에서는 존엄 케어를 실행한다. 바로 4무2탈인데 냄 새, 욕창, 낙상, 와상은 없애고, 기저귀와 신체억제대를 벗긴다는 말이다. 차별화 전략을 잘 펴니 서울에서도 퇴원환자를 소개해준다. 서울에 있는 대형병원이 그와 연대하여 상생을 꾀하는 것이다.

학교에 다닐 때도 그는 물리치료사와 아울러 전기기사 자격증도 취득했다. 대학원에 다니면서도 국내는 물론 외국에 가서 물리치료술을 배웠다. 교수가 되려고 하다가 주인공이 되기로 다짐했다. 그 결심에 따라 요양병원의 대표가 되었다.

이윤환은 2015년 대한민국 신지식인에 선정되었다. 독서경영과 공감경영에 힘쓴 덕분이다. 그는 여가에도 영상이 아니라 독서를 즐긴다. 아버지가 다른 사람을 따라 농사를 짓다가 손해 보는 것을 보면서 남이 가지 않는 길로 가겠다고 다짐했다. 아버지의 성실성을 본받은 덕분에 신뢰를 바탕으로 병원을 성공적으로 운영한다.

직장에 다닐 때도 그는 월급의 80% 안팎을 저축했다. 병원을 경영하는 지금도 병원에서 생활비만 받는다. 투명하게 경영하니 병원이 날로 번성한다.

이윤환은 물리치료사지만 주인공으로 살려는 의식이 강렬하여 병원 대표가 되었다. 의사보다 공부는 못했으나 병원 경영에서는 많은 의사를 능가했다. 물리치료사 가운데서는 군계일학이 되었다. 주체의식을 실행으로 뒷받침한 덕분이다.

나는 역사의 주인공으로 새로운 마당을 만든다. 내 사명을 수행하려고 영상을 멀리하고 공부를 가까이한다. 새 길에서 주인공이 되어 역사를 새로 쓰려 한다. 이 책도 그 일환이다.

1인 국가의 수장으로서 나는 나를 다스린다. 내 역사를 기록할 권리를 쥐고 내 삶을 써내려간다. 내 인생의 주인공이 나인 까닭이다. 대통령에게 기대지 않고 내 나라 왕으로 내 역사를 스스로 쓴다. 이 일을 역사적 사명이자 책임으로 알고 꾸준히 수행한다.

자궁로또를 타고났다

세계 최고의 투자가 워런 버핏은 미국에 태어나면서 로또에 당첨되었다고 했다. 그는 미국을 부모나 학벌보다 중시했다. 만약 그가 아메리카가 아니라 아프리카에서 태어났다면 지금처럼 성공하지 못했을 터이다.

한국 엄마들도 환경을 중시하여 미국까지 원정하여 자녀를 낳는다. 나라 못지않게 사람이 중요해서일까. 미국에서 한국 엄마가 낳은 자녀 중에서 국제적인 거인은 나오지 않았다.

나는 미국은커녕 한국의 전라북도, 거기서도 오지인 진안에서 출생했다. 미국에 가보지도 못했으나 남한에서 가난한 자궁로또에 당첨된 일마저 황송하게 생각한다. 흙수저를 들고 나와 쌀밥을 먹고 사니 이 또한 행운이다. 흙으로 돌아가야 하는지라 우주 순환에 딱 맞는 인생이다.

이래 봬도 어떤 드라마 주인공보다 극적인 출생의 비밀을 타고났다. 어머니는 북한에서 사는 동안 아버지를 여의었다. 광복 직후 할아버지 손에 이끌려 사선을 넘어 인천에 닿았다고 한다. 북한에서 넘어올 당시 일곱 살이었는데 동생 둘과 함께 배를 타려고 하자 선장이 애들이 울면 모두 죽는다고 하며 막았다고 한다. 외증조부가 선장에게 간절하게 부탁하여 피난선에 올랐다고 한다.

그때 모습이 지금도 눈에 선하다고 한다. 북한에 묻고 떠나온 아버지가 생각나서 금강산에 갔을 때 북한 안내원에게 진남포가 어디냐고 물어 그곳을 바라보며 아버지의 명목을 빌었다고 한다.

나는 외증조부의 얼굴도 모르고 이름도 얼마 전에 알았지만, 그 덕분에 북한이 아니라 남한에서 태어났다. 기적의 자궁로또를 타고나온 터라 누가 뭐래도 나를 믿는다. 익산에 살던 어머니는 한국전쟁을 맞아 외증조부의 고향 전라북도 진안으로 피난을 가서 할아버지를 따라 입에 풀칠이라도 하려고 이사한 아버지를 만났다. 둘 다 초등학교도 못 나왔으며, 재산은 가난이 전부였다. 그 사이에서 나는 58년 개띠 해에 6남매의 장남으로 태어났다. 어찌 이런 탄생설화의 주인공이 그럭저럭 살다 가겠는가.

토인비는 『역사의 연구』에서 문명은 열악한 환경에서 발생했다고 주장했다. 재레드 다이아몬드는 『총·균·쇠』에서 문명은 인간보다 자연의 영향을 많이 받는다고 피력했다. 상이한 주장 같으나 환경이 인간과 밀접하다는 관점에서 상통한다. 토인비가 다이아몬드보다 도전정신을 높이 샀을 뿐이다. 『노동, 성, 전쟁』에서 윌리 톰슨은 문명이 유사하다고 보았으며 인간이 세계를 목적에 맞게 바꾼다고 하였다. 인간은 사회적 동물이지만 사회를 혁신하기도 한다는 말이다.

나는 토인비와 톰슨의 말에 공감하여 인간을 개선하려고 나섰다. 내가 쌓은 역량만큼 나와 남을 바꾸려 한다. 한미한 환경에서 자랐으니 나와 같은 약자를 돕는다. 강자를 견제하여 세상의 한 모퉁이라도 약자가 살기 좋게 만들려고 노력한다.

한때는 나도 부모를 원망했다. 대학에 다니면서 부모가 미관말직인 동기만 보아도 주눅이 들었다. 부모가 보여준 관존민비 태도를 물려받은 연고다. 지금은 대통령의 자녀가 아니라 대통령 앞에서도 위축되지 않는다.

부모를 잘 만나는 일은 만복의 근원이다. 다만 부모는 내가 고르지 못한다. 못난 부모라고 비난하면 같이 망한다. 이 땅에 나를 데려다준 일만 해도 감격할 만하다. 어려움 속에서 나를 대학까지 보낸 부모를 나는 세상에서 가장 존경한다.

나는 마이산이 우뚝 솟은 내 고향 진안을 어느 곳보다 사랑한다. 초등학교에서 고등학교까지 고향에서 다녔다. 전북대학교에 들어간 이래 전주에 거주한다. 혈연과 학연이 적은 데다 지역감정과 지방감정에 시달리는 전라도에서 평생 사는 셈이다. 지구촌 시대에도 분리와 차별을 고집하는 사람과 부대끼며 살았다. 내가 선택하지 않은 조건 때문에 감정노동을 해온 터라 자녀들은 서울에 있는 대학으로 보냈다. 그들이 집을 떠날 때는 기분이 참 야릇했다.

거인은 구석에서 어려운 때에 나온다. 다산 정약용은 전남 강진에서 18년 동안 유배생활을 하면서 대학자가 되었다. 그는 유배지를 학문의 전당으로 만들었으나 그도 자녀에게는 서울을 떠나지 말라고 당부했다. 부모로서 자녀가 좋은 환경에서 자라기 바랐던 것이다.

거물은 결핍을 동력으로 삼아 위업을 이룬다. 정약용의 아버지 정재원은 경상도 관찰사를 지냈다. 그 어머니는 '자화상'으로 유명한 공재 윤두서의 손녀다. 명문가에서 태어난 정약용은 집에서 아버지와 더불어 학문의 기초를 다진 뒤에 유배지에서 혼자 공부하여 한국 최고의 학자가 되었다.

동서고금을 살펴보면 개천에서 태어나 거인으로 등극한 사례가 많다. 명문거족 출신도 궁벽한 상황에서 위인으로 거듭난 경우가 흔하다. 환경은 사람이 어떻게 쓰느냐에 달려 있으며, 유전적 요소도 부모와 함께 노력하면 후천적으로 바꿀 수 있다. 여러 연구자들이 그것을 입증하였다.

나는 수억 대 일의 정자전쟁에서 승리했다. 내 부모는 평균 학력이 초등학교 3학년인데 나는 박사학위까지 받았다. 6남매의 장남으로서 부모의 혜택을 많이 받은 터이다. 생각할수록 내 삶은 기적의 연속이요, 은총의 여정이다.

내가 집필에 전념하는 사이에 어머니는 손자들에게 용돈을 보내곤 하였다. 고맙고 미안하여 그러지 말라고 하면 어머니는 '사람에게 투자하는 게 최고'라고 하였다. 아픈 몸을 이끌고 일해서 모은 돈을 손자에게 주며 교육철학을 드러냈다. 마음이 부유한 부모를 만난 덕분에 나는 인생을 멋지게 향유한다.

내 아내 또한 탁월한 난소 복권이다. 대학생을 둘이나 둔 가장이 저술에 몰입할 때 살림을 도맡았다. 아내는 내가 골랐으며 처자부양은 남편의 몫인데 아내가 내 역할을 대신했다. 십 년 넘게 그 일을 수행했으니 황공할 뿐이다. 좋은 아내를 만나 하고 싶은 일을 하는지라 빨리 성공하여 그 수고에 보답하고 싶다.

남편이 실직하면 아내는 남편을 핍박하거나 격려한다. 상생하려면 남편이 힘들수록 아내가 남편에게 용기를 주어야 하지만 현실에서는 상극 전략을 써서 남편을 압박하는 경우가 흔하다.

아내가 나에게 돈을 벌어오라고 말한 적도 있으나 내가 열심히 노력하는 모습을 보고 지원해주며 기다렸다. 때문에 지속적으로 내 세계를 구축하여 일가를 이루었다. 단기성과에 매달리지 않고 내 우물을 꾸준히 팠다. 어머니에 이어 아내에게 로또 대박을 받았으니 나야말로 행운아다.

내 사명은 로또 당첨금을 늘리는 일이다. 내 재능을 살려 그 일에 성공하려고 주야로 애쓴다. 자녀의 궁궐, 곧 자궁에서 나온 왕답게 살려고 노력한다. 내가 지은 궁전에서 여러분과 더불어 태평성대를 누리고 싶다. 이는 로또와 달리 성패가 나에게 달려 있으니 나를 믿고 날마다 힘을 기른다.

진(秦)나라의 농민 진승은 왕후장상에 씨가 따로 있느냐고 외치며 반역을 일으켜 6개월쯤 왕으로 군림했다. 그에 견주어 고려의 노비 만적은 누구나 때가 되면 왕이 될 수 있다고 하며 모반했으나 사전에 발각되어 형장에서 사라졌다. 만적은 무신정권에서 귀천이 바뀌는 현실을 보고 일어섰다. 때는 얻었으나 힘을 못 모아 거사에 실패했다.

역사는 반역의 연속인지라 만적의 도전은 뜻이 깊다. 그 정신을 본받아 자기배반에 성공하면 누구든 왕이 된다. 자기혁명은 실패해도 죽지 않을뿐더러 반복할수록 많이 얻는다. 어제의 자신에 반기를 들어야 내일은 인생이 바뀐다. 자기혁신은 다다익선이니 때와 곳을 떠나 거듭할수록 좋다.

고려는 불교에 기초하여 신분제가 느슨했기에 노예도 열 번이나 반역을 일으켰다. 조선은 유교에 근거를 두고 상하질서를 강조하여 노비는커녕 양반도 반역을 꿈도 못 꾸었다. 나라가 시끄러운 후기에 민란이 몇 번 일어났을 뿐이다.

소작농의 아들인 나는 다행히 신분이 사라진 시대에 태어났다. 고졸 대통령에 이어 여자 대통령도 나왔다. 천운을 잡은 터라 재능을 갈고닦아 날아오르려고 발버둥을 친다. 죽는 날까지 날개를 퍼덕일 것이다.

관련 조사에 따르면 한국인의 98%는 계층상승이 어렵다고 믿는다. 서울대 오성재와 주병기는 「한국의 소득기회불평등에 대한 연구」에서 최근 13년 사이에 개천에서 나온 용이 절반으로 줄었다고 밝혔다. 갈수록 부모의 재력과 학력이 자녀의 신분을 좌우한다는 이야기다. 미천한 사람일수록 그런 주장을 믿고 개천에서 용이 못 나온다고 말한다. 개천에서 벗어날 생각을 안 하니 용은커녕 미꾸라지도 못 된다.

자기혁신은 처절한 각성에서 비롯한다. 진승이 동료에게 반역을 권유하자 농민들은 대부분 비웃었다. 진승은 '연작(燕雀)이 어찌 홍곡(鴻鵠)의 뜻을 알겠느냐!'고 꾸짖었다. 제비와 참새가 기러기와 고니의 뜻을 어찌 헤아리겠느냐는 말이다. 진승은 뜻을 같이하는 사람과 더불어 반역에 성공했다.

부모의 자원에다 때와 운은 물론 나를 쏟아야 개천을 차고 하늘로 오른다. 같은 조건에서 남보다 뛰어난 사람이 상승한다. 바다을 떠나 거듭 올라가면 하늘에 이른다.

돈 있으면 늙은이도 왕이요, 돈 없으면 젊은이도 좋다. 돈과 표를 기성세대가 쥐고 있어 혜택을 선대가 누리고 부담은 후대가 진다. 정치가는 표를 먹고 사는지라 그 구조를 방조한다. 젊은이가 정신을 차려야 제 밥그릇을 챙긴다. 현실을 직시하며 내일을 준비해야 밥벌이를 한다.

젊은이는 실패해도 재기할 기회가 많으므로 준비하면서 질러볼 만하다. 고속성장기를 지났으니 철저히 준비한 다음에 도전해야 성공한다. 시작하고 나서 상황에 맞게 전략을 바꾸면 갈수록 크게 성공한다.

서양의 영웅은 스스로 고난을 헤치고 일어서는 데 비해 우리의 위인은 좋은 가문에서 신동으로 태어나 높은 자리에 오른다. 상식과 달리 한국에는 개천에서 용이 되는 길이 열려 있으며 그 일은 뜻이 깊다. 실패에서 배우면 성공하니 질러볼 일이다.

왕은 죽일 수는 있어도 바꿀 수는 없다. 스스로 공부하여 혁신해야 좋은 임금이 된다. 세상이 급변하니 현실에 대응을 잘해야 괜찮은 왕이 된다.

우리는 모두 왕이다. 자궁에서 왕자로 자라 이 땅에 태어났다. 왕을 가르칠 사람은 없으니 스스로 공부해야 자리를 지킨다. 왕의 일은 판단인데 현실을 모르면 선택에 실패한다. 간신과 충신을 알아야 인사에 성공한다. 자신과 현실도 모르면서 만인을 다스릴 수 있을까.

환경을 살기 좋게 바꾼다

나는 1960년대에 전라북도 진안읍에서 초등학교에 다녔다. 당시에 학교에서는 부모의 직업은 물론 집에 라디오가 있는지도 조사했다. TV에 이르면 손드는 학생이 아주 드물었다. 가정환경을 조사하고 나면 우리 집이 가난하다는 사실을 절감했다. 가난은 죄가 아니지만 집에 없는 게 많으니 풀이 죽었다. 있는 집 아이와 어울리지 못하고 가난한 애들끼리 놀았다. 지금 보면 손바닥만 한데 그때는 읍내를 세상의 전부로 알아 그곳 유지의 자식을 귀족으로 보았다.

그때 우리 마을 60여 가구 가운데 한 집에 TV가 있었다. 사람들은 그 집에 모여 드라마 따위를 보았다. 나는 TV를 보러 그 집에 거의 가지 않았고, 그 탓인지 지금도 영상 매체와 거리가 멀다. 내 집에는 지금 TV가 없다. 어릴 때 TV를 보지 않은 데다 학교에서 상처를 받아서 그런 것 같다. 아니, 드라마 주인공보다 더 극적으로 탄생한지라 내 인생을 연출하기도 바쁘다. 나는 최적의 환경에서 내 삶을 다듬는다.

시골 분교에서 2년 동안 공부한 뒤에 3학년이 되면서 본교로 내려갔다. 읍내에서 문화 충격을 받은 데다 내성적이라 학교에 적응하는 데 애를 먹었다. 다행히 나이가 드는 대로 환경을 살기 좋게 바꾸며 살아남았다.

초등학교 동창 200여 명 가운데 박사가 둘이다. 그중 하나가 나이니 또래 가운데 가방끈이 가장 길다. 가난했으나 훌륭한 부모를 만나 오랫동안 공부했다. 부모가 최고의 환경이란 측면에서 보면 나는 좋은 조건에서 공부한 셈이다.

학교 환경이 바뀔 때마다 나는 적응 장애를 극복하며 생존했다. 그때는 힘들어 부모를 원망했으나 지금은 열악한 환경에서 뒷바라지해준 부모에게 감사한다. 어린 시절의 결핍을 메우면서 부모의 기대에 부응하려고 오늘도 열심히 읽고 쓴다. 내 환경을 개선하려고 주야로 노력한다.

초등학교를 졸업한 뒤로 45년이 흘렀다. 오늘 초등학교 동창들의 가정환경을 조사하면 어떨까. 그 시절에 존재도 없던 아이들이 성공한 사례가 많다. 자신이 환경에 적응한 만큼 꿈을 이룬 것이다.

인간의 환경총량은 비슷한 듯하다. 환경총량 등가의 법칙이랄까. 어릴 때 좋은 환경에서 살면 늙어서 고생하고, 어려서 가난하면 노년에는 안락하다. 짧게 보면 환경이 중요하나 장기적으로 자기 역량이 인생을 좌우하기 때문이리라.

돌아보니 자신을 유리하게 바꾸는 사람이 환경이나 머리가 좋은 친구보다 나았다. 어릴 적에 이름을 떨친 아이들은 대부분 존재감이 없었다. 그때 보상을 받은 데다 부모가 만든 영재라 제풀에 시든 것 같다.

가정환경조사서는 두 아들이 고등학교를 졸업한 뒤인 2012년에 사라졌다. 교육부가 위화감 조성을 막고 개인정보를 보호한다는 이유에서 폐지했다. 그 조사를 선용하기보다 악용한 교사도 있어 그랬을 터이다. 내가 중학교 교사로 근무하던 80년대에도 일부 교사들은 부잣집 자녀를 담임하면 좋아했다. 나는 가난한 촌놈으로 환경이 나빠 교사에게 상처를 입은 적이 있어 학생을 빈부에 따라 편애하지 않았다.

내 아들은 지방에서 고등학교에 다닐 때는 배경을 의식하지 않았으나 서울 소재 대학에 가서 환경 때문에 스트레스를 받았다. 명문대에 들어간 둘째는 학습 경쟁이 치열하고, 동기들이 명문고 출신끼리 어울리는 바람에 고민이 많았다. 내 경험을 생각하며 스스로 적응할 때까지 기다렸다. 나도 대학에서 적응하며 고생했으나 성패를 겪으며 살아남았기 때문이다.

나는 저술에 몰입하려고 영상은 멀리하고 라디오는 토론을 가끔 듣는다. 신문은 7개를 구독하여 현실을 다각도로 파악한다. 인간 관계는 친인척 대소사에 참여하는 정도다. 집필에 전념할 때는 전화만 받아도 머리가 혼란해진다. 매체와 인간에 둘러싸인 곳에서는 지식근로를 하기 어렵다. 사무환경에서 개방형과 폐쇄형의 생산성을 따지는데 창조적인 작업은 폐쇄적인 분위기에서 하는 게 좋다고 평가한다. 나 또한 그렇게 생각해서 하는 일에 집중하려고 환경을 저술과 독서에 맞게 바꾸었다.

한국인의 교양은 선진국에 뒤진다. 성인 10명 중 4명은 한 해에 책을 한 권도 안 읽는 정도다. 인맥을 복잡하게 형성해도 상식 수준을 넘는 대화를 하는 사이가 드물다. 대부분 대학을 졸업하면 책을 놓고 스마트폰을 든다. 대학생 학습량도 OECD 국가 중 꼴찌 수준이다. 그만큼 사회에서 정신을 차리면 삼류도 일류를 역전할 만하다. 간판을 실력으로 교체할 기회가 30대부터 죽을 때까지 널려 있다. 간판이 좋으면 빨리 뜨지만, 실력으로 부상한 사람이 오래 간다. 처음에는 힘들어도 간판의 결함을 실력으로 메운 사람이 말년을 화려하게 장식한다.

패자는 흔히 배경이 나빠 실패했다고 말한다. 실제로 기득권은 자식의 자리를 잘 잡아준다. 강원랜드에서 2012~2013년 사이에 채용한 신입사원 최초 합격자 518명 모두가 취업청탁자라고 한다. 채용비리 조사단이 밝힌 바에 따르면 1,190개 기관·단체 가운데 940곳(79.5%)에서 채용비리를 저질렀다.

이러니 취업 준비생이 유력한 친인척부터 떠올린다. 그러나 세상에 부조리가 판쳐도 실력으로 사는 길도 많다. 게다가 배경으로 뜨는 일은 독약이 된다. 반면, 실력으로 성공하는 일은 가문의 영광이다. 더 나아가 실력주의자는 부정부패를 줄여 국가경쟁력을 올린다.

나는 한미한 가문에서 태어나 지방대를 나와 재야의 학자로 산다. 부모를 있는 그대로 받아들이며 그 노고에 감사한다. 부모가 최선을 다했으니 나도 인생성형에 사력을 다한다. 실력으로 부상하는 길이 여러모로 유리하다고 본다. 때문에 약자가 실력으로 뜨는 세상을 만들려고 노력한다. 이 땅을 조금이나마 공평하게 만들려고 한다.

자수성가한 부모가 자녀에게 결핍 체험을 시키지 않으면 가문이 쇠락한다. 그 자녀는 취업할 생각도 안 한다. 부모 재산을 자기 것으로 알고 노력하지 않는다. 주변에서 그런 부모를 보아도 뭐라고 해주기도 어렵다. 그 부모는 자기 양육방식이 옳다고 보기 때문이다.

온실에서 자란 자녀는 세상에서 살아남기 힘들다. 부모가 자녀에게 경쟁력을 심어주어야 자녀가 유능하게 자란다. 빈부 차이가 아니라 능력 차이가 자식농사의 풍흉을 가른다. 자식에게 농사 기술을 가르칠 때 부모와 자식이 상생한다. 자식이 환경을 주도하도록 기르는 게 최고의 자녀교육이다.

참모가 나폴레옹에게 전황을 보고하려 하자 나폴레옹이 막으며 말했다.

"상황은 내가 만든다."

그렇다. 환경은 내가 만든다. 내가 곧 환경이니 그것을 나에게 유리하게 바꿀 일이다. 남에게 기댈 생각을 말고 스스로 언덕이 된다. 나를 믿고 올라가면 영웅의 길이 나온다.

주인공은 환경을 살기 좋게 혁신한다. 상황을 못 만들면 환경을 자기에게 유리하게 바꿔도 좋다. 아니, 현실에 유연하게 적응해도 괜찮다. 사회적 환경 가운데 학교 시스템만 해도 개인이 바꿀 여지

는 적다. 그런 현실에서 공부하여 성공한 뒤에 그 폐단을 고치면
된다. 부모와 모교를 탓하기보다 자신을 일으켜 그들을 빛내는 일
이 상책이다. 위인은 힘을 얻어 환경을 약자에게 유리하도록 개선
했다.

혼자 와서 한 번 산다

결혼뿐 아니라 인생만사가 일회적이다. 나와 물이 늘 바뀌므로 누구도 같은 물에 세수를 두 번은 못 한다. 이런 속에서 매일 심신을 혁신하면 거인이 된다. 보통 사람은 스스로 새롭게 하지 못하므로 스승의 자극이 필요하다. 훌륭한 선생은 제자가 한 번뿐인 신혼에도 공부를 안 하면 호통을 친다. 결혼 초기라 하여 봐주지 않는다.

정약용은 유배지에서 만난 제자 황상에게 삼근계(三勤戒), 곧 세 번씩 거듭해서 부지런하라고 경계했다. 그 제자가 신혼 단꿈에 빠져 학문을 멀리했다. 다산은 황상에게 편지를 보내 아내와 따로 자면서 공부하라고 질책했다. 스승의 엄명을 따라 황상은 학문에 정진했다. 그 덕분에 황상은 유명한 시인이 되었다. 황상은 신혼에도 공부해야 한다고 가르친 다산을 죽도록 잊지 못했다.

위인은 혼자 와서 한 번 누리는 삶을 거룩하게 보낸다. 본능을 절제하고 본업에 열중하여 꿈을 이룬다. 자녀도 그 뒤를 따른다. 모범이 최선의 교육인 까닭이다.

우리는 자궁을 떠나 산도(産道)를 따라 세상에 나오면서 이별 공포를 겪는다. 산도에서 밀실 공포를 겪고, 세상에 나와 공황 장애에 휩싸인다. 아이는 여러 통과의례를 거쳐 성인이 된다. 아이가 고난을 뚫고 나아가는 모습이 안타까워 부모가 도와주면 그 아이는 홀로 서지 못한다.

고수 부모는 아이가 고난을 헤치는 동안 참고 기다린다. 자녀에게 학습 기회를 보장하여 자녀가 여러 과정을 거치며 유능해지도록 한다. 반면, 하수 부모는 자녀를 과잉보호하여 나약하게 기른다. 자신이 부모의 지원을 못 받아 실패했다고 생각하는 부모일수록 자녀를 지나치게 도와준다. 그 자녀는 스스로 고난을 넘기며 배운 적이 없어 조금만 어려워도 주저앉는다.

다산은 결정적인 시기에 한 방을 날려 평생학습의 시동을 걸었다. 다산은 과골삼천(踝骨三穿), 곧 복사뼈가 세 번 불거지도록 학문을 천착해본 터라 황상에게 치명타를 날렸다. 다산을 닮는 일은 그만두고 다산이 아들에게 보낸 편지만 읽어도 자녀교육을 제대로 한다. 부모가 그 글을 읽으면 자녀가 그 모습을 보고 책을 읽기 때문이다.

우리는 부모와 함께 수립한 가치관에 의거하여 인생을 향유한다. 사람은 가치관을 따라 놀자파나 살자파가 된다. 놀자파는 허무주의나 퇴폐주의를 신봉한다. 오늘 여기에서 노는 일에 삶을 건다. 그는 내일을 당겨서 오늘 즐긴다. 그들은 빚에서 허우적거리다 죽는다. 살자파는 현실주의와 미래주의를 믿는다. 먹는 것은 내일로 미루고, 내일 일은 오늘 한다. 그는 갈수록 살림이 불어난다. 인생을 길게 보니 자녀교육도 잘한다. 그 집안은 갈수록 일어난다.

살자파는 선우후락(先憂後樂), 곧 먼저 일하고 뒤에 즐긴다. 그는 부담스러운 일부터 처리하여 갈수록 재미있게 살아간다. 놀자파는 그 반대로 한다. 놀고 나서 공부한다고 하다 숙제도 안 한다. 지금 여기에서 놀고 다음에 거기에서 공부하겠다고 한다. 그렇게 하지 않는지라 갈수록 고단하게 산다.

세상이 놀자판이라 보통 부모는 향락을 좇는다. 그런 부모를 보고 자란 자녀는 놀다가 돈이 떨어지면 부모의 유산을 노린다. 부모가 집을 팔아 노후 자금으로 쓰려고 하면 반대한다. 집을 사는 데 한 푼도 보태지 않았는데 제집처럼 여긴다. 부모가 자식에게 잘못된 모습을 보여 함께 망한다.

죽은 뒤에 어떤 사람으로 평가받을지 생각하면 바람직하게 산다. 죽음을 인식하면 인생에서 경중을 따져 중요한 일에 자원을 쏟아붓는다. 그 결과 좋은 성과를 낸다.

몇 사람에게 좋은 인상을 남기고 떠나도 괜찮은 인생이다. 우리는 목숨의 길이를 숭상하고 인생의 가치는 폄하한다. 사실은 100년 넘게 살아도 보잘것없는 사람이 많다. 윤동주는 28세에 죽었으나 '서시' 등 선명한 흔적을 남겼다. 부끄럽지 않게 살려면 치열하게 노력하라고 우리를 자극한다. 뜻있게 살려고 노력하면 인생을 진지하게 영위하여 가족에게라도 긍정적인 영향을 끼친다.

고관을 지내며 국가를 훼손한 사람보다 자식을 바르게 가르친 농부가 더 위대하다. 인생은 후반전에 승패가 드러나므로 끝이 좋아야 점수가 올라간다. 그로 보아 대통령을 지내고 교도소로 가는 사람은 패자다.

세상이 청년을 중심으로 돌아가 중년은 위기라고 생각한다. 하지만 중년도 한 번뿐이요, 지식과 경험이 풍부한 시절이다. 판단력과 절제력이 뛰어나 조금만 노력하면 성과를 낸다. 중년은 가족, 직장, 욕심에서 벗어나 바람직한 일을 하기 좋다. 고수는 퇴임한 뒤에 연줄과 구속에서 벗어나 중후한 업적을 쌓는다. 한영우는 서울대에서 퇴임한 지가 15년이나 되었는데『정조평전』상하 등을 출간했다. 김형석 연세대 명예교수는 98세인데 재작년에『백년을 살아보니』를 집필하여 노익장을 과시한다.

나는 쉰 살부터 저술에 몰입했다. 여러모로 이론과 실제를 겸비한 다음에 글과 말로 세상에 이바지하려 한다. 남은 삶을 나와 남을 돕는 일에 바치려 한다. 그동안 쌓은 지식과 경험에서 지혜와 통찰을 끌어내어 저서에 담는다. 사람들이 이 책을 읽고 한 가지 슬기라도 얻으면 더없이 기쁜 일이다.

인생을 집필에 바치는 일은 두루 유익하다. 사람의 마음에 심은 내 언어는 이승에 남아 계속 자란다. 자녀는 물론 다른 사람의 가슴에 의미를 심고 떠나면 그만큼 오래 살아남는다.

고수는 한 번 누리는 삶을 나와 남을 살리는 일에 쓴다. 혼자 왔다 한 번 살고 가는 인생을 생산적으로 향유한다. 자기 욕망을 절제하여 세상을 바람직하게 바꾸고 떠난다. 세상을 하나의 생태계로 생각하여 한 사람이라도 도우려고 노력한다. 한 번 살다가는 인생을 의미 있게 살다 가는 것이다.

따로 또 같이 간다

어린 시절 우리 6남매는 한방에서 살았다. 고등학교에 다닐 때도 나는 동생들과 방을 같이 썼다. 제 방이 있는 친구가 부러웠다. 내 공부방이 있으면 공부를 더 잘할 것 같았다. 그러나 대학을 다니면서도 동생들과 함께 자취했다.

두 아들은 중학생이 되면서 방을 따로 썼다. 지금은 서울에서 직장인과 대학생으로 투룸에서 따로 또 같이 산다. 경제적으로 부담이 되지만 부모를 떠나 생활하며 사람 사는 이치를 배우기 바란다.

요즘은 어릴 때부터 혼자 살기 일쑤다. 통계상으로 1인 가구가 가장 많다. 시골에는 독거노인이 즐비하다. 도시의 젊은이도 혼자 밥 먹고 술도 혼자 마신다. 여럿이 사는 사람도 혼자 사는 사람을 부러워하는지 '나 혼자 산다'라는 방송이 인기다. 그만큼 인간관계에 시달린다는 말이다. 하기야 관계 권태기를 줄인 관태기라는 말도 생겼다.

혼자 살다 세상을 떠나는 사람이 갈수록 늘어난다. 무연고사망자가 하루에 80명 안팎이다. 무연고사망자란 지자체가 법률에 따라 시신을 처리하는 사람이다. 그 가운데 절반가량은 고독사자다.

그 8할은 남자다. 남자가 여자보다 따로 또 같이 사는 일에 서툴러서다. 하루에 40여 명이 자살하는데 그 대부분은 혼자 세상을 등진다. 다수가 아무에게도 하직 인사마저 안 하고 이승을 떠난다. 역시 남자가 여자보다 자살을 많이 한다.

문학 지망생은 개성이 뚜렷하고 창작은 혼자 하는 일인데 문단에 들어가려고 애쓴다. 거기에서 기성 문인에게 기대려고 하다 성폭행을 당하기도 한다. 젊지만 조직에서 살아남으려고 하다 보니 그런 함정에 빠진다. 젊은이들이 한국과 일본에만 있는 등단제도를 없애려 하지 않는다. 따로 살아남은 뒤에 같이 사는 길을 만들 엄두도 못 낸다. 입은 강하나 발은 약해서 홀로 서지 못한다.

더러는 관계를 중시하여 채팅방에서도 못 빠져나온다. 그런 곳에 들어가 남을 확인하느라 하는 일에 몰입하지 못한다. 성과를 못 내니 삼류 기성문인에 빌붙어 살아간다. 따로 살지 못해 같이 살 사람을 찾을수록 실력이 떨어진다. 제대로 글을 못 쓰니까 기성인을 따라다니다 이용을 당한다.

거인은 혼자 길을 닦아 그곳에 사람을 불러 모은다. 구본형은 IBM 부장을 그만두고 자기 지식공장을 만들었다. 혼자 조직을 만들어 사람들과 지식을 공유했다. 지식근로자로서 다른 사람을 도우며 자유롭게 살다 갔다. 그는 자기 공간에서 문요한, 김호 등을 길러냈다. 도와주되 다스리지 않아 그 문하생들은 그를 추앙한다.

변화경영연구소에서 구본형에게 글쓰기를 배운 제자들은 수준이 높다. 구본형은 한국을 간판사회에서 실력사회로 바꾸었다. 어떤 조직 인간보다 뛰어난 일을 하고 갔다. 그가 차린 연구소는 시원찮은 대학원보다 훨씬 낫다. 거기에서 그는 제자가 스스로 능력을 끌어내도록 유도했다. 그만큼 교수법이 탁월했다는 증거다.

강자는 자신을 믿고 혼자 간다. 따로 살면서 관심을 모두 자기에게 쏟는다. 그는 내면이 견고하여 외부 상황에 휘둘리지 않는다. 과거와 현재를 반성하여 내실을 다진다.

세상에서 필력을 중시하니 거액을 주고 남에게 글쓰기를 배우는 사람이 많다. 나는 선생에게 저술을 배우기보다 자비로 책을 내면서 글쓰기를 익혔다. 진도는 느렸으나 스스로 비결을 찾는 길이었다.

출판사와 갈등하다 시작한 고육지책이지만 비싼 수업료를 내고 혼자 저술을 배우고 독자까지 얻었다. 어설픈 선생에게 기교나 편법을 배우지 않고 시행착오를 겪으며 재능을 갈고닦았다.

사실 글쓰기는 누구도 가르칠 수 없다. 헤밍웨이도 지방신문 기자에서 출발하여 경쟁자를 의식하며 혼자 글을 썼다. 그가 살아나 건조하게 쓰라고 비법을 일러주어도 평생 노력해야 문체가 조금 바뀔까. 그 지시를 따르다가 개성을 잃어 필력이 추락할 수 있다. 남을 닮으려고 하다 정작 나를 잃기 쉽다.

글쓰기 솜씨는 남에게 배워서나 아니라 내가 갈고닦아야 올라간다. 헤밍웨이의 창작수업도 자기화해서 발전시켜야 소설로 밥을 먹는다. 그 비법을 믿고 하루하루 실천할 때 필력이 향상한다. 결국 문체가 김훈의 경지에만 올라도 대성공이다.

다른 사람이 저술을 도와줄 수 있으나 그 조언을 반영하여 자기가 써야 자기 글이 된다. 느리지만 자기가 쓰면서 꾸준히 고치는 길이 글을 잘 쓰는 지름길이다. 셰익스피어나 톨스토이도 그런 길을 거쳐 대문호가 되었다.

한국에 출판사가 수만 개지만 유력한 출판사는 백 군데 안팎이다. 사람들은 유력 출판사의 눈에 들지 못한 작가를 인정하지 않는다. 출판사 심사를 등단처럼 생각한다. 나도 그렇게 여겨 몇 년 동안 수백 차례 괜찮은 출판사에 원고를 투고했다. 몇 곳과는 계약을 했다가 파기한 적도 있다. 역부족인 탓도 크지만, 편집인들은 안정을 지향하고, 수구적인 태도를 견지한다. 때문에 작가의 직위와 지명도를 따진다. 작가의 홍보능력도 고려한다. 내가 편집자라 해도 백세희나 김동식의 원고는 거절했을 것이다.

책 한 권을 내는 데 소형차 한 대 값이 든다고 한다. 영화에 견주면 공짜지만 작은 출판사는 사소한 모험도 하기 어렵다. 반면, 대형 출판사에는 좋은 원고가 넘친다. 때문에 신인은 어떤 출판사에서든 책을 내기 힘들다. 나는 자존심을 지킬뿐더러 시간을 벌려고 이 길을 선택했다. 결과는 두말할 것도 없이 내가 책임진다.

외국 출판사도 사정이 우리와 비슷하다. 세계의 지가를 올린 『해리포터』의 저자 조앤 K. 롤링마저 괜찮은 출판사에서 열두 번이나 면박을 당했다. 천신만고 끝에 소규모 신생 출판사인 블룸즈버리와 계약했는데 그나마 초판으로 500부를 찍었다. 도전과 모험을 즐기는 영국이 이러니 안전을 신봉하는 한국에서 무명작가의 원고를 출판사에서 받아주지 않는 것은 당연하다.

출판시장이 급변하여 보통 사람도 책을 내는 길이 많아졌다. 펀드를 거쳐 출판경비를 마련하거나 독립출판을 하는 수도 있다. 베스트셀러에 오른 백세희의『죽고 싶지만 떡볶이는 먹고 싶어』도 크라우드 펀딩을 하여 독립출판에 성공한 다음 정식으로 출간을 했다. 홍보 수단도 다양하여 무명작가가 한 방에 뜨기도 한다. 글쓰기를 가르치는 사람 가운데 자비출판을 폄하하는 경우가 있는데 그 말에 일리가 있으나 글쓰기 지도에도 문제가 많다. 폐단이 있으나 이런 수단이 이름 없는 사람이 따로 서는 길이 된다. 따로 선 사람들이 같이 가면 출판계도 바람직하게 바뀔 것이다.

더러는 타비로 출판한 일을 자랑하며 자비로 발간한 사람을 무시한다. 분리와 차별에 쩌든 조선시대 사람 같다. 미국과 일본 등은 자비출판이 대세이며, 한국도 자비출판이 출판의 6할을 차지한다. 국경도 사라지는 시대를 맞아 여러 울타리가 무너진다. 언론에서 보듯이 자비로 방송하는 개인이 공중파를 압도한다. 이기주도 자기 출판사에서 자비로『언어의 온도』등을 출간하여 대성했다. 자비든 타비든 좋은 글을 쓰면 그만이다. 작가라면 글의 뜻을 여러 눈으로 보아야 한다. 출판계가 지각변동하는 터라 다양한 출판과 상이한 저자가 생긴다. 대부분의 출판사에서 자비출판을 하며, 자비출판은 자기 돈으로 책을 내며 글쓰기를 갈고닦는 길이다. 아울러 독자를 늘리므로 남에게 거액을 주고 저술을 배우는 일보다 낫다.

자기주도 학습은 오래된 습관에 기초하여 개성에 맞는 공부법을 찾는 길이다. 혼자 피드백하며 공부할 때 적절한 학습법을 찾는다.

공부에 정답은 없으며, 모범이 있을 뿐이다. 다른 사람이 제시하는 공부 방법은 자신의 학습 방법을 구축하는 데 참고하면 그만이다.

거인은 자력으로 업적을 낸다. 세계 최고의 투자가 워런 버핏은 혼자 투자 방법을 익혀 40만 명쯤 사는 오마하에서 일한다. 대학원까지 다녔으나 학교에서는 공부하는 방법을 터득한 정도다. 그는 사무실에서 업무의 80% 안팎을 공부에 투자한다. 마당발이 아니라 학구파다. 그가 말하는 투자 경구를 보면 문학적이고 철학적이다. 2018년 10월 중순 현재, 한국 최고의 주식 삼성전자는 한 주에 45,000원쯤인 데 견주어 그가 운영하는 버크셔 해서웨이 주식은 한 주에 3억 7천만 원이 넘는다.

따로 잘살아야 같이 즐겁게 지낸다. 자립적인 사람끼리 결혼해야 행복하다. 데이트 비용부터 각자 부담하던 사람끼리 만나 맞벌이하는 게 이상적이다. 부모가 자녀에게 따로 또 같이 사는 모습을 보여주면 그 자녀도 제 밥벌이를 한다. 부모가 보여준 길이 정도인 줄 알고 따로 또 같이 살아갈 준비를 한다. 모범보다 좋은 교육이 없는 까닭이다.

홀로 서지 못하는 사람은 자신을 상대에게 싸구려로 판다. 그 배우자는 그를 함부로 취급한다. 자신에게 기대는 만큼 상대를 박대한다. 기대려고 결혼해놓고 상대를 조종하려 하면 서로 부딪친다. 한국의 남녀 간 취업률 차이는 25% 안팎으로 노르웨이나 스웨덴의 5배다. 독일과 프랑스의 3배쯤이다. 젊은 여자들이 선망하는 유럽 여자들은 일하면서 아이도 많이 낳는다. 유럽의 육아복지가 뛰어나다고 하나 한국도 정부에서 육아지원을 많이 한다. 문제는 제도가 아니라 사람이다.

결혼도 일종의 거래다. 따로 일어선 다음에 같이 걸어야 멀리 갈 수 있다. 결혼은 2인 3각 경기와 같다. 보조를 맞추며 나아가야 목표에 도달한다.

여자가 취업 대신 결혼하는 일을 취집, 곧 취직과 시집의 융합이라 부른다. 남자가 그런 여자를 만나면 그 앞날이 불안하다. 그런 가정은 작은 시련에도 흔들린다. 남자가 위기를 맞았을 때 그 아내가 핍박하면 남자는 정이 달아나 갈라서게 된다. 전통적인 결혼관을 지닌 여자가 다른 측면에서 진보적일 경우, 파경에 이르기 쉬운 까닭이 여기에 있다.

지금은 개인 국가 시대다. 혼자 목표를 세우고 계획을 세울뿐더러 스스로 계획을 실행해야 생존한다. 실행에서 나온 업적을 자기가 점검하고 평가한다. 1인 국가의 정상은 혼자 만사를 처리한다. 그는 자유를 누리며 능력에 따라 대우를 받는다. 따로 일하면서 남과 같이 살아간다. 1인 CEO끼리 만나는 일이 취업이요, 결혼이요, 인생이다. 따로 또 같이 사는 데 뛰어난 사람이 많아야 가정이나 국가에 비전이 있다.

있는 그대로 괜찮아

"너 수술했지?"

"어, 괜찮아?"

"야, 눈 짱이다!"

"난, 좀…."

여고생끼리 성형수술을 놓고 나누는 이야기다. 학원을 운영하면서 방학이면 그런 대화를 가끔 들었다. 학생은 달라졌다고 하는데 나는 변화를 알아차리기 어려웠다. 외모에 관심이 많은 여학생과 성형에 무심한 중년 남자의 차이일까.

관련 조사에 따르면 한국이 세계 성형수술의 25%를 차지한다. 한국은 성형공화국이요, 한국 여자는 성형미인이라 이를 만하다. 예뻐지는 데다 자신감을 얻으니 여고생도 성형 대열에 합류한다. 미모에다 실력까지 갖춘 여학생이 많아 외모로 경쟁하는 길은 좁다. 그래도 자녀들이 열망하니 부모가 자녀에게 바라는 대학에 가면 성형을 해주겠다고 유인하기도 한다. 그게 먹혀 대입에서 대박을 터뜨리는 학생도 보았다.

공부를 못 하는 여학생은 몸을 있는 그대로 두지 않는다. 기댈 곳은 몸뿐인지라 외모에 인생을 건다. 더러는 남의 눈에 들려고 성형을 거듭하다 비극을 맞는다. 자기 인생이 아니라 남의 삶을 살다 죽는 사람이다.

순심이는 외모에 견주어 내면은 부실하다. 남자 보는 눈이 짧은데다 현실을 몰라 남자에게 잘 속는다. 남자 친구의 말을 거절하지 못해 카드를 내주는 바람에 신용불량자가 되었다. 그 사실을 동료 간호사가 알까 봐 혼자서 애를 태운다.

그녀는 남자의 시선을 인정으로 여긴다. 남자 눈을 끌려고 외면에 집착하느라 정작 하는 일은 제대로 못 한다. 불안에 떠는 모습을 동료들이 알아차리자 그는 병원을 그만두었다. 간호사가 되어 의사를 유혹하기는커녕 시원찮은 남자에게 걸려 넘어졌다. 꿈은 달아나고, 제 꾀에 제가 쓰러졌다.

자신을 있는 그대로 받아들이고 일을 잘하는 여자가 승리한다. 외모가 빼어나면 좋으나 있어야 할 것을 채운다고 미인이 되지 않는다. 자기가 어찌할 수 없는 몸을 인정하고 맘을 곱게 가꾸는 전략이 상책이다. 길게 보면 맘이 좋은 사람이 이긴다.

자고로 권력자의 정부(情婦)는 몸이 아니라 맘이 예뻤다. 후궁도 한미한 집안에서 나온 보통 여자가 많았다. 장녹수는 기생 출신에다 시집도 여러 번 가서 자식까지 두었다. 그런데도 연산군의 맘에 들었다. 그는 폭군도 제 맘대로 요리하여 후궁까지 올랐다. 비극을 맞았으나 한때를 누렸다.

남녀가 서로 맘을 가꾸면 몸도 바뀌어 행복하게 산다. 남녀는 외모에 끌려 사귀지만, 내면이 맞아야 오래 간다. 사람은 생물학적보상기제(BIS, Biological Incentive System)에 따라 정보를 얻으려고 서로 얼굴을 살핀다. 얼굴이 예쁘고 윤기와 탄력이 있으면 건강하다고 본다. 그는 매력이 넘칠뿐더러 뛰어난 후세를 낳는다고 평가한다. 얼굴뿐 아니라 마음이 고와야 행복한지라 남녀는 마음도 살핀다.

한국에는 외제차로 여자의 맘을 사려고 하는 남자가 유난히 많다. 2017년 9월에 판매한 BMW5 시리즈가 미국(3,600대)에 이어 한국(3,200)이 2등이었다. 경제와 인구를 감안하면 한국이 압도적인 세계 1위다. 할부로 고급 외제차를 구입한 젊은이는 갈수록 가난해진다. 올해 들어 BMW는 화재사고가 빈발하여 중고차 가격도 급락했다. 일부 주차장에서 주차를 금지하더니 정부에서 안전조처를 하지 않은 BMW 차량에 대해 운행정지명령을 내렸다. 외면을 치장하다 된서리를 맞아 몸은 물론 맘이 고생한다.

눈이 좋은 여자는 차보다 남자의 안팎을 살핀다. 드라이브할 때 남자가 틀어주는 음악을 듣고 그 취향, 취미, 교양, 가치관을 짐작한다. 남자가 운전하는 사이에 그의 성격과 돌발 상황에 대처하는 능력을 가늠한다. 남자와 대화하며 교양과 상식은 물론 자기 의견에 대응하는 자세를 평가한다. 식당에 가서는 남자가 종업원을 어떻게 대하는지 살핀다. 식당에서 종업원을 대하는 언행이 일상에 가깝기 때문이다. 아울러 차는 어떻게 구입했는지 물어 그 경제관을 엿본다.

더러는 평소엔 얌전한데 운전석에 앉으면 난폭하게 행동한다. 어떤 사람은 다른 차가 앞질러 가는 꼴을 못 본다. 앞 차가 조금만 느리게 가면 상황도 모르면서 경적을 울려댄다. 운행할 때 언행을 있는 그대로 보아 그 사람을 가늠하면 그 실상을 짐작할 수 있다.

영리한 여자는 점집에 가지 않고 남자를 스스로 판단한다. 감정을 떠나 이성에 따라 남자를 분석한다. 말이 아니라 발을 바탕으로 남자를 읽은 뒤에 사귈지 말지를 가른다.

보통 여자가 이런 시력을 갖추려면 공부를 많이 하고, 남자도 많이 만나보아야 한다. 그래서 연애 잘하는 여자가 결혼을 잘한다고 말한다. 눈이 좋은 여자는 남자를 총체적으로 분석한다. 그런 여자는 멋지고, 일을 잘하며, 돈도 잘 버는 남자를 바란다. 있는 그대로가 아니라 있어야 할 것을 알려고 남자에게 꿈을 물어본다. 맘에 안 드는 부분은 고치라고 요구한다. 남자는 그런 여자를 피곤하게 여긴다. 때문에 남녀는 서로 비슷한 사람끼리 만나는 게 무난하다.

나와 아내는 둘 다 연애에 숙맥이었으나 같은 사범대학을 다녀 함께 교단에 섰다. 시력은 나빴으나 맘이 괜찮아 서로 조율하며 30년 넘게 같이 살았다. 비슷한 처지에서 만나 어울리며 가정과 자식을 중시하며 살아온 덕분이다.

남자는 결혼한 뒤에도 여자 맘을 사야 살아남는다. 여자의 맘을 사는 일이 힘든지라 중년 남자는 아무도 없는 자연을 동경한다. 젊을 때는 여자 눈에 들려고 노력하나 마흔이 넘으면 있는 그대로 보아주는 여자를 좋아한다. 그런 여자가 드무니 자연으로 가서 '나는 자연인이다' 하고 외친다. 인간보다 자연과 더불어 살고 싶은 것이다.

복잡한 인간을 떠나 청산이나 바다에 살고 싶지만 보통 사람은 현실을 떨치지 못한다. 그들은 TV에서 자연인을 보며 자위한다. 처자부양을 어느 정도 끝내면 자연으로 돌아가겠다고 다짐한다. 자연인 흉내를 내려고 휴일에는 등산이나 낚시를 한다. 일시적인 자연인이 되어 천지의 기운을 흡입한다. 그 힘으로 한 주 동안 세속의 고난을 헤친다.

인간은 자연의 일부요, 인생은 적응의 여정이다. 인간관계도 자연스러워야 하는데 인위적으로 맺고 풀어야 하니 힘들다. 가면을 뚫고 민낯을 읽기 힘들어 사람 만나기가 싫다. 그래서 혼자 자연을 찾곤 한다.

인생성형은 자기를 있는 그대로 보는 데서 시작한다. 보는 힘은 자기 개방에서 나온다. 맘을 열고 흠까지 보여주면 솔직하게 소통할 수 있다.

사람들은 며칠 다녀온 유럽에 대해서는 식당 메뉴까지 말하면서 자기가 평생 누린 배경은 감춘다. 나도 책날개에서는 내 민낯을 가렸으나 서문에 내 모습을 있는 그대로 드러냈다. 내 치부도 본문에서 여실하게 공개하여 신뢰를 얻으려 했다.

여러모로 모자라기에 거꾸로 나는 인생성형가로 알맞다. 모르는 일이 많으니 남의 말을 들으며 배운다. 부족한 모습을 보여주어 상대가 자긍심을 느끼게 한다. 상대의 말에 맞장구를 쳐주고 완곡하게 내 의견을 제시한다. 나는 타인을 있는 그대로 수용하여 멋지게 살도록 하기에 적절하다. 6남매의 장남으로서 5형제를 둔 아내와 살며 가족 문제를 배웠다. 겪은 만큼 솔직하게 삶을 이야기할 만하다.

소작농의 아들로 초등학교에 다닐 때부터 부모의 농사를 도왔다. 대학에 다닐 때는 방학이면 으레 아르바이트를 했다. 지금은 작가로 일하며, 동생의 농사와 제본을 돕는다. 일터에서 학교 문턱에도 못 가본 80대에서 30대 박사까지 만난다. 지방대학에서 학사, 석사, 박사를 취득했으며, 교사 아내와 결혼하여 아들 둘을 두었다. 대학을 나온 뒤로 교사를 거쳐, 여러 교육 현장에서 다양한 신분으로 일했다. 다채로운 지식과 경험을 바탕으로 인생성형이란 거대담론을 시작한 것이다.

있는 그대로는 모자라 있어야 할 것을 날마다 채운다. 또한 시장에 내 지식과 경험을 늘어놓고 손님을 기다린다. 그들의 반응에 따라 흠을 보완한다. 성형수술은 복원에서 시작하여 조화와 미용을 추구하는 방향으로 발전했다. 나도 원형을 탐색하는 일에서 출발하여 바람직한 쪽으로 가려 한다.

인생성형은 멀고 험한 여정이다. 그만큼 불안한 일이지만 불안은 생존에 필수적인 감정이요, 긍정적인 반응이다. 불안에 알맞게 대응하면 멋지게 살게 된다. 불안은 위험을 경고하여 우리가 현실에 적절하게 반응하도록 한다. 또한 불안은 사태를 경계하고, 미래를 알려주어 내일을 준비하게 한다. 불안할 때 긴장해서 몰입하여 성과를 내는지라 불안이야말로 성형의 원천이다. 때문에 나는 불안도 있는 그대로 받아들여 힘으로 바꾸려 애쓴다.

얼굴 성형에는 부작용이 있으나 인생성형은 거듭할수록 유익하다. 거액이 드는 얼굴 성형과 달리 인생성형은 공짜로 할 수 있는 부분이 많다. 내면을 혁신하면 얼굴과 인생이 동시에 아름다워진다. 따라서 타인의 사랑을 구걸하기보다 자신의 격려를 지속하는 사람이 고수다. 현실을 있는 그대로 받아들이고 사는 일도 필요하지만 있어야 할 것을 채울 때 인생이 발전한다.

닦을수록 빛난다

밥벌이하는 데까지 사람처럼 오래 걸리는 동물은 없다. 송아지는 태어나자마자 일어서고, 몇 달이면 엄마를 떠나 혼자 산다. 사람은 서는 데도 몇 달이 걸릴뿐더러 부모가 30년은 지원해야 앞가림을 한다. 자녀독립에 걸리는 기간이 자꾸 늘어난다. 부모들이 자녀를 오래 붙들고 있어서다. 부모 노릇을 자청해서 오래 할수록 그 자녀는 더욱 부모에게 의존한다.

나이 든 자식이 밥벌이를 안 하면 노부모가 분노하여 자식을 죽이기도 한다. 이른바 노인 분노 살인인데 갈수록 늘어난다. 부모가 자식을 잘못 길러 그런 비극을 초래한다. 인생을 불안하게 생각하는 부모일수록 자녀를 무능하게 키운다. 그 부모는 관리한다고 하면서 자녀의 일거수일투족을 통제한다. 그 자녀는 공부를 안 하고 무기력하게 자란다.

부모가 자녀를 슬기롭게 교육하고 영리하게 격려해야 자녀가 자립한다. 부모는 자녀를 도울 뿐 공부는 자녀가 해야 한다. 최고의 과외선생을 붙여줘도 자녀가 거부하면 그만이다. 부모가 학습 원리를 알아야 자녀를 제대로 교육한다. 자녀교육에 앞서 부모 공부부터 해야 자녀독립에 성공한다.

사람들은 남이 자식을 잘 기르면 운이 좋다고 한다. 다른 사람이 어떻게 자식농사를 지었는지 모르기 때문이다. 반면, 자기는 자녀에게 희생했는데 성과가 없다고 말한다. 자기의 자녀교육은 동기에서 과정까지 모두 아는 까닭이다.

성과는 재능을 찾아 오래 지원하고 본인이 노력해야 나온다. 성공한 사람들은 재능을 발현하려고 재미없는 과정을 반복했다. 그들은 수없이 실수하면서 연습하여 묘기를 체득했다. 내적 동기를 바탕으로 꾸준히 재능을 단련하여 꿈을 이루었다. 성공을 바라보며 고난을 넘어 소원을 성취했다.

아이돌 스타는 5년 안팎 동안 혹독한 훈련을 받은 다음에 묘기를 발휘한다. 매체는 훈련보다 결과를 집중적으로 보도한다. 우리가 위인예정설을 믿다 보니 스타는 하늘이 낸다고 생각한다. 때문에 자기는 타고난 재능이 없어 실패했다고 자위한다. 자기가 그은 한계는 누구도 치워주지 않으므로 그 울타리 안에서 살다 간다.

인기 가수도 몇 달만 무대에서 밀리면 가수 생명이 위태롭다. 사람들은 그 이름을 잊고 새로운 얼굴에 열광한다. 무대에 서지도 못하고 지는 무명 가수가 그런 사람보다 수천 배는 많다. 스타 양성 시스템은 내적 자극보다 외적 자극을 애용하다 보니 그 길을 거쳐 스타가 된다 해도 빨리 시든다.

대가는 외적 보상이 아니라 내적 동기에 따라 창작한다. 천재는 타고난 재능이 아니라 노력으로 업적을 낸다. 자신을 스스로 격려하며 과업에 매진한다. 견고한 철학에 바탕을 두고 꾸준히 일하는 데서 희열을 느낀다.

조영수는 한국에서 저작권료를 가장 많이 받는다. 한국 대학에서 음악전공자가 한 해에 만 명도 넘게 나오는데 조영수는 음악을 전공하기는커녕 정규 음악교육도 받지 않았다. 그는 작곡을 독학한 뒤에 히트곡을 쏟아낸다. 2004~2014년 사이에는 하루에 4~5시간 자며 작업실에서 작곡에 전념했다. 한 해에 60~70곡을 작곡한 적도 있었다. 제때 제대로 재능을 닦아 한국 음악을 빛낸다. 재능을 스스로 갈고닦았기에 자유롭게 창작하며 실력을 쌓았다.

중고생 중에는 공부가 싫어 예능을 넘보는 사람이 많다. 그들은 내적 동기가 약한데 부모를 속이고 예능에 몰입하는 척한다. 그 대부분은 중도하차한다. 예능도 공부 못지않게 어려운 데다 경쟁이 어떤 분야보다 치열하다. 안일하게 시작해서는 살아남기 힘들다.

공부와 재능을 겸비하여 좋은 예술대학에서 공부하고도 대부분 중간에 예술을 포기한다. 배고픈 길을 몇 년은 걸어가야 성과를 내기 시작하는데 대개 한 해도 못 넘기고 주저앉는다. 그 세계를 알고 시작해도 현실은 생각과 다르다고 하면서 그만둔다.

거인은 죽을 때까지 재능을 갈고닦는다. 부단히 정진하며 제자도 자극한다. 김정희는 일흔 살에 제자 권돈인에게 보낸 편지에서 이렇게 말했다.

> 칠십 평생에 나는 벼루 열 개를 구멍 냈고, 붓 천 자루를 모지라지게 했다(七十年 磨穿十研 禿盡千毫).

일생 동안 서예에 정진한 그가 실력이 시원찮다고 말했다. 그는 제주도 유배 시절에 추사체를 완성했다. 시련을 예술로 승화하고, 자기 검열을 계속하며 예술혼을 불살랐다.

추사는 박제가에게 학문을 익혔으며, 중국에 가서 옹방강과 완원 같은 대가들과 교류했다. 그 증조부 김한신은 영조의 화순옹주와 결혼한 왕실 가문이다. 그 생부에서 증조부까지 명필이기도 했다. 그런 집안에서 자란 데다 제자의 평가를 받으며 연마하여 서예의 왕좌에 등극했다.

선인들은 재능과 인격을 하나로 보았다. 예술을 인생의 바탕으로 보아 예술로 세상을 교화하려 노력했다. 예술을 도리를 싣는 그릇, 이른바 재도지기(載道之器)로 보았다. 예술을 권력으로 알고 그것을 악용하는 사이비 예술가와 비교하는 것 자체가 불가능하다.

신동으로 알려진 아이들은 대부분 평범한 성인이 된다. 어릴 때 천재로 부르니 우쭐하여 자기 연마에 나태해서다. 신동은 성공하기 전에 사람들에게 인정을 받고, 스스로 재능이 있다고 착각하여 노력하지 않는다. 커서는 실패하여 남을 실망시킬까 봐 도전하지 못한다. 사람들에게 언젠가 뜬다는 기대를 주면서도 정작 무대에 나서지 않는다. 그러면서 조금만 노력하면 부상한다고 큰소리친다. 대중 앞에서 실패하면 그 원인을 밖으로 돌려 자신을 합리화한다. 부모가 만든 천재일수록 그런 함정에서 빠져나오지 못한다. 때문에 그 많던 신동들은 다 어디로 갔는지 아무도 모른다.

음악에서는 천재가 나오지만, 아동 화백은 거의 없다. 부모가 아이를 화가로 만들려고 밀어붙이면 있던 재능도 사라진다. 천재는 머리가 아니라 인내력과 적응력이 뛰어나다. 그들은 자발적이고 창의적이다. 사이비 천재는 준비에 소홀하고, 실행이 철저하지 않아 성과를 못 낸다.

절차탁마 대기만성(切磋琢磨 大器晚成), 곧 큰 그릇은 오래 다듬은 뒤에 이루어진다. 갈수록 전문성을 기르는 시간이 오래 걸린다. 알아야 하는 지식과 정보가 많아서다. 거인은 오랫동안 연습하여 인생 후반기에 성과를 낸다.

지금은 유혹이 많고 세상이 급변하여 오래 재능을 연마하기 어렵다. 진로가 다양하여 한 갈래를 선택하여 정진하는 일이 불안하다. 사회와 직장에 진입하는 연령은 갈수록 높아진다. 여기저기서 어려서 꿈을 이뤘다는 소식이 들리기 때문에 부담은 날로 커진다. 이런 때일수록 성공철학을 굳게 다지고 길을 잘 골라 재능을 수련하는 사람이 성공한다. 자가발전에 주목하며 자발적으로 연마하면 보람을 느끼며 뜻을 이룬다.

자존감이 넘친다

석가는 태어나자마자 천상천하유아독존(天上天下唯我獨尊)이라 외쳤다고 한다. 세상에서 나만 존귀하다는 말이다. 중생이 절대적 자존감을 지키며 사는 곳이 바로 극락이다. 석가는 사람은 모두 불성을 지녔다고 보았다. 그 불성을 깨우친 인간이 부처라고 했다. 그는 인간뿐만 아니라 만물의 자존감도 인정했다. 벌레도 사람처럼 존중하여 살생을 금지했다. 만물평등사상을 견지한 것이다.

석가와 달리 공자는 인간을 소인과 군자로 구분했다. 예절은 그 차별을 지키는 일이라고 말했다. 소인은 수양해야 군자가 된다고 보았다. 군자의 표준으로 그는 성인을 제시했다. 성인은 이상적인 인물이라 인간은 아무도 그 경지에 못 올랐다. 공자의 말을 따르는 인간은 결국 자존감을 잃는다. 그는 인간의 자존감을 훼손하여 위정자를 도왔다. 정치가는 공자의 사상을 악용하여 백성을 억압했다. 못된 정치가는 지금도 공자 철학에 따라 국민을 분리와 차별로 다스려 국민의 자존감을 깎아내린다.

정작 공자는 자기 사상을 실천하지 않았다. 부모를 일찍 잃고, 관직을 거의 맡지 못해 충효를 실천할 기회도 없었다. 오늘의 기득권도 공자처럼 자기도 실천하지 못할 이상론을 국민에게 강요한다. 그들 가운데는 일반인에 견주어 군대에 가지 않은 사람이 훨씬 많으며, 그 자식들도 마찬가지다.

고려 시대엔 불교를 믿어 만인에게 자존감이 넘친지라 노비마저 십여 차례나 반역을 시도했다. 조선 시대에는 후기에 들어 민생이 도탄에 빠졌을 때 양민인 홍길동, 임꺽정 등이 민란을 일으켰다. 동학혁명도 조선 말기에 학정에 시달리던 농민이 자존감은커녕 목숨도 부지하기 어려워지자 도모한 거사다.

화랑의 세속오계(世俗五戒)에서 충효를 강조했듯이 삼국시대에도 생활규범은 공자사상을 근간으로 삼았다. 유교를 정치 이념으로 채택한 조선에서는 죽은 공자를 이용하여 살아 있는 백성을 많이 죽였다. 상하질서의 폐단이 지금까지 이어져 약자는 강자에게 피해를 입어도 그 사실도 못 밝힌다. '미투 운동'이 미풍에 그친 일을 보면 이를 알 수 있다. 여자가 남존여비 이념을 벗어 던지고 자존감을 채우지 못한 까닭이다. 여자는 남자에게 짓밟히고도 '더러운 년'이라는 꼬리표가 붙을까 봐 그 사실을 감췄다. 가부장적인 남자가 법률과 제도를 만들어 다스리니 사실을 드러내다 2차 피해를 보기 일쑤였다. 공자가 남자 천하를 열어 여자는 자존감을 지키기도 버거웠다.

공자의 최고 희생양인 여자는 엄마가 되어 또 다른 공자 피해자인 아이의 자존감을 짓밟았다. 아이가 엄마의 말을 알아듣기 전까지는 자존감이 충만하다. 아이가 말을 배운 뒤에는 엄마의 말을 안 들으면 엄마에게 자존감을 훼손당한다. 자존감이 낮은 엄마일수록 아이에게 열등감을 잘 심는다.

공자는 부모에게 효도를 못 했고, 부인을 내쫓은 데다 자식은 가르치지 않았다. 얼마나 부인을 무시했는지 이름은커녕 그 성을 아무도 모른다. 평천하(平天下)는커녕 제가(齊家)에도 실패했다. 말과 발이 따로 놀았다. 만인의 스승이 되기에는 역부족이다.

그런데도 기득권자는 공자의 말을 빌려 백성에게 순종을 강요한다. 그들 또한 공자처럼 이율배반적이다. 21세기에 민주주의를 거스르며 잘못을 저지르니 공자보다 더 나쁘다.

우리는 유교의 영향을 받아 자존감이 낮다. 기득권자는 서양 종교도 유교의 기반에서 수용하여 약육강식의 논리로 사용했다. 기독교에는 가부장적인 요소가 있어 유교와 결합하기가 용이했다. 그러다 보니 기독교 성직자가 신도 위에서 군림하기도 한다. 교인의 다수가 여자라 전제적 권위가 잘 먹힌다. 기독교에 남존여비적 속성이 있기 때문이다.

약자도 자존감이 바닥나 죽을 고비에 이르면 강자에게 덤빈다. 실제로 청주 여자 교도소의 수감자 30%는 남편을 살해한 여자다. 자존감을 지키려고 수십 년 쌓은 분노를 극단적으로 발로하여 남편을 죽인 경우가 많다.

자존감의 기초는 부모가 아이를 사랑할 때 제대로 잡힌다. 아이가 타고난 자존감을 부모가 존중해주면 자녀는 자존감을 키워간다. 부모가 자녀와 긍정적인 애착 관계를 형성하는 만큼 자녀에게 자존감이 쌓인다. 그 자녀는 누가 업신여겨도 스스로 괜찮은 사람이라고 생각한다. 그는 실패해도 회복 탄력성이 뛰어나 바로 일어선다.

어릴 때 부모에게 자존감을 훼손당한 사람은 평생 그 상처를 안고 산다. 그 일부는 억눌린 자존감을 부모에게 파괴적으로 발산하여 패륜을 저지른다. 부모가 자녀의 자존감을 해치는 경우가 많아 패륜이 갈수록 늘어난다.

2016년에 일어난 살인 사건 948건 중 5.8%인 55건이 존속살해다. 매일경제 2018년 5월 6일 자에 따르면 2013~2017년 사이에 존속살해범이 266명으로 매년 50명 안팎이다. 살인사건 가운데 살부사건, 곧 자식이 부모를 죽이는 사건도 선진국보다 많이 발생한다. 살인사건 중에서 살부사건 비율이 인구에 대비하면 한국이 미국의 4배 정도다. 동방예의지국이란 말이 무색하다.

2018년 3월에는 한 아들이 새로 사온 침대가 마음에 안 든다고 부모와 다투다가 아버지와 누나를 죽이기도 했다. 침대에 인생을 맡길 정도로 아들의 자존감이 낮았다는 말이다. 살부사건의 피의자는 어린 시절에 자존감에 중상을 입은 경우가 많다. 하찮은 이유로 부모를 살해하는 듯하나 오래 축적한 분노를 특별한 계기에 폭발하는 수가 많다. 이 사건에서도 일정 부분은 부모에게 책임이 있을 터이다.

아이는 부모가 스치며 하는 말에도 치명상을 입는다. 둘 사이에 권력 차이가 큰지라 자녀는 심신을 쉽게 다친다. 때문에 부모는 까맣게 잊은 일을 자녀는 뚜렷이 기억하기도 한다. 어릴 때 자존감을 상실하면 언젠가 그 상처를 부정적인 모습으로 드러낸다. 어른이

어린 시절을 잊고 어른 입장에서 말하니까 아이가 자존감에 중상을 입는다. 부모가 역지사지를 잘한다면 자녀의 자존감을 키워 자식농사에서 대풍을 거둔다.

자살은 자존감이 바닥났을 때 저지른다. 다른 연령대에서는 자살이 줄었는데 10대에서는 늘었다. 희망이 넘치는지라 그때는 자존감이 조금만 상해도 절망한다. 꿈에 부풀어 있다가 고난이 닥치면 상심하여 목숨을 버린다. 자존감이 낮은 상태에서 충동이나 분노를 조절하지 못하면 감정에 휩싸여 극단적인 선택을 하기 쉽다.

10대의 자존감을 떨어뜨리는 사람은 자살을 조장한 범죄자다. 부모가 아들에게 남자는 강인해야 한다는 의식을 심어주면 그에 부합하지 못할 경우, 10대에 좌절하는 수가 있다. 사춘기에는 감정이 예민하기 때문이다. 남자는 40~50대에도 자살을 많이 하는데 대체로 잘못된 남성관에 따라 극단적 선택을 한다. 남자는 처자양육을 책임져야 한다고 생각하다 그게 불가능하면 자존감이 무너져 세상을 버리기도 한다. 남자는 강인한 듯해도 자존감을 상실하는 원인도 많아 걸핏하면 부러진다.

파편화 시대에 전근대적인 사고를 가지고 사는 부모가 많다. 인간은 성격과 기질이 다르며 지금은 양성을 겸비한 사람이 선망의 대상이다. 편견에 사로잡혀 자식의 자존감을 훼손하면 결국은 부모와 자녀가 같이 추락한다.

최선의 자살방지책은 각자 자존감을 늘리는 것이다. 자존감은 남이 아니라 내가 세워야 한다. 가령, 사업에 실패했다면 수업료를 지불하고 인생학교에 다닌 셈으로 친다. 사소한 일에도 의미를 부여하고, 자신보다 어렵게 사는 사람을 바라본다. 고난에 직면해서도 냉정하게 현재를 응시하며, 미래를 긍정적으로 본다. 시련을 딛고 자존감을 지킨 사람을 모범으로 삼아 자존감을 보존하려 노력한다. 그 모델을 따라 고난을 극복하면 야망을 이루기도 한다.

부모가 자존감을 짓밟아도 스스로 자신을 존중하면 성공한다. 힘들지만 해볼 만한 일이다. 부모를 원망하면 자존감을 얻지 못하지만, 자력으로 자존감을 살리면 부모와 상생한다.

자존감은 긍정적인 지식과 경험을 쌓는 만큼 얻는다. 성공에서 자신감을 얻고 실패에서 교훈을 얻을 때 자존감이 올라간다. 고수는 악성 댓글도 자존감을 회복하는 자극제로 삼는다. 존재감이 있어서 비난 대상이 되었다고 생각하며 자긍심을 갖는다. 자존감이 충만하여 외부의 평가를 취사선택하여 자존감을 충전한다. 누가 뭐래도 나는 괜찮은 사람이라고 여기는 것이다.

내 발이 곧 길이다

길은 몸과 맘이 가는 곳이다. 그런 뜻에서 인생성형은 몸과 맘을 닦는 일이다. 나는 심신을 수양하는 길을 내서 남들이 다니도록 하려고 한다. 몸 가는 데 맘 가므로 내 발이 가는 곳이 곧 길이 된다.

제 길을 내는 사람이 남의 길로 가는 사람보다 위대하다. 그로 보아 공병호는 위대하다. 그처럼 명문대를 나온 데다 능력이 탁월하면 제 길을 뚫기 쉽다. 간판이 시원찮아도 꾸준히 걸어가면 새 길이 생긴다. 자원은 많이 들지만, 실력으로 닦은 터라 대로가 된다. 이지성이 그런 사례다. 그는 지방대를 나와 저명한 작가로 등극했다.

길을 내기 힘드니까 다수가 공무원이 되려고 한다. 안전하게 나라에서 닦은 길로 가려는 뜻이다. 정부마저 국민을 그 길로 몰아붙인다. 나라가 길 내려는 사람을 푸대접하면 국가에 위기가 닥친다. 지금 한국에서 그런 일이 일어난다. 정부가 기업가 정신을 훼손하고 국민에게 지원책을 남발한다. 나라가 길을 잘못 잡았다며 뜻있는 사람들은 국가를 걱정한다.

유능한 선장은 항로를 잘 알뿐더러 재난에 제대로 대처한다. 지식과 경험이 풍부하여 어떤 풍파도 잘 헤친다. 그는 길을 내는 데 성공할뿐더러 국민을 여러모로 돕는다. 실패를 인정하고 그 책임을 진다.

무능한 선장은 적신호가 들어오면 어찌할 바를 모른다. 현 정부는 각종 경제지표가 나빠지는데 국민이 이해하기 어려운 정책을 전문가들이 반대하는데도 밀어붙인다. 그러면서 성과가 나올 때까지 기다려 달라고 한다. 그 말이 세월호가 침몰할 때 선실에서 기다리라고 했던 방송처럼 들린다. 골든타임을 놓쳐 한국호가 침몰할까 두렵다.

인간은 역경에 맞서 문명을 일으키며 살아왔다. 전쟁처럼 절체절명의 순간을 맞아 산업을 혁명적으로 발전시켰다. 의료, 물류, 교통, 통신 등이 그렇다. 목숨이 걸린 순간에 인간은 초인적인 능력을 발휘했던 것이다.

개인도 마찬가지다. 앞이 캄캄해도 발을 믿고 한 걸음씩 더듬으며 나아가면 길이 된다. 20대는 갈 길이 멀어 목표를 못 본다. 부모에게 기대어 살면서 독립을 갈망하지만, 상황이 급변하여 고민이 많다. 부모에게 불안하다고 말해야 소용이 없으니 더러는 집을 나가 헤맨다. 이때 부모가 잘 대처해야 자식농사에 성공한다. 유능한 부모는 위기를 기회로 활용한다. 자녀의 가출을 계기로 자신과 자녀의 심신을 혁신한다.

20대의 1년은 50대의 10년에 해당한다. 20대에 길을 잡기 때문이다. 그 시절에 방황하면 인생에서 낙오하기 쉽다. 반면, 그때 한두 해만 노력하면 인생을 역전한다. 부모가 이런 현실을 알고 진로를 안내할 때 자녀 인생을 혁신한다. 유능한 부모들은 그런 사실을 알고 20대 자녀와 함께 길을 찾는다.

젊은이는 넘어져도 일어날 수 있으므로 무슨 일이든 시도해볼 만하다. 부모로서는 자녀가 하고 싶은 일을 시도하도록 도와주면 좋다. 스스로 길을 찾아보면 배우는 게 많은 까닭이다. 창업은 조직에서 자신과 현실을 파악한 뒤에 하는 게 이상적이다.

나는 쉰 살부터 새 길을 연다. 외롭고 힘들어도 즐겁게 나아간다. 나처럼 시행착오를 겪는 사람을 도우려고 길을 낸다. 내 걸음에서 열매를 얻기 바라며 날마다 길을 걷는다. 내가 열망한 행로라 책임지고 길을 닦는다.

가정과 학교에서 인생을 연습한 뒤에 황야에 길을 낸다. 인생성형에 여생을 바치기로 다짐했다. 이 길은 내가 쉰 살이 되기까지는 꿈에도 생각하지 않았다. 쉰을 앞두고 내 삶을 돌아보며 내 자산을 값지게 쓰려고 이 마당을 열었다. 수많은 성패를 겪으면서 이 마당을 넓힌다. 나를 믿고 이 마당을 닦아 여기에서 삶의 뜻을 찾으려 한다. 글과 말로 나와 남을 바람직하게 바꾸려 한다.

한국에 직업이 1만5천 개쯤이다. 나는 한국에 없는 인생성형가를 만들었다. 그 일을 제대로 하려고 여러모로 애쓴다. 시작은 미약하지만 11년째 이 길을 낸다. 갈수록 내 직업을 아는 사람이 늘어나니 머잖아 신생 직업이 되리라 믿는다.

길을 내는 일이 순탄하지 않다. 그래도 자기 길을 닦은 선인을 바라보며 한 걸음씩 내딛는다. 내 역량을 키워 내 마당이 자리를 잡기 바란다. 그리하여 세상을 내가 오기 전보다 아름답게 바꾸고 이승을 떠나려 한다. 한 모퉁이에 발길을 남겨도 괜찮은 삶이라 여긴다.

인생행로에서 지방대 출신은 길을 찾는 데 시간이 오래 걸린다. 전공과 거리가 있을 때는 더욱 그렇다. 그러나 저력을 쌓아 길을 만들면 그 효과는 길게 간다.

이동우는 한림대 법학과를 나왔다. 그는 언론사, 컨설팅 회사 등을 거쳐 '북세미나닷컴'을 창업했다. 그는 책을 읽고 저자와 인터뷰를 했다. 동영상 북리뷰서비스를 창안하여 사람들에게 독서 정보를 제공했다. 전직과 창업을 거듭하며 크게 자라 '10분 독서'라는 브랜드를 만들어냈다. 여러 일을 하면서 고생한 덕분에 명문대 국문학 전공자를 뛰어넘었다. 간판이 좋은 사람들이 생각지도 않은 문을 열었다.

일류대 출신은 창작보다 번역에 힘쓴다. 주특기인 인지 능력을 이용하기 쉬운 길로 간다. 이문열은 서울대 중퇴생인데 새로운 작품을 쓰기보다 『삼국지』를 평역했다. 세상에 권모술수가 판치도록 하는 데 일조했다. 장정일은 한국일보(2017년 11월 30일 자)에서 이문열을 '고작 강담사'라고 평가했다.

이문열은 뛰어난 이야기꾼이었으나 세상을 정화하지는 않았다. 작가로서 숭고한 철학이 없어서다. 그는 기득권을 옹호하는 데 힘썼다. 보수 정치에 관여하여 그 신념을 여실하게 드러냈다. 아버지가 월북했다는 사실을 감안해도 치열한 작가로 인정하기 힘들다.

명문대 출신이 번역가로 나가다 보니 한국 출판시장은 일본에 견주어 외국 서적 점유율이 월등하게 높다. 한국의 출판시장이 일본의 1할 안팎인데 명문대 출신이 출판시장을 줄여 인재가 작가로 진출하는 길을 막는다.

박경리는 수도여자사범학교(현 세종대학교) 출신이다. 결혼해서 아들과 딸을 낳았으나 남편은 6·25 때 옥사했다. 이어서 아들을 잃고 재혼에 실패하여 가출했다. 교사, 잡지사 기자 등을 거쳐 딸을 키우면서 『토지』를 26년 동안 집필했다. 그 절반 이상을 원주에서 집필했다. 곧 지방에서 생활하며 창작열을 불태웠다. 열악한 상황에서 한국 문학의 기념비를 세운 것이다.

거인은 문단이 아니라 작품으로 말한다. 박경리는 창작에 몰두하느라 전화도 꺼놓고 작품을 썼다. 불후의 명작은 그런 과정을 거쳐 탄생한다. 외부의 지원은 작가에게 독이 된다. 문학 분야에서도 정부의 창작 지원을 받아 대성한 경우는 거의 없다.

강자는 길을 낼뿐더러 다른 사람도 그 길로 오가게 한다. 스스로 길이 되는 사람이 위인이요, 그가 걸어간 길이 신화다.

내 발이 곧 길이다. 내 발로 닦은 곳만 내 길이다. 대부분 남의 길을 따라가는지라 한국에서는 창의적인 사람이 왕따를 당한다. 제 길을 내는 사람이 남의 길을 가는 사람에게 핍박을 받는다.

자기가 만든 길을 스스로 인정할 때 그 길이 빛난다. 내가 밟은 곳이 자녀의 이정표가 된다. 내가 자녀의 목표는 못 되어도 이정표가 될 수 있다. 내비게이션은 그만두고 이정표만 되어도 얼마나 요긴한가.

길이 못 되면 디딤돌만 되어도 괜찮다. 남이 그 돌을 딛고 한 치만 눈높이를 높여도 새 길을 보는 까닭이다. 그 또한 빛나는 길이다.

나는 믿을 만하다

~~~~~~~~~~~~~~~~~~~~~~~~~~~~~

인간은 무한신뢰 시스템을 장착하고 탄생한다. 그 기제를 유지하면 절박한 상황에서도 자신을 믿고 살아남는다. 지금의 화두를 생존이라고 간주할 때 자기신뢰 체제는 생명줄이다.

한국의 사회구조는 개인의 신뢰체제를 훼손한다. 기득권은 사람들에게 자신을 불신하고 사회에 순응하라고 강요한다. 그에 따라 부모는 자녀가 조직에 어울리도록 키운다. 나아가 학교, 군대, 직장도 개인보다 집단을 믿도록 강요한다. 그런 체제에 복종하지 않는 사람은 조직의 쓴맛을 보게 된다. 자신을 믿고 집단 따돌림을 견디는 사람이 세상에서 대성한다.

지도자 가운데 말과 발이 따로 노는 사람이 많다. 나는 말로만 충성하는 관료와 달리 군대에 다녀왔으며, 두 아들도 병역의무를 마쳤다. 나는 평등교육을 외치며 제 자식은 특목고나 자사고에 보낸 관리처럼 살지 않았다. 두 아들은 모두 지방에서 일반고를 나왔다. 문재인 정부에 들어간 조국, 김동연, 강경화, 김부겸 등이 자녀를 외고나 국제고에 보냈다. 그런 정부에서 평등을 말하니 설득력이 떨어진다.

나는 손해를 보더라도 약속은 지켰다. 타인은 물론 부모와도 금전 거래를 깨끗하게 했다. 국가의 돈을 빼먹지 않았으며, 누구의 등을 치지도 않았다. 기부는 못 했지만, 남에게 기대어 살지 않았다. 부모와 형제에게 받은 은택도 갚으려고 애쓴다. 세상에 빚 대신 빛을 남기려고 오늘도 달린다.

재야의 교육자로서 나는 교육의 이론과 실제를 겸비했다. 인생을 유기적으로 바라보려고 전공인 국어교육과 국문학을 넘어 역사, 교육, 경제, 경영, 문화, 심리 등을 공부했다. 인생이란 주제를 감당하려고 죽는 날까지 배우려 한다.

나는 삼수해서 전북대학교에 들어갔으며, 공인중개사 시험에서도 떨어진 바 있다. 쉰 살이 되던 해에 교육위원에 출마했으나 낙선했다. 여러 교육 현장에서 일한 자산을 선용하려 했으나 실력이 모자라 떨어졌다.

당시에 나는 학원운영자요, 다른 후보는 거의 공교육자였다. 다수가 사교육자를 폄하하는 터라 교육계에 종사하는 지인들은 어림없는 짓이라고 보았다. 나는 교육계를 이질화하여 전북교육을 향상시키려는 의도를 가지고 출마했다. 결과는 8명 중에 7등이었다. 참패를 인정하고 그쪽을 떠나 작가의 길을 간다. 우리 교육이 제자리걸음하는 모습을 안타깝게 바라보면서.

내가 나간 교육위원선거에서 당선된 두 사람은 나중에 교육감 선거에 도전하였으나 모두 낙방했다. 그 뒤에도 그들은 기존 도로를 찾았는데 나는 내 길을 만들었다. 선거에서 떨어졌으나 내 마당에서 뜻을 편다.

남자는 정치를 인생의 정점으로 생각하여 자기 분야에서 성공하면 정계로 진출한다. 관학일치(官學一致), 곧 관리와 학자는 하나라고 여겨 교육계에서 정치계를 넘본다. 교수가 정계에 많이 입문하나 대부분은 성과를 못 낸다. 이론과 실제는 다른 데다 애초에 염불보다 잿밥에 관심이 많기 때문이다.

이번 정부에도 조국, 김상조, 장하성 등이 교수로서 정부에 들어갔으나 이상적 이념에 사로잡혀 헛발질을 한다. 성과를 내서 신뢰를 얻기보다 이론을 앞세워 정책을 펴는데 그들의 예상대로 경제가 살아날지 모르겠다.

교육위원에 출마하여 비싼 수업료를 지불하고 내 힘을 측정해보았다. 정치계를 스치며 엿보았다. 고등학교를 나올 때까지 반장 한 번 못해본 나로서는 귀중한 경험이었다. 어느 모로 보나 출마자를 평가하는 일보다 선거에 출마하는 것이 훨씬 낫다.

나는 지식과 경험을 활용하여 약자에게 힘을 주려 한다. 삼류로서 시행착오를 많이 겪은 터라 약자들이 나처럼 고생하지 않게 하려는 의도다. 공부한 사람치고 다채롭게 살아 그런 꿈을 펴려 한다.

언행을 일치시키려고 말은 줄이고 발을 늘인다. 길게 보고 성과를 내면서 삶을 마무리하고 싶다. 하루아침에 되는 일은 없으니 날마다 성공하여 인생을 가꾸려 한다.

자고로 지도자가 사익을 챙기는 사이에 나라가 망했다. 올해 노회찬 정의당 대표가 불법자금을 받은 혐의를 받다가 자살했다. 깨끗한 정치인이 이 정도이니 나머지는 말할 것도 없다.

국제투명성 기구의 2016년 국가부패인식지수를 보면 한국은 OECD 회원국 35개국 가운데 29위다. 국민의 75%가 정부를 신뢰하지 않는다. 정치인의 말은 깨끗한데 그 발은 더럽기 때문이다. 정부 신뢰도가 바닥이라 한국 기업은 국제 시장에서 홀대를 당한다. 정부가 기업의 덕을 보는데도 정부는 기업을 통제한다.

기업은 일자리를 만들고, 세금을 납부하며, 한국의 위상을 올릴 뿐만 아니라 미래를 열어간다. 한국 대통령이 외국에서 대접을 받는 이유도 대부분 기업 덕분이다. 정치인은 그런 기업가들의 사기를 꺾고, 나라의 앞날을 막는다. 말로는 나라를 생각하나 발로는 국가를 방해한다. 박정희 이래 대통령은 기업인을 부정축재자로 몰아 국민의 마음을 얻었다. 지금 정부도 그 전략을 쓴다.

정치가의 말을 들으면 그들은 깨끗하고 기업인은 더러운 것 같다. 정치인은 국민이 부자를 미워하는 감정을 자극하여 자기 치부를 가린다. 못된 정치인은 사업가를 압박하여 돈을 요구한다. 그것이 드러나 임기를 채우지 못하고 교도소로 가는 정치인이 많다.

한국은 신뢰도가 낮아 사회적 비용이 많이 든다. 개인이든 국가든 믿을 수 있어야 경제적으로 거래할 수 있다. 나부터 믿을 만한 사람이 되면 사회적 신뢰가 올라간다.

나는 믿을 만한 사람이 되려고 애쓴다. 내 삶을 걸고 바람직하게 살려고 한다. 인생성형은 자신을 믿고 타인을 속이지 않는 데서 시작하는 까닭이다.

해본 일이 많다

이 땅에 58년 개띠로 태어나서 올해 환갑을 맞았다. 아내와 더불어 30년 넘게 사는 동안 두 아들은 성인이 되었다. 평균 학력 초등학교 3학년인 부모의 지원을 받아 박사가 되었다. 여러 일을 하다 쉰 살부터 읽고 쓰며 살아간다. 동생들이 바쁘면 그 현장에 가서 육체노동을 한다. 지식근로에서 감정노동까지 두루 해보면서 살아온 인생이다. 내세울 만한 열매는 적으나 나름대로 바쁘게 살았다.

대학을 나와 교사, 조교, 강사를 거쳐 학원을 운영했다. 빈농의 자녀로서 초등학생 때부터 부모의 농사를 도우며 공부했다. 대학에 다니면서도 방학 때마다 여러 일터에서 다양한 작업을 수행했다. 그때는 아르바이트가 공부에 지장을 준다고 생각한 적도 있으나 돌아보니 해온 일이 모두 공부다. 앞으로도 심신이 허락할 때까지 일하다 이승을 하직하고 싶다.

여러 일을 해본 터라 나는 현실을 다채롭게 본다. 공교육과 사교육을 경험하여 교육을 총체적으로 고찰한다. 이를테면 학부모도 다층적으로 파악한다. 학원에서는 학부모가 당당하게 교육 서비스를 요구한다. 학원을 처음 시작할 때는 내 이력서를 보자고 요구하는 부모도 있었다. 나는 이력서와 증빙서류를 들고 그와 대면했다. 그는 이력서를 넘기며 면접관처럼 나에게 여러 가지 질문을 던졌다. 그러면서 자기 남편은 교직원이라고 했다. 학부모가 그 남편의 이력과 능력을 시험하려고 들면 그가 가만히 있지 않았을 것이다. 내가 학교에서 교사로 근무할 적에는 어떤 학부모도 나에게 이력서를 요구하거나 출신대학을 묻지 않았다. 교사를 불편하게 만들면 불리하다고 생각하기 때문이다. 같은 학부모도 어디에서 보느냐에 따라 이렇게 달라진다. 교육의 민낯은 사교육 현장에서 여실하게 목격한다.

학원에서는 학생이 갑이다. 강사가 마음에 안 들면 대놓고 불평을 토로한다. 다른 곳과 비교하여 여러 요구를 한다. 그에 따르지 않으면 그 학생은 학원을 떠난다.

학원에서 보면 우리 교육의 진면목이 적나라하게 드러난다. 왜 사교육이 공교육을 압도하는지 바로 알게 된다. 공교육은 무책임이요, 사교육은 무한책임이라 사교육은 막강하다.

자영업에 종사하는 동안 나는 경제적 안목을 높였다. 남에게 월급을 주어본 사람은 경제를 유기적으로 본다. 돈을 주는 입장이 되면 시간관념부터 달라진다. 월급날이 사용자에겐 빨리 다가오지만, 고용자에게는 늦게 돌아온다. 세상이 돈으로 돌아가니 경제활동은 어떤 공부보다 긴요하다. 그 작업을 나는 시장에서 15년 동안 수행했다. 교수가 연구실에서 연구한 탁상경제보다 현장성이 강하다.

이번 정부에 들어간 장하성, 김상조는 교수로서 경제를 공부했으나 구멍가게도 운영해보지 않았다. 때문에 경제정책을 이념과 이론에 따라 펼친다. 관료 출신인 김동연보다 그런 경향이 농후하다. 교수가 관료보다 현실을 더 모른다는 증거다. 교수 출신 관료들은 입으로는 경제를 살린다고 하면서 발로는 기업을 걷어찬다. 무능과 실책을 감추려고 인구구조와 사회체제를 들먹인다. 집권하고 두 해를 맞았는데도 경제가 침체하니 도처에서 못 살겠다고 아우성이다. 정부는 원인을 잘못 짚어 엉뚱한 처방을 남발하여 후환을 키운다. 사태를 전반적으로 보지 않고 편향된 이념과 이론으로 분석하니 갈피를 못 잡는다. 경제를 미시적으로 보니 거시적인 추세는 놓친다. 당연히 그들이 이끄는 나라 살림이 어떻게 될지 걱정이다.

　나는 경제는 물론 인생을 입체적으로 살피려 애쓴다. 어떤 줄에도 매이지 않은 상태에서 삶을 본다. 여러 길을 오가며 안목을 높인 결과 관료와 달리 상황을 총체적으로 본다. 그만큼 대안도 현장에 맞게 내놓는다. 아직도 실력이 모자라고 결점이 많은지라 유연하게 현실에 대응하며 공부한다.

　나는 내 콘텐츠로 남을 도우려 한다. 작년 9월에는 팟캐스트 '정형기의 인생성형'을 시작했다. 오디오 시장이 커지는 터라 비전을 갖고 방송을 진행한다. 혼자서 한 주에 한 주제를 다룬다. 혼자 방송하니 초점이 분명하고 효율적이다. 유익한 방송을 하여 청취자를 도우려고 애쓴다.

방송을 시작하니 세월이 느리게 간다. 새로운 분야라 배울 일이 많아서 그럴 터이다. 방송을 준비하려고 30년 동안 작성한 독서노트 70여 권을 읽었다. 그 초록에서 주제를 골라 방송을 준비한다. 몇 달 동안 방송을 대비하면서 저술 준비도 했다. 무엇보다 내 시야를 넓혀서 좋았다.

처음에는 원고 준비에서 방송까지 하루가 걸렸다. 한나절쯤 방송에 내보낼 주제에 대해 메모하고, 한 시간가량 녹음하여 편집해서 방송을 올렸다. 평소에 공부하면서 방송에 사용할 만한 내용을 만나면 적어둔다. 한 주 동안 방송을 준비해 한 시간짜리 방송을 보내는 셈이다.

방송 초기에는 한 주에 한 시간 안팎을 방송했다. 여러모로 부담스러워 방송 시간을 30분 내외로 줄이자 방송을 한나절에 마치게 되었다. 이제는 방송할 내용을 메모하여 녹음한 다음에 편집하지 않고 내보내 방송 시간을 더 줄였다.

팟캐스트를 시작한 사람 가운데 열에 둘쯤이 6개월 이상 지속한다고 한다. 그만큼 시작보다 지속이 어렵다. 나는 약속대로 방송하여 신뢰를 얻으려 한다. 그렇게 방송하다 보니 벌써 한 해가 넘었다. 방송하면서 내 실력이 오르고 남에게도 도움이 되리라 믿는다. 그동안 얻은 경험과 지식을 바탕으로 방송하는 마당에서 나와 남이 함께 자라기 바란다.

나는 방송에 내 총력을 실어 보낸다. 다른 사람과 겨루면서 방송을 한다. 내가 가는 길을 방송으로 알리는지라 행복하다. 청취자가 좋은 반응을 보이면 더할 나위 없이 좋겠다. 내 지식과 경험을 선용하니까 방송할 때마다 기분이 상쾌하다.

내 방송을 듣고 서로 힘을 주고받기 바란다. 세상을 바람직한 쪽으로 바꾸려고 하다 보니 더러 불편한 진실을 말한다. 냉정하게 현실을 진단하고 나름대로 대안을 내놓으려는 의도다.

나는 자유로운 심신인지라 현실을 냉정하게 파악한다. 1차 산업에서 4차 산업까지 지켜보았으며, 이승만에서 문재인까지 보았으니 세상을 다각도로 이야기한다. 이승만 정권 때는 갓난아이였으나 부모에게 들은 바가 있고, 글에서 그를 만났으니 할 말이 있다. 삼류고와 지방대학을 나온 프리랜서로서 나는 삶을 다채롭게 조명한다.

성패를 떠나 의미 있게 살면 누구나 훌륭하다. 무덤에 들어갈 때까지 삶은 끝나지 않으므로 그때까지 최선을 다하면 괜찮은 삶이다. 죽은 뒤에도 살아남는다는 자세로 사는 일 자체가 성공이 아닐까.

나는 지식과 경험을 오래 입력한 뒤에 그것을 글과 말로 출력한다. 이승을 떠날 때까지 이 땅을 아름답게 바꾸고 싶다. 그 꿈을 이루려고 오늘도 읽고 쓴다. 내 인생에 진정성을 담으면 그 뜻이 이루어지리라 믿는다.

2장

내가 나를 못 믿는데 누가 나를 믿겠는가

누가 뭐래도 나를 믿어

우리가 떨치고 싶은 감정을 파고 들어가면 결국 열등감과 만난다. 불안, 우울, 분노, 모욕 등이 열등감에서 생긴다. 나를 믿지 못해 나쁜 느낌을 누르지 못하니 그에 휘둘려 두려워 떤다. 자신감이 충만할 때 부정적인 감정은 달아난다. 감정에는 긍정성과 부정성이 공존하나 여기서는 싫은 느낌을 부정적인 감정으로 부른다.

자신감은 어릴 때 부모와 더불어 그 바탕을 다진다. 학교에서는 친구와 어울리고, 지식과 경험을 쌓으며 자신감을 얻는다. 가정에서 습득한 자신감이 튼실할수록 사회에서 취득하는 자기 신뢰도 견고하다. 유무형의 자산이 풍부하고, 좋은 부모 아래서 자라면 꿈을 이루기 쉬운 까닭이 이렇다.

부모는 고를 수 없는 데다 원망하면 사이가 나빠져 기존 자신감마저 줄어든다. 열악한 가정에서는 자신감을 보존한 뒤에 자라서 자신감을 채우는 길이 무난하다. 어린 시절 부모에게 학대나 방임을 겪어도 두뇌는 유연하여 자신을 믿으려고 노력하면 심신을 동원하여 성취를 돕는다. 후성유전학자들은 그런 현상을 과학적으로 입증하였다. 따라서 유전과 환경을 탓하며 인생을 포기하는 일은 어리석다. 사소한 성취도 스스로 격려하며 자신을 믿으면 심신이 능력을 높이는 쪽으로 움직인다. 그 이론을 믿어서 잃을 게 없으니 따라해볼 만하다.

아이는 부모에게 전적으로 의존하여 사는지라 가정환경이 나쁘면 자신을 믿기 힘들다. 그는 가정이나 사회에서 인생살이가 고단하다고 느낀다. 하지만 힘든 만큼 자란다고 생각하는 사람은 위기를 극복하며 자신감을 얻는다. 그런 사람은 타고난 환경을 인정하고 스스로 나아가려 애쓴다. 예를 들면 부모를 일찍 여읜 사람은 빨리 철이 들어 좌충우돌하며 자신감을 충전한다. 부모의 지원을 기대하지 못하니 자신을 믿고 살아갈 길을 찾는다. 그 결과 꿈을 이룬다.

갑은 중학생 시절에 아버지가 빚을 많이 남기고 세상을 떠난 뒤에 상속포기서를 썼다. 학교에서 조퇴한 뒤에 어머니를 따라가 어른들이 하라는 대로 했다. 빚쟁이들과 어머니가 다툰 것으로 보아 빚과 관련된 일이라는 것은 알았다. 아버지를 여읜 일도 창피한데 그 소문이 학교에 돌아 등교를 거부했다. 어머니가 애원하여 기가 꺾인 채로 학교에 다녔다. 다시 학교를 빼먹자 어머니는 전학을 보내주었다. 거기서도 주눅이 든 채 생활했다. 누가 뭐라고 안 해도 자기 신세를 생각하면 처량했던 것이다.

어린 나이에 믿을 사람은 나뿐이요, 빚이 호랑이보다 무섭다고 여겼다. 그 덕분에 고등학교를 나와 취업하여 착실하게 재산을 모았다. 자식들이 그 모습을 보고 근검한 자세를 배워 자식농사에도 성공했다. 빚이 은인인 셈이다.

원로 가수 가운데 부모의 만류를 무릅쓰고 재능을 계발하여 성공한 사람이 많다. 반세기 이전만 해도 가수가 되려고 하면 가문의 수치라 하여 평범한 집에서도 말렸다. 그래서 당시 가수들은 성(姓)을 숨기고 이름도 바꿨다. 70대에도 왕성하게 활동하는 남진은 명문가의 3남 4녀 중 장남이다. 그 아버지 김문옥은 국회의원과 목포일보 사장을 지냈다. 벌족의 장남이 연예인이 된다고 하자 부모가 극구 반대했다. 그는 배우가 되고 싶어 부모 몰래 한양대 연극영화과에 들어갔다. 가정에서 반대하는지라 자신만 믿고 배우 수업에 전념했다. 그러나 거기에서 빛을 못 보고 가수로 전환했다. 주위에 실망하는 사람이 늘었다. 다른 길은 없는 데다 가족도 회의적으로 보는지라 막다른 골목에서 사력을 다해 가수가 되었다. 부모가 말리는 길을 자기가 고집을 부려 갔으니 옆으로 새지도 못하고 스스로 채찍질하여 성공했다. 결국 가문의 영광이 되었고, 그 때문에 아버지 이름도 세상에 오래 남았다.

　　지금은 부모가 나서 자식을 연예인으로 만들려고 한다. 자식도 연예인을 갈망하는데 어째서인지 다수가 무대에 오르지도 못하고 하차한다. 공부가 싫어 연예계를 넘보거나 화려한 무대를 바라보다 현실을 알고 시들해진다. 더러는 수백 대 일의 경쟁을 뚫고 실용음악과에 들어가 대중가요를 전공한다. 그 뒤에 수천 대 일의 경쟁을 뚫고 오디션을 통과한다. 연예기획사에서 5년 넘게 연습생 과정을 마치고 무대에서 서로 이기려고 겨루다 비전이 없다며 떠나기도 한다. 연예인 2세가 많은 것을 알고는 부모의 후광이 있어야 뜬다고 하면서 무대에서 내려오는 수도 있다. 만인의 반대를 무릅쓰고 혼자 연예계에 뛰어든 원로들과는 다른 모습이다. 자기 신뢰를 많은 고비를 넘을 만큼 충전하지 않아서다.

자신을 믿고 자발적으로 진로를 찾는 사람이 꿈을 이룬다. 그는 만인이 그르고 자기가 옳다는 것을 입증하려고 온갖 고난을 극복한다. 남이 무시하는 길을 가다 보니 설욕하려는 집념을 발휘하여 성공한다.

내 부모는 학력과 재력은 약했으나 심력과 신념은 강했다. 자식을 말이 아니라 발로 가르쳤다. 자녀에게 성실하고 근면하게 사는 모습을 보여주었다. 부모가 자식농사에 정성을 쏟은 덕분에 나는 성패를 거듭하며 자신감을 쌓았다. 어린 시절에 가꾼 자신감을 바탕으로 환갑에도 나를 믿고 새 길을 낸다. 실패를 자신감의 동력으로 삼아 앞으로 나아간다.

부모가 만류하는데도 대학에 들어갔으며, 부모의 반대를 무릅쓰고 교사를 그만두고 대학에서 조교 등으로 일했다. 대학을 나와 학원을 차릴 때도 부모는 물론 아내와도 상의하지 않았다. 나를 믿고 선택한 만큼 책임지며 살았다. 내가 제대로 간다는 사실을 입증하려고 애쓰는 사이에 자신감을 많이 길렀다. 그 자신감을 바탕으로 읽고 쓰는 일에 몰입한다.

도시에서 장사의 딸로 자란 아내는 나에게 어디에서 그런 자신감이 나오느냐고 묻는다. 어디라고 가리키지 못하나 사는 동안 심신에 자신감을 장착했기에 도전을 거듭한다. 교사인 아내는 안전을 좋아하여 내 모험을 지켜보는 일조차 불안하게 여긴다. 말려도 뜻한 데로 가는지라 내가 하는 대로 지켜본다. 나는 위험한 성취에서 쾌락을 만끽하며 살았다. 지금도 모험을 즐기며 읽고 쓴다.

나는 초등학교에서 대학원까지 다니면서 바뀌는 환경에 적응하느라고 애를 먹었다. 연줄로 돌아가는 세상에서 줄이 없어 열등감이 많았으나 어릴 때 부모와 더불어 얻은 자신감을 바탕으로 살아남았다. 적응 장애를 극복하며 자신감을 키운 터라 쉰 살에 인생성형을 만들어 필생의 과제로 삼았다. 나처럼 시행착오를 겪는 사람의 부담을 덜어주려고 하는 일이다.

아버지는 시골교회 장로로서 평생 농사를 지으며 살았다. 기존 질서를 존중하는 가부장이요, 자녀들이 당신의 소망을 이루어주기 바랐다. 유교 이념과 풍수사상도 끌어들여 자녀들이 잘되기 원했다. 당신을 희생하여 자식농사를 지으며 작물 재배에 정성을 쏟았다. 어머니는 아버지가 소를 자식보다 애지중지한다고 말할 정도였다. 농사를 천직으로 알고, 자기 직분에 충실하게 사는 모습을 보여주었다.

그런 부모를 보고 자란 나는 오늘도 끊임없이 읽고 쓴다. 자녀를 믿고 기다린 부모를 생각하며 내가 하는 일에 전념한다. 지각 인생을 영위하지만, 부모 뜻을 이어간다. 나를 믿고 이 길에서 내 바람을 이루려고 애쓴다.

어떤 부모는 자녀에게 불신감을 심어준다. 자녀가 무슨 일을 하려고 하면 '안 돼!'를 연발한다. 자녀는 그 말을 듣고 자신감을 잃는다. 부모가 주입하는 대로 '난 안 된다'고 믿는다. 학교에서 몇 번 좌절하면 전의를 상실한다. 그는 무기력하여 공부도 안 하고 부모에게 의존하여 산다. 중학생이 되어서도 "엄마, 나 나가도 돼?" 하고 묻는다. 스스로 판단하지 못하니 부모가 눈에 안 보이면 두려워한다.

그런 아이는 군대에 가서 분리불안을 겪는다. 하루도 부모와 떨어져 자지 않았는데 부모를 벗어나 상하질서를 따라야 하니 스트레스를 받아 잠을 못 이룬다. 입으로는 "부모형제 나를 믿고 단잠을 이룬다."고 노래하지만, 사실은 "부모형제 나를 못 믿고 밤잠을 설친다."고 해야 하는 판이다. '진짜 사나이'는 그만두고 군대에 적응하는 사나이만 되어도 다행이다. 불안한 부모가 한둘인 자녀를 나약하게 키우면 가정은 물론 국가도 흔들린다.

내 부모는 나를 믿고 기다려 주었다. 군대에 복무할 때도 나를 믿고 생업에 종사하며 동생들을 키웠다. 그런 부모 아래서 자신감을 기른 탓에 내 자리를 내가 만들었다. 육순의 아들이 무명작가로 십 년 넘게 살아도 어머니는 나를 믿고 기다린다. 별세한 아버지도 하늘에서 나를 믿고 기도할 것이다.

두 아들이 대학에 다니는 동안에도 아내가 나를 믿었기에 경제활동을 거의 하지 않고 집필에 전념했다. 가족의 신뢰를 저버리지 않으려고 오늘도 나를 채찍질하며 나아간다. 가족들이 뒤에 나오는 책일수록 잘 읽힌다고 하니 기분이 좋다. 글이 물처럼 흐를 때 가독성이 좋기 때문이다.

나는 작가로 일어서리라 믿는다. 저술에 전념한 11년 동안 책을 5,000권 넘게 읽었으며, 이 책까지 네 권을 저술했다. 열심히 재능을 연마한 데다 세상이 배경보다 능력을 보는 쪽으로 바뀌니 희망을 걸고 집필한다.

나는 신비주의나 초월주의를 믿지 않는다. 실행주의자로서 한 자씩 읽고 쓴다. 자신감을 실행과 신뢰의 융합으로 보아 무한 긍정, 무한 신뢰도 인정하지 않는다. 요행이나 운명에 기대지 않는다. 내가 믿을 수 있는 만큼 이루려 한다. 내 부모가 벼 한 포기에 정성을 쏟는 모습을 보며 자란 터라 희망 고문을 하지 않는다. 인생이 마음대로 안 되지만 나를 믿어야 뜻을 이룬다는 사실은 안다. 때문에 한 글자에 내 삶을 담아 글을 쓴다.

내가 나를 안 믿는데 누가 나를 믿겠는가. 남이 믿지 않아도 나는 나를 믿는다. 나마저 나를 저버리면 쓰러지는 까닭이다. 믿는 만큼 뜬다고 믿으며 오늘도 읽고 쓴다. 나를 믿고 힘을 길러야 다른 성공 요인이 따라온다고 믿는다.

세상에는 실패자보다 포기하는 사람이 더 많다. 실패라고 말하는 대부분은 중도하차다. 자신을 못 믿으니 남이 비판하면 주저앉는다. 목표와 계획을 세울 뿐 시작도 안 해놓고 그 이유는 잘도 댄다. 담대한 사람이 새 일에 도전하지만, 그 가운데 십중팔구는 도중에 그만둔다. 자신을 믿고 꾸준히 걸어가며 온갖 시련을 극복한 극소수가 뜻을 이루는 것이다.

나는 오늘 여기에서 길을 내며 자신감을 쌓는다. 자기 환경을 개혁하는 사람이 남도 돕는다. 어릴 때 있었던 자신감을 회복하여 실패해도 다시 일어서면 된다.

우리는 누가 성과를 내면 조건이 좋았다고 말한다. 그 주인공도 성공을 타인의 은혜로 돌려야 남들이 겸손하다고 평가하니 그 말에 대응하지 않는다. 사람들은 자기 생각이 맞는 줄 알고 맨손으로 기업을 일군 사람도 운이 좋았다고 말한다. 그런 사람은 환경이 좋아도 꿈을 못 이룬다. 성공원리를 모르기 때문이다.

누가 뭐라고 해도 나는 나를 믿는다. 남이 무시할수록 더욱 나를 믿는다. 그래야 살아남는 까닭이다. 시행착오를 겪으며 나를 믿고 꾸준히 나아간다. 나를 믿고 인생성형 마당을 멋지게 가꾸어 여러분과 함께 자라기 바란다.

세상은 나를 못 믿게 하네

내 부모는 기존 질서를 존중하며 나를 키웠다. 유교적 상하체계와 기독교적 인간관계에 입각하여 자식농사를 지었다. 학교에 들어가자 교사들은 상명하복을 요구했다. 어떤 교사는 내 자존감을 짓밟으며 자기 명령에 따르라고 억압했다. 그런 속에서도 나는 자신감을 보존했다.

나는 박정희가 국가를 통치하던 시절에 초중고를 다녔다. 당시에는 고등학생도 군사훈련을 받았다. 언젠가 교련조회에 한 번 늦었는데 교련교사가 나를 처벌했다. 그는 독재자의 시녀로서 내 자신감을 꺾었다. 교칙의 내용도 모른 채 나는 처벌을 감수했다. 졸지에 불량학생이 되어 모욕감이 들었다.

나는 십 리가 넘는 길을 자전거를 타고 다녔다. 버스도 안 다니던 시골이라 자전거가 고장 나거나 비가 오면 학교에 가끔 늦었다. 그러다 처벌도 받았으나 학교를 기꺼이 다녔다. 대열을 이탈하면 안 되는 줄 알고 나쁜 교사도 비난하지 않고, 그런대로 자신감을 보존하며 졸업했다.

지금도 집단주의가 견고하여 학생들은 학교를 자기보다 신뢰한다. 학교에서 자신감을 훼손해도 학생은 학교를 떠나지 못한다. 사람들이 학교에서 적응하지 못하면 사회에서 살아남기 힘들다고 보는 까닭이다. 몇 년 전에 카이스트에서 넉 달 동안에 네 학생이 자살하여 사회문제가 된 적이 있다. 수재들이 죽을 만큼 고민하면서도 카이스트를 떠나지 못했다. 자기보다 학교를 더 믿었기 때문이다.

우리는 집단을 개인보다 중시한다. 기득권이 선공후사 정신을 주입하여 자신보다 학교를 앞세운다. 학교에 견주어 자신을 하찮게 여기니 학교생활에 적응하지 못하면 극단적 선택을 한다. 그 책임은 부모, 교사, 학생이 공동으로 져야 한다. 일차적인 책임은 부모와 교사에게 있다. 그들이 잘못된 가치관을 학생에게 심었기 때문이다. 그들 또한 개인보다 집단을 높게 보는 사회에서 살았으니 또 다른 피해자다.

부모는 자녀가 학교를 그만둔다고 하면 대부분 말린다. 자녀가 학교에 적응해야 세상에서 살아남는다고 보는 까닭이다. 부모가 학교를 성역으로 생각하면 자녀는 학교생활이 힘들 때 학교 대신 자신을 버린다.

독학하여 성공한 부모도 자녀에게는 학교에 다니라고 요구한다. 그런 부모일수록 능력보다 간판을 높게 본다. 자기 경력의 애로를 알뿐더러 가지 않은 길에 대한 선망이 강해서이다. 부모가 간판을 중시하니 자녀도 자신보다 배경을 더 믿는다.

우리는 집단과 계급을 존중하며 산다. 사회의 보편적 가치관을 견지하며 생활한다. 한국이 유교 윤리에 따라 돌아가다 보니 우리는 자신보다 집단을 우월하게 본다. 집단 중에서 특히 학연을 절대시한다. 노회찬은 청렴했으나 동창이 건네는 불법자금을 받았다가 문제가 되자 극단적인 선택을 했다. 정치인들은 동창이 주는 돈을 가장 안전하다고 생각하는데 그 마수에 걸린 것이다.

우리는 어려움이 닥치면 아는 사람을 찾는다. 자기 스스로 문제를 해결하려고 하지 않고 남에게 부탁한다. 믿을 건 나뿐인데 줄을 나보다 더 믿는다. 연줄에는 학연, 지연, 혈연 등이 있는데 땅과 피는 타고나므로 학교에서 인연을 만들려고 한다. 그 열망이 강력하여 나보다 학교를 더 믿는다.

가정과 학교에서 보편적 가치를 장착한 사람일수록 자신을 불신한다. 그런 사람은 진로도 남들을 따라서 선택한다. 한국에 그런 사람이 많아 여학생은 다수가 교대, 사대, 간호학과로 진학한다. 일반적 성향을 따르는 터라 나름대로 길을 못 고른다. 자신감이 없으니 기득권이 구축한 체제를 부정하지 못한다.

세상은 나를 못 믿게 한다. 나를 믿고 집단과 대결하면 왕따가 된다. 어릴 때 형성한 집단 무의식은 자동사고장치가 되어 윗사람의 말을 따른다. 상사의 요구를 거절하면 죽을까 봐 마음에 안 들어도 그 말에 따라간다.

남자가 성폭력을 해도 여자는 대개 대항하지 못한다. 남자가 구축한 사회에서 그런 사실을 밝혔다가 불이익을 당하는지라 사실을 은폐한다. 기득권을 벗어나 살아남을 자신이 없으니 남자가 능욕해도 참고 산다.

'미투 운동'은 여성이 자신을 믿고 기득권과 맞짱을 뜨겠다는 선언이다. 그나마 조금 일어나다 말았다. 남자에게 피해를 입고도 자신을 못 믿어 여성 다수가 사실도 못 밝힌다. 말해봐야 사회구조는 바뀌지 않을뿐더러 자기만 손해를 본다고 생각하여 그 상처를 숨긴다. 그런 점에서 안희정의 성폭력을 고발한 김지은이 대단하다. 여자 혼자 대통령 후보 경선에 참여한 남자와 그 추종세력과 대결했기 때문이다.

　많은 여성들이 주말마다 광화문에 모여 남녀차별을 철폐하라고 외친다. 자신의 구체적인 문제를 혼자 제기하기보다 같이 모여 부조리를 바꾸라고 요구한다. 그 운동은 각자 자기 자리에서 남녀차별에 대항할 때 상승효과를 낸다. 담대하게 자기 치부를 드러내고 사회문제를 바로잡으려고 하는 여성이 늘어날 때 미투 운동은 성공한다. 여성운동의 성패는 결국 여성의 자신감에 달려 있다.

　상명하복이 뚜렷한 군대에서 남자 상관이 여자 부하를 성폭행하는 수가 있다. 여자 부하는 여러 굴레를 쓰고 있어 남자 상사는 그를 성폭행해도 드러날 소지가 적다고 본다. 그러다 보니 군대에서 남자 상사가 여자 부하를 성폭행하는 일이 수시로 일어난다.

　기득권자는 아래에서 자신을 비판하면 하극상이라고 본다. 사회를 불신하고 세상을 부정적으로 본다고 말한다. 아래서 따지고 들면 덤빈다고 말해 그 도전을 무력화한다. 비판적 사고야말로 민주시민의 덕목인데 그게 잘못이라고 규정한다. 지도자들이 나쁜 짓을 많이 저질러도 제재하는 사람이 적으니 그들은 잘못하고도 뭐가 문제냐고 반문한다.

　자신을 믿고 탄압을 감당해야 기득권에게 저항할 수 있다. 쉽지 않은지라 의미가 크다. 그런 뜻에서 대학교수의 갑질을 고발한 고려대 염동규는 대단하다. 졸업과 취업을 교수에게 의존하고 있는 대학원생으로서 웹툰 〈슬픈 대학원생들의 초상〉을 창작했기 때문이다. 해마다 석사와 박사가 10만 명 넘게 나오는데 그런 사람은 없었다. 장래가 촉망되는 명문대 대학원생이 교수의 부조리를 고발하는 데 앞장섰다.

　자신을 기득권보다 신뢰할 때 후손에게 정당한 세상을 물려주게 된다. 힘들어도 후손들이 자신을 믿고 살 수 있으니 좋은 일이다. 그런 일을 하는 사람이 이 시대의 선구자다. 그가 바로 현대판 정약용이요, 박지원이다.

　다수가 학벌 체계를 인정하니까 간판 세상이 이어진다. 사람들이 SKY(서울대, 고려대, 연세대)를 실력자라고 믿으므로 SKY가 한국을 좌우한다. 인지 능력은 다중지능 시대에는 쓸모가 적은데도 비명문대 출신은 명문대 출신 앞에서 알아서 긴다. 대학 문턱에도 안 가본 사람은 대졸자 앞에서 무릎을 꿇는다. 비주류가 간판을 가진 주류를 높게 보는 심리와 사고를 그대로 간직하고 있는 것이다.

　나는 간판 대신 실력으로 일류를 이기려 한다. 학벌이 시원찮으니 실력을 길러 간판을 타파할 생각이다. 지방대 출신으로 나를 믿고 실력을 쌓아 일류의 허점을 공략한다. 기득권이 만든 울타리에 들어가기보다 내 힘을 기른다. 내 실상을 그대로 드러내놓고 부조리한 세상을 바꾼다. 능력으로 간판을 이기는 길이 갈수록 많아진다. 자신을 신뢰하면 그 길이 보인다. 그 길은 멀고 험하지만, 기득권에 기대어 가는 길보다 훨씬 아름답다.

　고수는 자신을 믿고 기득권자에게 도전한다. 자신감을 확충하면서 기득권자의 부조리를 타파한다. 기득권들이 하는 말을 나름대로 분석하여 취사선택한다. 기득권은 상하 질서를 옹호하기 때문이다.

　기득권은 나를 믿지 말라고 가르친다. 저마다 자신을 믿고 독립하면 기득권을 유지하기 어렵기 때문이다. 기득권의 음모를 알고 나를 믿을 때 약자도 꿈을 이룬다. 자신을 신뢰하고 현실을 직시한 뒤에 홀로 서면 누구든 제 길을 만들 수 있다. 그가 어떤 기득권자보다 위대하다.

나를 믿을 때 앞이 보인다

십 년 넘게 읽고 써도 글로 밥을 못 버니 가족도 나를 반신반의한다. 아내는 물론 두 아들도 필력이 부족하여 못 뜬다고 여길 것이다. 어머니와 형제도 잘나가는 학원을 그만두고 책을 쓰느라 고생한다며 안타까워한다. 강산이 바뀔 세월만큼 제자리를 맴도니 가족이 나를 회의하는 것은 당연하다.

이때 나마저 '그래, 난 안 돼!' 하며 주저앉아야 할까. 아니다. 가족이 나를 불신해도 나를 믿어야 앞이 보인다. 코앞도 모르는 세상에서 우리는 자신감 크기만큼 꿈을 이룬다. 말이 아니라 발로 나아가야 가족은 물론 남도 나를 믿을 터이다.

내가 뛰어든 출판시장보다 음식업계는 더 치열하다. 나는 많은 사람들이 실패하고 나간 자리에서 단독으로 식당을 열어 성공한 노인을 보며 마음을 다잡는다. 내가 사는 아파트 근처에 그런 할머니가 있다. 혼자 다리를 절면서도 식당을 활성화했다. 최근 인근에 대형 정육식당이 들어섰다. 그 상황에 어떻게 대처하여 살아남을지 궁금하다.

음식은 오감으로 맛본다. 주인이 시각에서 촉감까지 신경을 써야 음식 맛이 난다. 주인이 음식을 작품처럼 만들 때 식당이 번성한다. 고수는 자신을 믿고 음식을 판다. 자신과 손님을 신뢰하면서 함께 성공하려고 하니 손님이 찾아온다. 목이 안 좋아도 오감을 총체적으로 자극하여 다시 오도록 한다.

고수는 오직 자신에게 기대어 식당을 유지한다. 손님을 왕으로 모시되 진상 손님은 쫓아낸다. 자기 철학이 확실하여 무리한 서비스를 요구하면 단호하게 거절한다. 그렇게 식당을 운영하여 자녀교육은 물론 노후대비도 한다.

한국에는 소득에 대비하여 프랜차이즈 체인점이 많다. 외국은 1인당 국민소득이 2만 불을 넘으면 단독점포가 늘어나는데 우리는 그것이 3만 달러에 가까워도 본부 아래 들어가서 장사하기를 좋아한다. 스스로 못 믿어 본부에 의존하니 본부는 자기 본위로 체인점과 계약한다. 가맹점주는 본부가 알아서 해주기를 바라고, 본부는 계약대로 가맹점을 상대한다. 가맹점주는 본부가 도와주지 않으면서 돈을 많이 뜯어간다고 불평한다. 그러다 문제가 생기면 서로 다툰다. 대체로 가맹점주가 본부에게 패배한다. 가맹점주가 약자인 까닭이다.

한국에 커피전문점이 10만 개쯤이다. 커피전문점은 대부분 체인점으로 영업한다. 다만, 커피 체인점 점유율 1위 스타벅스는 직영점 체제를 고수한다. 가맹점 체제보다 직영점 방식이 우월하기 때문이다.

가맹점주는 장사가 안 되면 본부에게 책임을 묻는다. 자신감이 없어 단독 창업을 하지 못하고서 잘못되면 본부를 탓한다. 가맹점 주가 본부에 기댔다가 문제가 생기는 수가 많다. 그만두고 싶어도 인수자가 없으면 빠져나가지도 못한다. 하릴없이 계약 기간까지 손해를 보며 장사한다. 남이 돈을 벌었다는 소문을 듣고 늦게 뛰어든 가맹점주일수록 타격이 크다.

직영점 체제로 경영하는 스타벅스가 프랜차이즈로 질주하던 카페베네를 따돌렸다. 카페베네는 고객의 비판을 외면하고, 확대주의를 전개하다 추락했다. 가맹점 수를 1,000개 늘리는 데 스타벅스는 17년이 걸린 데 견주어 카페베네는 4년이 걸렸다.

스타벅스는 출시에 신중하여 처음에 몇 개를 열어 새 제품, 새 서비스, 새 사업에서 생기는 문제를 해결했다. 직영점은 자신감과 책임감을 바탕으로 운영하니 단독점포와 유사하다. 스타벅스 창업주 하워드 슐츠는 유대인으로서 성경에 나오듯 "시작은 미약하나 끝은 창대하리라."는 신념을 견지하며 앞을 보았다. 믿는 대로 일하여 커피 전문점이라는 블루오션을 창출했다.

카페베네 창업주 김선권은 확대주의를 고수하여 품질을 유지하며 본부와 가맹점이 상생하지 못했다. 성공 스토리가 떠도는 동안 한쪽에서 사업이 기울자 본체가 흔들렸다. 강자에게 기대어 살아남으려는 사람은 그 성공신화를 듣고 사업에 뛰어들었다. 그러나 그 신화는 만들어진 것이었으며 하강하는 속도보다 나쁜 입소문이 빨리 돌아 마침내 그 업체는 위기에 빠졌다. 대표가 성공에 도취했는지 그 사실을 늦게 알아 쓰러지고 말았다.

카페베네는 올해 5월에 회생 인가를 받았다. 경쟁이 치열한 판에서 회생절차를 제대로 밟아 5개월 만에 법정관리를 졸업했다. 커피전문점이 레드오션이 되었으며, 신뢰를 많이 잃었기 때문에 앞길이 밝지만은 않다. 2018년 10월 현재, 가맹점이 410여 개인데 변수가 많으니 가맹점으로서는 상황을 직시하고 유연하게 대처해야 생존한다. 추락한 업소가 실망 고객을 되돌리는 일은 초기에 신뢰를 획득하는 일보다 열 배쯤 힘들다. 그만큼 피나는 노력을 기울어야 살아남는다.

스타벅스는 출점이 자유롭고, 거리에 제한이 없었으며, 의사결정이 빨랐다. 가맹점이 본부에 기대면 본부가 망할 때 함께 넘어진다. 자신을 못 믿으면 남을 보는 눈이라도 길러야 성공한다. 그럴 때 좋은 본부를 고른다.

어떤 형태든 자기 점포는 스스로 책임진다는 자세가 중요하다. 본부를 믿었다가 낭패를 겪는다. 사람은 모두 이기적이므로 내가 선택하고 책임져야 본부가 시원찮아도 꿈을 이룬다. 어렵다고 본부 탓을 하면 함께 넘어진다. 프랜차이즈 본부와 가맹점이 서로 공로를 내세우며 다투면 공멸한다.

정부는 본부를 갑, 가맹점을 을로 보는데 계약 당사자를 존중하는 자세가 국가에 유익하다. 상대에게 의존하면 그 지배를 받는다. 자신을 믿고 창업한다면 주인으로서 누구의 간섭도 받을 일이 없다.

나는 내 힘으로 일어서려고 꾸준히 읽고 쓴다. 현실을 사람과 저서를 통해 분석한다. 좋은 자원을 비싼 수업료를 주고 힘들게 얻는다. 내 돈을 내고 책을 발간하여 필력을 함양한다. 나를 믿기에 11년째 이 길을 걷는다. 이 길이 가기 힘들지만 한번 뜨면 오래 가리라 믿는다.

나는 시장에 가보지 않은 이론가의 말보다 현장에서 얻은 지식을 더 믿는다. 남의 말보다 내 발을 믿는다. 나는 사표를 여러 번 쓰면서 인생을 걸고 목표를 달성하는 힘을 길렀다. 때문에 말없이 자신을 믿고 제 몫을 다하는 사람을 존경한다. 내 부모는 생산에서 판매까지 스스로 판단하며 고객의 신뢰를 쌓았다. 하나님이 지켜본다고 생각하며 고객과 거래를 했다. 도시에서 장사하는 사람과 고추를 거래할 때 손해를 보면서도 약속은 지켰다. 때로는 그들이 말하는 대로 믿어 손해를 보았으나 묵인한 결과 오랫동안 그들과 거래할 수 있었다. 나는 학원에서 그런 자세를 견지하여 나름대로 성공했다. 이제 부모에게 배운 인생 전략에 내 삶에서 얻은 지혜와 통찰을 더해 내 인생성형을 지속한다.

스스로 믿을 때 앞이 보인다. 자신을 못 믿으니 비전이 없다고 말한다. 자신을 믿고 걸으면 길이 생긴다. 그 길을 따라 나아가는 사람이 꿈을 이룬다. 자기가 믿는 만큼 고비를 견디며, 열매는 넘은 고비에 견주어 얻는다. 실패하면 책임지고 그 원인을 분석한 뒤에 다시 시작하면 된다. 지나가는 사람이 던지는 한마디에 하는 일을 멈추는 사람이 무슨 일을 하겠는가.

이름도 모르는 커피를 주문해서 새로운 맛을 보면 자신감이 커피 한 잔만큼 생긴다. 커피를 제 뜻대로 골라보면 지혜와 통찰을 얻게 된다. 그마저 스스로 고르지 않고 남을 따라가면 큰일을 못

한다.

  인생에서 낭비를 줄이려면 스스로 믿고 선택해야 한다. 스스로 선택하고 책임질 때 자신감이 자란다. 그런 일을 반복하며 자신감을 쌓은 사람이 생존을 넘어 크게 성공하는 것이다.

현실을 제대로 안다

학부모는 교수보다 초등교사를 더 무서워한다. 초등교사는 사회화를 배우는 아동에게 혼자서 여러 교과를 가르치므로 그 영향력이 막강하다. 그때 어떤 교사를 만나느냐에 따라 인생이 갈린다. 초등학교에서 나쁜 교사를 만나면 자신감을 훼손당한다. 그 부정적인 영향이 생애 전반을 지배한다. 고관대작인 학부모도 초등교사 앞에서는 꼬리를 내리는 까닭이 여기에 있다.

초등학생 때는 학생과 교사의 격차가 커서 교사가 부당하게 대우해도 학생이 맞서지 못한다. 부모는 아이 맡긴 죄로 교사의 눈치를 본다. 나쁜 초등교사는 그런 상황을 악용하여 학부모도 조종하려 든다. 문제 교사는 학생에게 공부를 못하면 실패한다는 인식을 심어준다. 학생의 사회화를 방해하여 그 적응력을 떨어뜨린다. 현실을 모르면서 잘못을 저질러 사람들이 교사뿐만 아니라 교육계도 불신하게 만든다.

초등교사에게는 태생적으로 취약점이 많다. 초등교사는 교육대학교를 나와 교단에 서는지라 세상을 보는 안목이 짧고 좁다. 교대는 수백 명의 동기만 모여 비슷하게 생활하는 까닭이다. 초등교사는 교대 졸업생으로 임용을 제한하여 경쟁도 심하지 않다. 교단에 서면 신분을 보장하니 공부를 별로 안 한다. 집단성이 강한지라 교사끼리 협력하여 학생을 통제하곤 한다. 계급의식이 철저한 교사는 학생이 자기 말을 안 들으면 탄압한다. 나쁜 교사는 성적과 환경에 따라 학생을 차별한다. 누가 문제를 제기해도 교실의 제왕이라 반성하지 않는다. 교장도 승진을 포기한 교사는 제어하기 힘들다.

내 학창 시절과 학부모 시기, 그리고 학원 운영 시기에 직간접적으로 겪은 바로 보아 초중고 가운데 초등학교에 문제 교사가 가장 많았다. 학부모로서 초등교사에게 황당한 일도 겪었다. 그 교사는 중년 남자였는데 내 아들에게 큰 문제가 있는 것처럼 이야기했다. 속으로 웃으며 그 말을 흘려들었다. 그 예단과는 달리 내 아들은 원만하게 자라 괜찮은 직장에 들어갔다. 내가 그 교사의 말을 믿고 아이를 다그쳤다면 문제가 생겼을 것이다.

초등학생 시절에 문제 교사를 만나면 부모와 합력하여 그를 넘어 성공하면 된다. 한국에서는 참고 견디는 전략이 유용하다. 아인슈타인은 초등교사에게 악평을 들었으나 대성했다. 그는 학교 제도를 싫어하여 고등학교 졸업장이 없었다. 때문에 독일에서 대학에 갈 수 없어 재수 끝에 스위스 국립공과대학에 들어갔다. 조건은 다르지만, 우리도 교사가 무시해도 부모와 자녀가 서로 도와 자신감을 보존하면 뒤에 자립할 수 있다.

문제 교사는 얕은 경험과 지식에 기대어 학생의 앞날을 말한다. 그래도 학생이 반발하지 못하니 반성도 안 하고 잘못을 반복한다.

그는 여러 학생에게 중상을 입힌다. 그 교사의 이름은 잊어도 모욕을 당한 순간은 뚜렷이 기억한다.

내가 고등학교를 나올 때까지 내 부모는 학교에 거의 오지 않았다. 나는 혼자 교사의 비교육적 언행에 대응하며 자신감을 보존했다. 때로 모욕을 감수하면서도 자신감을 지켰다. 시행착오를 많이 겪었으나 현실을 아는 만큼 나를 믿게 되었다.

좋은 교사는 학생에게 자신감을 충전한다. 그는 성공원리가 다양하다고 보며, 불의에 맞서 소신을 지킨다. 군사정권에서 고등학생들의 시위를 호의적으로 지켜본 그 교사를 나는 지금도 존경한다. 그때 그가 받은 고난을 생각하면 절로 고개가 숙여진다. 나뿐아니라 그를 존경하는 제자들이 많았다.

그 소식에 주목했는데 초지일관 참된 교육자로 살면서 자녀도 성공적으로 길렀다고 들었다. 퇴직한 뒤에도 공부하며 산다고 했다. 그 힘든 가시밭길을 걸어간 그야말로 참스승이다. 그런 스승 하나가 보통 선생 백 명을 당한다. 그런 교사가 드물어 아쉬울 뿐이다.

교사는 절대적 권위를 가진 데다 제도의 후원까지 받는다. 그들은 진학에 많은 영향을 미친다. 학생은 교사에 맞서 인권을 지키기도 어렵다. 교사가 인생을 망가뜨려도 대응하기 힘들다. 매체에서는 학생에게 교사가 맞는다고 보도하나 대부분 교권 붕괴를 우려하여 희귀한 사건을 과장한 것이다.

학교 현장을 보면 문제 교사에게 피해를 입는 학생이 학생에게 맞는 교사보다 견줄 수 없이 많다. 문제 교사는 학생을 무시해 수업을 하면서도 성추행을 한다. 교사의 권위가 무너지는 일은 안중에 없다. 대입에서 학생부 성적을 중시하니 고등학생은 교사에게 말대꾸도 못 한다. 당국에서 교사에게 힘을 실어줄수록 문제 교사는 실력을 쌓지 않고 전횡을 휘두른다. 교사가 학생을 망쳐도 솜방망이로 때리는 경우가 많다. 자체정화는커녕 사법기관도 그것을 고칠 의지가 적다. 그만큼 사람들은 우리 교육을 불신한다. 학교와 교사를 보호할수록 교사의 경쟁력은 떨어진다.

고등학생은 고사하고 대학생도 교수의 횡포에 제대로 맞서기 힘들다. '미투' 운동이 일어나자 교수에게 성폭력을 당한 여자들이 들고 일어섰다. 교수의 만행에 대학생도 대항하지 못했다는 방증이다. 담대하게 교수의 부정을 지적하는 학생은 자신감을 획득한다. 그 자신감을 토대로 세상에서 뜻을 이룬다.

학생들은 예술계 교수가 부조리를 저질러도 여전히 연예계를 동경한다. 사회 분위기에 휩싸여 그 실태를 알지 못한다. 학교에서 현실을 파악하는 능력을 기르지 못해 환상을 좇는다. 그러다 늦었다고 깨달은 뒤에 할 줄 아는 게 없어 절망한다.

현실을 알고 적응할 때 성공한다. 현실은 뛰어들어 보아야 제대로 알며, 현실을 알면 자기 신뢰도 올라간다.

학생은 학교에서 인생의 기초를 다진다. 학교는 기득권을 양산하는 사회체제다. 거기에서 좋은 스승을 만나기는 힘들다. 내가 초등학교에서 대학원까지 다니며 선생을 수백 명은 만났을 터인데 스승이라 부를 만한 사람은 몇 명이다.

교사를 잘못 만났다면 스스로 인생 공부를 하면 된다. 학생이 교사를 선택할 수 없으나 스스로 공부할 수는 있다. 교사에게 적절하게 반응하며 스스로 공부하면 많이 얻으니 좋은 일이다.

내가 박사학위를 받을 때는 지금처럼 학위논문에 '감사의 글'을 붙이지 않았다. 당시 교수가 나쁘고 지금 교수가 좋아서 오늘날 교수에게 감사하는 게 아니다. 서양의 영향을 받아 논문에서 교수에게 감사를 표현하는 듯하다. 나는 제본소에서 아르바이트를 하며 '감사의 글'을 더러 읽는데 천편일률적인 인사치레다. 사람 사는 곳이 그렇듯이 대학에도 좋은 교수와 나쁜 교수가 있다. 학생들이 현실을 있는 그대로 말하지 못하니 주례사 같은 찬사를 늘어놓는다.

연구실에서 지도교수에게 연구비를 착취당했다는 뉴스가 수시로 터져도 어떤 대학원생도 그 사실은 못 밝힌다. 한국일보(2018. 10. 13.)에 따르면 한국 대학교수의 연구비 횡령액은 압도적인 세계 1위인데 그렇다. 많은 교수가 연구실을 공범조직처럼 운영해서 그런지도 모른다. 다만 '감사의 글'을 따로 써서 교수를 언급하지 않고 진짜 도와준 사람에게 감사하는 것은 보았다. 거기서도 교수의 비리는 말하지 않는다. 그들이 자기 앞길에 영향을 미치는 까닭이다.

그런 뜻에서 강신주의 '배반의 글'이 돋보인다. 그는 저서에서 학위논문을 쓰면서 지도교수와 갈등한 사실을 밝혔다. 그런 일은 논문 쓰면서 많이 겪지만, 대개는 덮고 넘어간다. 그것을 만방에 알리는 일은 드물다. 강신주가 그런 배짱을 지녔기에 한국의 철학교수들이 그를 비판하지만, 무소의 뿔처럼 혼자서 자기 철학을 전개한다. 우리 교육에 이런 배반자가 드물기 때문에 서양 철학을 팔아먹는 사람들이 철학계를 점령했다.

연세대가 좋은 대학이라 그랬는지 지도교수와 갈등했으나 강신주는 무난히 박사학위를 받았다. 그만큼 연세대는 학문하기 좋은 곳이라는 반증이다.

나는 대학을 떠나 어떤 교수도 의식하지 않고 교수를 입체적으로 본다. 내가 볼 때 교수라 하지만 교수법이 좋은 교수는 없었다. 대학원에서 교수를 가까이서 몇 년 겪어보면 그 교육관도 안다. 재수 없으면 교육이 뭔지도 모를뿐더러 인성이 나쁜 교수를 만나 고생한다. 그런 내용을 '감사의 글'에 쓰지 못하니 나는 책에서 읽는 교수 평가를 더 믿는다.

대학은 제도요, 논문은 형식이며, 교수는 직위다. 지도교수는 논문 쓰는 일을 도와주면 된다. 주제에서 집필까지 학생이 주도하는 게 교육적이다. 미국은 그런다는데 우리는 교수가 많이 간섭하는 편이다.

대학 현실을 직시한 뒤에 나를 믿고 혼자 공부하면 걸어 다니는 대학이 된다. 대학을 나오지 않은 사람이 더욱 뛰어난 학자 후보다. 많은 것을 스스로 배우는 까닭이다.

가정과 학교에서 현실을 직시하는 능력을 기르면 어떤 위기를 만나도 살아남는다. 거기에서 자신감을 비축한 만큼 뜻을 이룬다. 가정환경은 저마다 다르지만, 학교에서는 그런 힘을 길러주지 못하니 간판을 떠나 자신을 믿고 나아갈 일이다. 학위야 지나가는 개도 안 쳐다보니 자신을 걸어 다니는 학교로 만드는 게 학위를 따는 일보다 훨씬 낫다.

이치를 꼼꼼하게 따진다

당신이 실수로 모르는 사람에게 돈을 보냈다면 돌려받을 수 있을까. 그 돈은 날아갈 확률이 높다. 금융감독원이 2012년에서 2017년 상반기까지 조사한 결과에 따르면 잘못 보낸 돈을 받은 사람의 56.2%가 전주에게 돈을 돌려주지 않았다. 착오송금한 금전을 달라고 전주가 반환소송을 해도 절반 이상이 그 돈을 착복했다. 반환하는 비율이 자꾸 떨어져 2017년 상반기에는 37%에 그쳤다. 양심불량자가 늘어난다는 말이다. 돈이 끼면 부모 형제는 물론 신도 몰라보는 세상이다. 재벌뿐 아니라 보통 사람도 마찬가지다.

한국은 사기공화국이다. 사기 사건이 인구에 대비하여 한국에서 일본보다 수십 배가 많이 일어난다. 한국 최고의 사기꾼 조희팔은 수조 원을 몇 년에 걸쳐 사기를 쳤다. 그가 남을 속이면서 가장 많이 들먹인 말은 '우리, 가족'이다. 피 한 방울 안 섞인 사람을 앞에서 유사 가족으로 부르며, 뒤에서 그 돈을 훔쳐갔다. 돈에 눈이 멀면 흔해 빠진 '우리'라는 말에 이성을 잃는다. 희대의 사기꾼 조희팔에게 돈을 빼앗긴 사람 가운데 자살한 사람이 열 명을 넘는다. 사기에 걸려 목숨 같은 자금을 잃고 극단적인 선택을 했다. 그 밖에 물적 심적 피해는 헤아릴 수 없다. 조희팔은 중국에서 죽었다고 알려졌으나 더러는 그마저 사기극이라고 본다.

이 사건 피해자의 궁박한 상황을 이용하여 사기를 구사하기도 했다. 시민단체 대표 김 모 씨는 조희팔 은닉 자금을 찾겠다고 하여 5,000여 명에게 기부금 20여억 원을 받아 챙긴 혐의가 있어 서울지방경찰청이 조사하고 있다. 2008년부터 시작한 그 거짓말에 많은 피해자가 동조하여 돈을 주었다고 추정한다.

사기 피해자는 흔히 이렇게 말한다.

"내가 미쳤지, 귀신에 홀려 그 인간의 말을 믿은 거야!"

그렇지 않다. 정신이 아니라 이성이 문제다. 가치관이 사기꾼 코드와 맞으니 그 말이 귀에 쏙 들어온다. 주파수가 맞고 그에게 관심을 기울이니 '누님!' 하고 부르면 홀딱 넘어간다. 그래서 속고 또 속는다. 돈이 아니라 사람이 거짓말하며, 타인이 아니라 자신이 속이는 것이다.

처남이 보기 싫으면 돈을 빌려주라고 했다. 혈연이요, 곤궁한 데다 부자 매형이라면 빚을 가볍게 생각한다. 매형이 그 돈을 달라고 말하기도 곤란하다. 누구나 돈 빌릴 때와 돈 갚을 때는 마음이 달라진다. 처남이 다급하다고 하면서 며칠 뒤에 갚는다고 하면 그와 헤어질 절호의 기회다. 그 말을 듣고 돈을 조금 주면 처남을 더 이상 안 보아도 된다. 아내는 물론 처가의 콧대도 꺾을 수 있으니 괜찮은 투자다. 눈 뜨고 남에게 사기를 당하는 일보다 훨씬 낫다.

이치를 모르니 사기꾼에게 걸린다. 2016년 통계를 보면 보이스피싱에 낚인 사람의 74%가 20~30대 여성이다. 현실을 몰라 검사를 사칭하는 사기꾼에게 돈을 갖다 바친다. 사기꾼이 법률용어를 들먹이면 전문직 여성도 돈을 내놓는다. 사기꾼은 속일 사람을 아는 데 견주어 여자들은 사기꾼을 몰라서 당한다. 전문가도 우물 안 개구리인지라 사기꾼이 밥으로 여긴다. 돈이 많은 데다 소액 사기는 창피하여 전문가는 그냥 넘어가니까 그 허를 찌른다.

사기꾼은 항상 이익을 보는 터라 한국에는 사기꾼이 즐비하다. 한국에서 한 해에 25만여 사기 사건이 발생하며, 그 재범률은 8할 안팎에 이른다. 2016년의 경우, 사기전과 9범이 초범보다 많을 정도다. 법조인은 흔히 한국을 사기공화국이라 부른다. 현장에서 사기를 가장 많이 다루다 보니 그럴 것이다.

일확천금을 노리는 사람도 사기에 잘 걸린다. 우리가 탐욕을 부리는 데다 속도와 편리를 추구하니 사기가 판친다. 한국에는 사기꾼이 구사할 수단이 무궁무진하다. 이 땅이 사기꾼 천국이다 보니 그들은 죄의식 없이 남의 돈을 편취한다. 사기꾼은 정치가나 기업인에 견주면 자기들은 좀도둑이라고 하며 다른 사람을 속인다. 슬프게도 그들은 약자의 등을 많이 친다. 약자는 세상 이치에 어둡고 순진하며 귀가 얇아서다.

순진한 대학생이 다단계 업계에 들어가 곤욕을 치르는 수가 많다. 세상 물정을 모르는 터라 좋은 알바라고 하면 덥석 미끼를 문다. 내 고향에서도 대학에 들어가 다단계 사기에 걸려 대학을 중퇴하고 고생하는 경우를 듣는다. 법 없이도 살아갈 사람인데 사기꾼은 그런 측면을 파고들었다. 부모가 어렵게 대학에 보낸지라 그 부담을 덜어주려고 하다 사기 낚시에 걸려 낙오자가 되었다.

다단계 종사자의 99%는 돈을 못 번다. 그런 현실을 모르고 그들의 말을 믿으니 빚더미에 앉는다. 현실을 알면 사기꾼의 올무에 안 걸린다. 이치를 꼼꼼히 따져보고 주위 사람에게 물어보면 현실을 안다. 인터넷에서 관련 내용을 찾아 읽어도 다단계의 실체를 안다. 그마저 안 하고 자신을 능력가로 생각하니 사기에 걸린다. 남을 나처럼 아니까 속는다.

가상화폐 시장에도 사기꾼이 들끓는다. 2018년 2월, 부산의 한 20대가 가상화폐에 투자했다가 거액을 잃고 자살했다. 한때 돈을 불렸으나 크게 손해를 보자 목숨을 버렸다. 그는 명문대학 재학생으로 투자에 열중하다 비극을 초래했다.

더러는 거래소 대표가 가상화폐 투자금을 가로챈다. 거래소에 있지도 않은 가상화폐가 있다고 하는 수도 있다. 거래소가 해커로 거액을 잃었다고 하는 수가 있는데 다수가 자작 사기라 의심한다. 관련자가 고의로 사고를 냈다고 보는 것이다.

사이비 전문가는 거짓말로 사람들을 가상화폐 시장으로 끌어들인다. 그들은 가상화폐로 대박을 터뜨린 사례를 든다. 혹자는 가짜 뉴스를 만들어낸다. 사람이 몰려와야 자기가 돈을 벌기 때문이다. 그런 말을 믿으면 쪽박을 차기 쉽다. 투자를 공부한 뒤에 자기 한도에서 투자해야 현실이라도 배운다. 교수와 언론인 가운데 사이비 전문가가 많으니 경계할 일이다.

사이비 교수보다 세계적인 투자가 워런 버핏이 하는 말이 믿을 만하다. 버핏은 가상화폐를 부정적으로 보았다. 고수는 가상화폐의 강점과 단점을 함께 이야기한다. 빌 게이츠가 가상화폐를 사람을 죽이는 도구라고 했다. 그는 금융전문가는 아니지만 IT업계의 맹주이니 블록체인에 대한 그 견해는 들을 만하다. 물론 조지 소로스는 가상화폐에 투자한다고 했다. 전문가도 같은 사안에 대해 다르게 본다. 세 사람 모두 유대인으로서 세계 최고의 정보원에서 얻은 지식과 자기 자원을 융합하여 결론을 내린다. 그들은 그 판단에 따라 움직인다. 그들은 유연하여 손실을 만회하려고 무리하지 않는다. 스스로 판단하기 어려우면 사이비보다 정석 투자가의 말을 믿는 게 낫다.

P2P 시장이 급증하면서 사기꾼이 모여들자 위험신호가 나온다. 인터넷에 기반을 두어 편리하지만, 신뢰가 떨어지는 데다 부동산이 요동치니 문제가 생긴다. 사기꾼은 새로운 금융시장에 뛰어들어 먹잇감을 노린다. 사기 그물에 걸리지 않으려면 안테나를 높이 세우고 바쁘게 움직여야 한다.

매체의 보도를 그대로 믿으면 속기 쉽다. 신문은 광고주와 기득권에 우호적이므로 다른 매체와 교차하여 현실을 직시해야 남에게 속지 않는다. 언론인은 사람 보는 눈이 짧을뿐더러 뇌도 작아 소식을 물불 안 가리고 알린다. 방송시장이 치열하여 방송마다 시청자를 끌어들이는 데 혈안이 되어 있어 거짓이 판을 친다.

인터넷 신문이 5,000개 안팎인데 거기에서 연예인의 광고를 믿으면 낭패를 당한다. 박모 가수가 가상화폐 사기에 연루되었다는 보도를 보았다. 가수와 가상화폐는 관련이 없다. 유명인의 거짓말을 믿으면 필패한다. 정부에서 우민정책(愚民政策)의 일환으로 연예계를 육성한 탓에 연예인을 숭상하는 사람이 많다. 그들에게 속는 정도라면 사기꾼이 판치는 한국에서 살기 어렵다.

연예인의 광고를 믿으니 한국은 광고주가 연예인을 모델로 많이 쓴다. 전문가 말도 믿기 어려운데 연예인의 광고를 믿으면 안 된다. 가수가 음악은 알지만, 가상화폐를 알겠는가.

우리가 따지지 않고 믿다 보니 한국에서는 철학보다 종교가 성행한다. 그러나 종교 지도자의 말도 무조건 믿으면 안 된다. 현실을 망각하고 사이비 종교에 빠지면 자신은 물론 가족도 망친다. 덮어놓고 믿는 여자가 사이비 종교에 많이 빠진다. 여자가 세상 물정을 그만큼 모른다는 증거다. 심신이 취약하다 보니 할머니들이 사이비 교단에 들어가 집안을 말아먹기도 한다. 대중매체 고발 프로그램에서 그런 사건을 가끔 방송해도 비슷한 일이 잊을 만하면 일어난다.

현실을 분석한 뒤에 믿어도 성공하기 어려운데 사기꾼을 믿고 따라가면 낭패를 당한다. 믿는 대로 실행해도 성공하기 힘든 판에 하수는 깊이 생각하지도 않고 뜨내기의 거짓말을 믿는다. 실행은커녕 생각하기도 힘들다. 로댕의 '생각하는 사람'을 보면 오른손으로 턱을 괴고 있다. 생각할 때 머리는 무겁고 근육은 긴장한다. 깊게 생각하면 심신이 고단하다. 그 남자는 혼자 무엇을 힘겹게 생각할까. 그 남자의 고민거리도 결국 삶이 아닐까.

남의 말이 이치에 맞는지 따질 줄 알아야 남에게 속지 않는다. 따지기에 앞서 공부하여 인생의 이치를 알아야 한다. 인생의 원리는 간단하다. 바로 '공짜는 없다'는 사실이다. 이것을 명심하고 살면 사기 낚시에 안 걸린다. 홍수처럼 밀려오는 정보 가운데서 믿을 만한 것을 고르는 사람이 성공한다. 좋은 정보는 연예인의 수다가 아니라 석학들의 저서에 들어 있다. 영상보다 신문, 신문보다 책에 보물이 많다. 정보를 쉽게 얻으려 하니 남에게 속는다.

스마트폰에 매달리면 숙고하는 능력이 떨어진다. 같은 정보라면 영상보다 지면에서 생각하며 얻는 것이 유리하다. 신문과 저서를 읽으며 사고력을 기르면 인생 이치를 터득한다. 그러면 사기꾼한테 속지 않으니 자원을 지켜 성공한다.

부자는 어떤 일에서든 탐욕을 접고 이치를 편다. 머리를 차갑게 유지하고 상황을 냉정하게 직시한다. 몇 번 미끼를 던져 신뢰를 쌓은 뒤에 한 방을 노리는 사기꾼을 경계한다. 개인과 거래하는 상한가를 책정해놓고 형제가 사정해도 그것을 넘지 않는다. 신중하게 인생을 영위하여 매체 광고를 보고 퇴직금을 몰아넣지 않는다. 누구도 돈이 되는 일은 돈을 들여 모르는 사람에게 알리지 않는다. 노다지를 발견하면 배우자와 자식에게도 고민한 다음에 알려주는 동물이 인간이다. 매체에서 돈을 벌게 해주겠다고 요란을 떠는 사람은 사기꾼으로 보면 틀림없다. 사기꾼 말고는 그런 사람이 없기 때문이다.

나를 먼저 살핀다

~~~~~~~~   ~~~~~~~~

산속에서 여우와 토끼가 만났다. 서로 보자마자 눈을 감고 신에게 기도했다.

여우가 말했다. "신이여, 일용할 양식을 주시니 감사합니다."

토끼는 "주여, 저를 구하소서." 하고 외쳤다.

둘은 바로 눈을 뜨고 달렸다. 토끼는 생명을 걸고 내뺐으나 여우는 양식을 보고 뒤쫓았다. 결국 여우는 토끼를 놓쳤다. 한 끼니를 때우려는 여우가 목숨을 살리려는 토끼를 잡지 못했다. 생존욕이 식욕을 이겼던 것이다.

토끼는 헐떡거리며 "역시 내 발은 믿을 만해!" 하고 웃었다.

여우는 "주여, 왜 나를 버리시나이까?" 하고 원망했다.

우리는 위급할 때는 신을 찾다가 위기를 벗어나면 나를 내세운다. 죽을 고비에 이르러서는 더욱 이기적으로 바뀐다. 목숨이 달렸을 때는 자기밖에 모른다. 실제로 전시에는 부모가 자식을 버리고 자기만 살려고 하는 수가 많다.

사이코패스는 평소에도 남의 목숨을 제 욕망의 도구로 사용한다. '어금니 아빠' 이영학은 딸의 친구를 데려다 성욕을 채운 뒤에 죽였다. 아내가 자살하자 자신에 대한 사랑을 증명하려고 죽었다고 말했다. 다른 사람은 모두 자기를 즐겁게 해주는 존재로 보았다는 말이다.

일심 법원은 그에게 사형을 선고했다. 그는 살아남으려고 그에 불복하여 고등법원에 항고했다. 이심에서는 무기징역을 선고했다. 그가 생존 의지를 어떻게 구현하는지 지켜볼 일이다.

정도가 다를 뿐 우리는 모두 사이코패스다. 부모가 과잉보호할수록 자기만 아는 사람이 된다. 자식을 한둘 두는 데다 자식이 하는 대로 허용하여 이기적인 자식을 양산한다. 그런 자식은 자기 요구를 거절하면 부모를 때리기도 한다. 여러 사람에게 피해를 주면서 산다. 우리는 이런 사람과 더불어 살아간다.

학교에서도 문제아를 방치한다. 학교에서 인성교육은 하지 않는다. 도덕 시간에도 관념적인 철학을 가르칠 뿐 생활윤리는 강조하지 않는다. 학생들이 공공장소에서 망나니짓을 해도 봉변을 당할까 봐 누구도 제재하지 않는다. 인간은 사회적 동물인지라 그들과 인연을 맺으며 살아야 한다. 그들도 대입면접장에 가면 얌전해지니 잠시 그들의 말을 듣고 사람을 알아보기가 어렵다.

사람을 많이 만날수록 발을 살피기 힘들어 그 말에 속기 쉽다. 지금은 사람 만나는 수단뿐 아니라 자신을 위장하는 방법도 무수하다. 이영학도 청소년에게 상담가를 자처했다. 심지어는 조폭과 포주 노릇도 했다. 전신에 새긴 문신을 가리고 방송사에 출연하여 딸의 희귀병을 이용해 기부금을 받아 대부분 욕망을 채우는 데 썼다. 가면을 바꿔 쓰며 세상을 속여 육체적, 금전적, 심리적 욕망을 채웠다. 사기술이 뛰어나 많은 사람의 등을 쳐서 그 돈으로 오랫동안 여러 욕망을 충족시키며 살았다.

사기꾼은 상대가 듣고자 하는 말로 사람을 속인다. 자신을 미화하고 과장하여 타인을 유혹한다. 사기꾼의 정체를 깨달았을 때는 이미 늦다. 용기를 내어 사기를 폭로해도 사회적인 반발을 감당해야 한다. 사법 당국에서도 사기꾼을 엄벌하지 않는다. 사기당한 돈은 거의 못 건진다. 그걸 찾으려고 하다 병신이 되기 쉬워 거액을 잃고도 대부분 그냥 넘어간다.

짐승은 말로 남을 못 속인다. 토끼가 아무리 말을 잘해도 여우보다 발이 느리면 여우의 밥이 된다. 여우에게 붙들린 토끼가 꾀로 여우를 속일 수 없다. 현실은 우화와 다르다. 배고픈 여우가 토끼의 목덜미를 무는 순간 토끼는 죽는다. 여우는 토끼에게 말을 걸 틈도 안 준다.

사기꾼은 판사도 속이려 든다. 이영학은 기계를 동원하여 가짜 자료를 만들었다. 딸에게 사진 촬영을 부탁하여 알리바이를 조작하려 했다. 전과 18범으로서 재판에 대비하여 가짜 증거를 준비했다. 수감생활을 하며 사기술을 습득하고 재판장에서 담력을 기른 터라 판사도 우습게 본다.

법조인이 3만 명에 이르러서인지 법조계에서도 사기가 빈발한다. 부장판사 출신 최유정 변호사는 법조 브로커와 공모해 거액 수임료를 받아 징역을 산다. 중형을 받아도 변호사는 몇 년 지나면 변호사 자격을 회복한다. 올해 10월에 대한변협에서 사상 초유로 한

변호사를 영구 제명했는데 그가 이의신청을 하였다. 국민이 그들을 과거 합격자처럼 신뢰하니 그에 기대어 일부 법조인들은 마음 놓고 사욕을 챙긴다. 국민이 그들을 엄격하게 심판할 때 자체정화도 일어난다.

사람들은 교수들을 신뢰하는데 그들은 과목 이기주의에 싸여 여론을 외면한다. 한국에서 수학은 영역이 많고 난이도가 높다. 우리는 일제 강점기의 수학 영역을 그대로 유지하는 데 견주어 일본은 그 영역을 크게 줄였다. 때문에 한국 학생은 고등학교에 가면 절반가량이 수학을 포기한다. 이른바 수포자들은 수학을 왜 배워야 하느냐고 묻는다. 수학과 교수들은 수포자에게 수학의 필요성을 설득하지 못한다. 그럴수록 수학을 싫어하는 학생들은 수학을 혐오한다. 그만큼 자신감도 상실한다.

한국에서 대학을 나온 사람은 수학의 효용에 회의적이다. 살면서 수학을 이용한 적이 없는 까닭이다. 수학 때문에 다른 공부를 못한 학생은 허탈하게 생각한다. 자기 인생이 수학에 걸려 넘어진 터라 수학을 증오한다. 정작 수학 덕분에 성공한 사람도 그 용도를 의심한다.

수학이 대입을 가르므로 중고생은 공부의 절반쯤을 수학에 투자한다. 그러다 보니 수학 공부에 사교육비를 많이 쓴다. 수학을 공부하는 이유도 모르면서 자원을 쏟아붓는다. 일제 강점 이래 지금까지 그런 현상이 이어진다.

수학 관련자는 현실을 외면한 채 수학의 위상을 지키려 한다. 그들은 매사를 수학 수호에 초점을 맞춘다. 그들도 수학 교육에 문제가 있다고 생각하지만, 그것을 외면하고 자기 영역을 고수한다. 방어는 공격보다 쉬운지라 수학의 영향력을 줄이기 힘들다.

수학 옹호론자의 의지에 견주어 수학 비판론자의 견해는 약하다. 당국이 수학 영역을 축소할 때 우리 교육이 제 길로 간다. 문제는 기득권자가 수학의 은택을 입은 터라 수학을 줄이지 않으려고 하는 데 있다. 국민이 수학 축소를 주장하는 길이 교육과정을 정상화하는 첩경이다.

한국 교육은 기득권이 주도하여 교육혁신을 안 한다. 말로만 혁신을 외칠 뿐 제도를 다수에게 유리하게 고치지 않는다. 말로는 핀란드를 외치지만 발로는 일제를 따라간다. 관련 통계에 따르면 한 학교에서 한 해에 처리해야 공문이 핀란드는 5건인데 우리나라는 1만 건 이상이다. 한국에서는 교육부와 교육청이 학교를 통제하려고 공문을 남발한다. 교육관리가 감시자 역할을 하는 탓에 한 교사가 한 해에 수백 건의 공문을 처리해야 한다. 교사가 아니라 문서 처리원이다. 이런 한국에서 핀란드 교육을 말한다. 당국자들이 핀란드에서 무엇을 보고 오는지 모르겠다.

나는 교육현장을 떠나 우리 교육을 총체적으로 보며 수학 교육을 축소하기 바란다. 수학 때문에 포부를 접는 경우가 많아 수학을 줄이자고 말한다. 대입을 수학이 좌우하면 안 된다. 수학계 종사자가 과목 이기주의에서 빠져나와 교육을 혁신하기 열망한다. 말로만 혁신을 외칠 일이 아니라 기득권을 내놓아야 우리 교육이 살아난다. 그게 교육 상생의 길이다.

생각은 현실과 달라

나는 교사, 조교, 시간강사, 학원장, 그리고 교습소장을 거쳐 작
가로 활동한다. 직업을 바꿀 때마다 현실은 생각과 딴판이었다. 쉰
살에 시작한 작가 또한 내 기대와 차이가 컸다. 작가의 행로는 내
가 아는 길보다 훨씬 멀고 험했다. 배가 고파도 바라는 일을 하면
행복할 줄 알았으나 뜻대로 안 되니 힘들었다. 오십에 천명은커녕
출판계도 몰랐다. 대학과 대학원에서 국문학을 공부했으며, 자영업
을 오래 해보았는데도 실제는 예상과 달랐다.

어떤 일이든 현장에 들어가면 밖에서 보던 마당과 차이가 크다.
내 모습부터 내 평가와 다르니 당연한 결과다. 저술을 해보니 내게
있는 것은 적고, 있어야 할 사항은 많았다. 안고수비(眼高手卑), 곧
눈은 높되 손은 낮았다. 내가 독서하며 시원찮게 보던 작가를 따라
잡는 일도 버거웠다.

국문학을 전공하고 대학에서 문학상을 받은 터라 글을 쓴다고
자부했다. 한두 해만 고생하면 글로 밥벌이를 하리라 믿었다. 그동
안 쌓은 지식과 경험에 견주어 그렇게 기대했으나 첫 책도 5년이
넘게 걸려서 냈다. 저술에 전념한 지가 11년이 다 되는데 아직도

책으로 먹고살지 못한다. 그래도 하고 싶은 일인지라 기꺼이 읽고 쓴다.

학원을 정리하여 손에 쥔 1억 원이 바닥나기 전에 저술로 밥벌이를 할 줄 알았다. 나에게 투자해서 소망을 이루면 두 아들이 대학에 다녀도 가정 경제에 차질이 없으리라 믿었다. 그 희망은 크게 빗나가 십 년 넘게 자식은 고사하고 나도 건사하지 못했다.

이전에 몇 차례 성공한 탓에 내가 책을 쓰면 바로 베스트셀러가 되리라 믿었다. 그 판단은 크게 어긋나 출판사에서 책을 내는 일도 난제였다. 출판계 현실을 모르고 덤볐다가 자존감에 치명상을 입었다. 자존감을 보존하면서 쓰는 힘을 기르려고 내 돈으로 출간했다.

책을 내기보다 팔기가 더 어려웠다. 출판사 편집자가 책 파는 게 큰일이라고 말할 때는 나를 무시한다고 여겼는데 겪어보니 그 말이 옳았다. 비싼 수업료를 내고 현실을 배운다.

남의 성공은 결과만 보지만 내 일은 동기와 여정까지 안다. 따라서 남은 쉽게 성공하는 데 견주어 나는 어렵게 성취한다고 여긴다. 타인의 성공 조건을 보고 자신도 꿈을 이룰 만하다고 믿는다. 실상은 조건보다 사람이 더 중요하다.

이 책까지 네 권을 발간했는데 뒤에 나온 책일수록 더 팔린다. 거기에서 힘을 얻어 저술로 일상을 영위하기 바라면서 목표보다 실행에 초점을 두고 꾸준히 저술한다. 조건이 열악하니 남보다 많이 노력할 생각을 하며 날마다 나아간다. 한 방에 뜨기보다 한 발씩 올라가는 길로 들어섰다.

현실을 모르고 덤벼도 꾸준히 상황에 따라 대응하면 뜻을 이룬다. 고난을 헤치는 동안 실력을 쌓아 행운도 잡는다. 늦게 뜨는 만큼 오래 가니 해볼 만한 도전이다. 무명에 머문다 해도 도전 자체가 의미가 큰지라 괜찮은 일이다. 내 삶을 보고 자녀들이 한 수 배우면 그 또한 뜻이 깊다.

죽을 무렵에 사람들은 시도하지 못한 일을 후회한다. 모험했다면 인생이 달라졌을 것이라고 보기 때문이다. 여러 길을 걸어본 터라 나는 여한이 적다. 자신과 현실을 알았으니 목숨이 끝나는 날에 미련 없이 이승을 떠날 것 같다.

생각과 현실의 차이를 메우려고 오늘도 읽고 쓴다. 저술 인생에 충실하게 복무한다. 나와 남이 시행착오를 줄이도록 내가 하는 일에 심신을 바친다.

출판시장을 아는 사람은 내가 저술을 한다고 하자 나에게 왜 힘든 길을 가려고 하느냐고 물었다. 질문이 아니라 만류였다. 돌아보니 그들이 옳았다. 나는 나를 믿은 데다 의욕이 앞서 그 말을 무시했다. 작가의 생활이 이렇게 힘든 줄 쉰 살이 되기 전에 알았더라면 이 길에 들어서지 못했을 것 같다.

저술 시장이 작아져도 기꺼이 여기에서 산다. 뜻을 이루기 바라며 십 년 넘게 글과 더불어 살았으니 이제부터 글 밥을 먹었으면 좋겠다.

만 명 안팎에 이르는 시인 가운데 시를 써서 먹고 사는 사람이 몇이나 될까. 민영은 유명한 시인이다. 50년 넘게 시를 써왔는데 그가 작년에 받은 인세가 100만 원도 안 된단다. 시를 읽는 사람보다 시를 쓰는 사람이 더 많을지 모른다. 대부분 고등학교를 졸업하면 시와 헤어지니 시인 밥줄은 자꾸 가늘어진다. 그 줄을 잡으려는 싸움이 날로 사나워진다.

나는 돈보다 뜻을 보며 글을 쓴다. 아니, 글로 밥을 먹으면서 꿈을 펴려고 한다. 출판계의 현실을 알았으니 더 노력하여 꿈을 이루려 한다. 뜻과 밥을 함께 얻으면 금상첨화다.

날씨는 현상은 알지만, 경제는 현황도 모르니 경제 실상을 알려고 신문을 여러 개 정독한다. 세상을 이해하려고 시사토론을 즐겨 듣는다. 독서로 정보를 융합하여 현실을 본다.

지금은 매체가 발달하여 현실을 살필 길이 많다. 매체는 현실을 윤색하는지라 주체와 초점에 따라 같은 사건도 다르게 본다. 보수는 있는 것을, 진보는 있어야 할 것을 중시한다. 때문에 내 관점을 정립해야 현실을 제대로 감지한다. 사람들이 왜곡한 현실을 바로잡는 힘이 있어야 실상을 파악한다.

정보가 넘치고 상황이 돌변할수록 시력이 좋아야 현실을 직시한다. 고수는 다양한 정보를 유기적으로 교차해서 현실을 읽는다. 경제 현실도 역사, 문화, 정치, 사회를 총체적으로 조망해서 파악한다.

겪고 배운 만큼 상황을 읽는다. 바나나 하나에도 수출, 수입은 물론 환율, 유통 등이 들어 있다. 그런 사실을 아는 사람이 편의점도 잘한다. 외국인이 많이 거주하는 곳이라면 외국어도 알면 좋다. 꼬마도 편의점에 돈을 들고 오면 황제가 된다. 고객 응대는 경영의 기본이자 핵심이니 그들도 잘 모셔야 한다.

편의점은 종업원뿐 아니라 여러모로 돈이 나간다. 그나마 장사가 잘되면 건물주는 임대료를 올린다. 다른 점포는 물론 마트와도 경쟁한다. 편의점을 운영하려고 해도 알아야 할 현실이 많다. 인간, 물건, 상권, 경제 등을 알아야 편의점을 차려 밥을 먹고 산다.

언론에서 잘나간다고 하면 이미 늦은 때다. 매체는 뒷북을 치며 강자를 옹호하기 때문이다. 베이비부머가 시류에 편승하여 편의점을 열었으나 곤욕을 치른다. 최저 임금이 크게 올라 현실이 생각과 판이하다고 말한다. 내 주변만 보아도 몇 년 사이에 편의점이 두세 배는 늘었다. 요즘 들어 문을 닫는 곳이 생긴다. 현실은 생물이니 트렌드를 파악하고 그에 대응해야 생존한다. 현실은 생각이 아니라 자체 원리를 따르니 그걸 알면 좋다.

위기에는 생존이 급선무다. 무슨 일이든 현실을 파악하고 몇 달이라도 경험을 쌓은 뒤에 시작해야 밥벌이에 성공한다. 그러면 적어도 크게 망하지는 않는다. 남의 말을 듣고 그 실태도 모르고 덤비면 필패한다. 자영업은 생각보다 열 배는 어렵다. 그 길에서 뜻을 이루어 대기업에 이른 사람은 그만큼 위대하다.

나부터 믿어야 남도 믿지

K는 지방대 출신이다. 친구들이 지방대생은 어렵다고 말려도 여러 공모전에 나갔다. 공모전에 함께 출전할 사람이 없어 개인전에 응모했다. 작품 창안에서 공개 발표까지 혼자서 수행했다. 프레젠테이션을 잘하려고 거울 앞에서 연습했다. 1차 관문은 몇 번 통과하였으나 최종전에서 줄곧 고배를 마셨다. 계속 도전한 결과 전국대회에서 은상을 받았다. 그 덕분에 대기업 인턴으로 들어갔고, 거기에서 인정을 받아 취업했다. 문제를 혼자 해결하는 능력이 뛰어났기 때문이다.

많은 동기들이 서울에 있는 명문대에 편입하려고 했으나 대부분 실패했다. 학벌 세탁도 쉽지 않았다. 그들은 K를 특수 케이스라고 이야기한다. 속으로 부러워도 겉으로는 인정하지 않는다. 그들도 좋은 자리에 앉으려고 자기소개서에는 자신을 뛰어나게 묘사한다. 하지만 그것을 뒷받침할 내용은 빈약하다. 서류심사에서 자꾸 탈락하자 지방에서는 안 된다고 하며 공무원 시험을 준비한다.

더러는 자기소개서를 멋지게 써서 면접까지 간다. 자기를 화려하게 포장하는 데까지 성공하나 정작 지원한 회사에 대해 물으면 기본적인 사항도 몰라 쩔쩔맨다. 그러면서 취업만 시켜주면 무슨 일이든 열심히 하겠다고 말한다. 면접 담당자가 그 말을 믿겠는가.

지방에서 성적이 상위권에 드는 고등학생들은 대부분 수도권에 소재한 대학에 진학한다. 그런 현실을 감안하면 지방대 출신이 대기업에 들어가는 비율이 높다. 대기업 채용의 40% 안팎을 지방대 출신이 차지하기 때문이다. 이런 사실을 모른 채 지방대생이라고 스스로 불신하면 남도 안 믿는다.

기업은 요즘 스펙이나 필기시험보다 업무능력을 중시한다. 공모전 실적과 인턴 경력을 학점보다 높이 친다. 실상을 알고 대비하면 지방대생도 수도권 학생 못지않은 성적을 낸다.

취업전선에서 지방대 출신이 수도권대 출신에게 밀린다. 지방대 출신이 회사에서 치르는 적성시험에서 뒤지는 데다 현황을 알고 준비하지 않는 까닭이다. 지방대 출신은 기존 관념에 따라 자신을 불신한다. 새로운 취업 경향에 빨리 적응하지도 못한다. 지방에서 끼리끼리 모여 공부하면 괜찮은 줄 안다. 그룹 스터디도 전문 분야는 서울에서 그 분야가 모여서 하는 게 유익하다.

지방대생이 채용시험에 합격하면 발전할 가능성이 크다. 조건이 불리한 데서 공부하였으니 근무여건이 같으면 수도권 학생을 능가할 수 있다. 지방대생은 간판이 시원찮은지라 실력으로 생존하려고 애쓴다. 그런 자세로 일하면 상사들이 호감을 갖는다.

마윈은 지방대학 그것도 미달이 되는 바람에 항저우 대학을 나왔다. 그는 베이징 대학이나 칭화 대학을 다녔다면 지금 같은 기회를 못 잡았을 것이라고 말했다. 지방대학을 나와 안전한 자리를 차지하지 못한 게 성공요인이 되었다는 말이다.

지방에서 고등학교까지 다닌 다음에 서울에 가서 문화적 자극을 받는 게 생애주기에 맞다. 인생성형은 적층성이 있기 때문이다.

나는 지방대학을 나왔으나 부모에게 불굴의 의지를 배웠다. 부모에게 배운 바가 어떤 간판도 능가한다. 내 부모는 가난한 농부로서 6남매 가운데 넷을 대학에 보냈다. 환갑에 두 아들의 대학교육을 거의 마치고 돌아보니 그야말로 기적이다. 선생에게 배운 내용은 잊었으나 부모에게 얻은 태도는 오늘도 심신에 살아있다.

나는 부모를 따라 기독교를 믿는데 구약에 나오는 욥에게 직업을 만드는 슬기를 배웠다. 욥은 온갖 고난을 견디고 살아남았다. 재산과 자녀 열 명을 모두 잃었으나 하나님과 자신을 믿었다. 그는 고난을 견딘 만큼 성공한다. 그 이름 job이 바로 직업을 뜻한다. 욥처럼 모든 것을 잃어도 신과 나를 믿을 때 직업을 만든다.

욥처럼 나도 난제를 해결하여 인생성형가로 자리를 잡기 바란다. 그 꿈을 이루어 나와 남을 돕고 싶다. 내 부모는 농사를 지었는데 평생 가꾼 대로 거두었다. 자식 여섯을 먹여 살리느라고 다른 길은 엄두도 못 냈다. 그 삶을 나름대로 받아들여 길을 낸다. 그 길을 사람들이 많이 오가기 바란다.

아내는 내가 너무 낙관적이라고 이야기한다. 그래서 광야를 오래 헤맸는지 모르나 나는 오늘도 미래를 보며 저술에 매진한다. 욥의 아내가 욥에게 신을 저주하라고 했으나 그는 그 말을 따르지 않고 신앙을 지켰다. 결국 그는 신의 축복을 받아 밝은 날을 맞이했다.

나도 욥처럼 고진감래하기 바란다. 냉정한 현실주의자로서 나와 남을 돕기 바란다.

전주에서 학원을 운영하면서 지방에서는 자녀교육을 하기가 어렵다는 부모를 많이 만났다. 그 일부는 방학이 되면 자녀를 서울에 있는 학원으로 보냈다. 남편이 서울에서 전주로 발령이 나면 다닐 만한 학원이 없어 아내는 서울에 살겠다는 말도 가끔 들었다. 그래도 나는 지방에서 자긍심을 갖고 학원을 운영했다. 나를 믿고 오는 학생을 잘 가르쳐 지방 교육의 위상을 끌어올리려 했다. 그 소망을 이뤘다고 자부한다.

한국은 지방과 서울이 따로 돌아간다. 중앙에서 지방을 다스리며 지방인들을 하수로 생각한다. 중앙방송이 나오면 지방방송은 꺼야 한다. 중앙에서 '야, 지방방송 꺼!' 해도 '웃기지 마!' 하며 제 목소리를 내면 고수가 된다. 정치, 경제, 교육을 비롯한 제반 영역을 서울이 주도하니 한국은 서울공화국이라는 말이 나온다. 지방 사람들이 스스로 머리를 숙이면 누구도 우러러보지 않는다. 탄압하는 사람이 늘어날 뿐이다. 스스로 주인의식을 갖고 살아야 남도 나를 대접한다.

지방 사람들은 현실에 유연하게 대응하지 못한다. 지방은 인구와 권력의 이동이 적어 변화가 느리다. 지방 사람은 패배감에 젖어 도전의식이 약하고, 정신적 외상이 심하다. 때문에 누가 비판하면 열망하던 일도 포기한다.

거인은 지방 출신으로 외상 후 성장을 반복하며 야망을 달성한다. 심신이 강인하여 온갖 고난을 넘어 중원을 점령한다. 이제까지 대통령을 지낸 사람은 모두 지방 출신이다. 10대 기업 창업주도 거의 지방 사람이다. 결핍감과 열등감을 성장 기회로 삼은 연고다. 오늘도 그 신화는 이어진다. 서울 사람이 인생 전반기에는 잘나가지만, 인생 후반기에는 자력으로 일어선 지방 사람이 이긴다.

지금은 교통과 통신이 발달하여 지방에서도 성공할 길이 많다. 청년은 넘어져도 일어설 기회가 많으니 도전해볼 만하다. 실패는 성공의 과정이라는 사실을 아는 사람은 지방에서 유리한 작업을 찾아 뜻을 이룬다. 이를테면 작가는 서울에서보다 지방에서 창작욕을 불태우기가 더 좋다.

지방에서는 교통이나 사람에게 자원을 빼앗기지 않아서 효율적이다. 서울에서 다른 작가들과 만나서 이야기한다고 명작이 나오지 않는다. 지방에 있으면 매체로 끝낼 일을 서울에 살면 만나서 문제를 풀려고 하나 제한성과 긴박감이 없어 변죽만 울리며 시간과 정력을 낭비하기 십상이다. 그들은 관계 후유증에 시달려 창작정신을 상실한다. 사람을 만나다 보면 구상이나 집필에서 맥락을 잃는다. 관심을 끌어야 사는 서울이 예술가에게 좋은 측면이 있으나 단점도 그 못지않게 있다.

이이화는 청년기를 서울에서 보냈는데 환갑을 앞두고 전북 장수로 가서 십 년 동안 집필에 몰두했다. 그의 『한국사 이야기』 22권은 서울에서 사람 만나고 청탁에 응했다면 나오지 못했을 것이다. 그가 창작하는 곳에 아내와 아들이 가끔 들렀는데 생활하기 불편하여 하루만 지나면 서울로 갔다고 한다. 그는 고아원에서 생활한 적도 있어 그보다 좋은 집필실이 없다고 여기는데 아내와 자식은 그와 다르게 생각했다.

강준만은 전북대 교수로 500권이 넘는 저술을 했다. '내 글쓰기의 원칙은 고립과 중독'이라고 했다. 지방에서 평생 그 집필 원칙을 지켰기에 게으른 교수가 정년퇴임할 때까지 읽지도 못할 만큼 책을 썼다. 전국을 통틀어도 이런 교수는 둘도 없다.

박홍규는 교수 출신으로 150권 이상을 저술했다. 그는 영남대를 나와 모교에서 교수로 근무했다. 20여 년 동안 시골에 살면서 인간관계를 정리한 덕분에 위업을 이루었다. 그는 전공인 법학을 넘어 문학과 예술 등을 넘나들며 글을 썼다. 서울 소재 명문대에서 내로라하는 교수 가운데 그와 견줄 교수는 거의 없다.

고금을 떠나 위업은 궁벽한 환경에서 나왔다. 다산 정약용은 전남 강진에서 18년 동안 유배생활을 하며 500여 권의 저술을 했다. 그가 한양에 살거나 벼슬하며 사람을 두루 만났다면 그 업적을 내지 못했을 것이다.

교통 통신이 발달하여 서울이 빨대처럼 지방 자원을 흡수한다. 그러나 서울과 지방의 차이가 적어 어디에 살든 자신을 믿고 재능을 발휘하면 거인이 된다. 서울에는 자극제가 많고, 좋은 자원이 많다. 문화예술을 보면 한국은 서울공화국이다. 대중가요를 보아도 '삼각지', '왕십리' 등 서울의 지명을 바로 노래했다. 그런데 서울은 요란하여 창작욕을 보존하기도 힘들다. 감각기관이 복잡한 도시문화에 둔감해져 깊이 생각도 못 한다. 여러모로 지식근로 여건은 지방이 서울보다 낫다. 저마다 적절한 시공에서 자신을 믿고 성과를 내면 남들도 인정한다. 시공이 아니라 사람이 창작하는 것이다.

우리는 비슷한 배경에서 자란 사람이 뜨면 자기는 패자라고 생각한다. 집단의식이 강해 다른 사람이 성공해도 인정하지 않는다.

스스로 믿으면 남이 비판해도 웃는다. 타인의 인정을 구걸할 것없다. 스스로 믿고 제 밥벌이를 하면 그만이다. 자신을 믿는 사람은 다른 사람의 비난을 칭찬으로 안다. 나를 믿으면 남도 믿으니자신감을 갖고 나아갈 일이다. 마음이 평안하면 열악한 환경도 최적의 조건이 된다. 마음을 다스리면 감옥도 최고의 도서관이자 집필실이 된다.

내가 못 미더워 남을 탓한다

만약이 마약보다 더 무섭다. 마약은 현재를 갉아먹지만 만약은 인생을 들어먹는다. 가족까지 해체하는 독약이 만약이다. 슬프게도 마약보다 만약에 중독된 사람이 훨씬 많다. 보통 사람도 걸핏하면 '만약 그 인간을 만나지 않았더라면…' 하며 후회한다. '만약'이 안 들면 배필이 죽기 바란다. 《마이니치 신문》 2012년 2월 24일 자에 인터넷에서 '남편'으로 '검색'하니 '죽었으면 좋겠다'가 검색어 1위로 떴다는 기사가 실렸다. 한국에도 그런 아내가 많은지 고바야시 미키의 『남편이 죽어버렸으면 좋겠다』 번역본이 나왔다.

어떤 부인은 남편을 개만도 못하게 여긴다. 《중앙일보》(2017. 10. 10)는 40대 아내가 애완견을 나무란다는 이유로 남편을 죽인 사건을 실었다. 더러는 남편을 돈 버는 사냥개로 알아 남편이 실직하면 쫓아낸다. 토사구팽(兎死狗烹), 곧 사냥이 끝나면 개를 잡는 식이다. 늙은 아내가 남편을 헌신짝처럼 버리는 황혼이혼이 늘어난다. 일본에서 건너온 졸혼(卒婚)도 퍼진다. 걸림돌만 뺀다면 형식은 안 따지고 무엇이든 시도한다. 이 인간과 헤어지면 '만약'의 낭만을 누릴 수도 있으니 꿈을 안고 갈라선다.

한국에는 여자가 잘못 들어와 집안이 망했다는 설화가 많다. 오늘도 '만약' 좋은 며느리를 만났더라면 가문이 흥했으리라는 이야기가 차고 넘친다. 여성상위 시대를 맞아 그에 대한 반동으로 여자가 '만약'을 노래한다. 여자들이 남자 때문에 팔자를 망쳤다는 이야기를 써내는 것이다.

우습게도 여자들은 아직도 가족부양은 남자 몫이라고 생각한다. 2016년 현재 선진국 가운데 남녀의 취업률 차이는 한국이 24%로 최고다. 프랑스나 독일은 8~9%이며, 스웨덴이나 노르웨이는 4% 안팎이다. 한국 여자 가운데 전업주부가 많다는 말이다. 경제평등이 남녀평등의 전제인데 여자는 그것을 제쳐놓고 남자를 탓한다.

인생에 만약은 없으며, 결혼은 공동책임이다. 제 짝을 탓하는 일은 제 얼굴에 침 뱉기다. 내가 못 미더워 남에게 짐을 넘긴다. 노예는 문제의 원인을 주인 탓으로 돌린다. 못난 여자는 남자에게 의존하면서 책임은 외면하고 잘못되면 그 인간을 나무란다.

순심이는 입만 열면 남편에게 바가지를 긁는다. 여동생 때문에 친정 부모는 욕을 못 한다. 그 여동생은 독학으로 교사가 되어 약사와 결혼했다. 부모가 대학에 보내주지 않자 집을 떠나 주경야독하여 뜻을 이루었다.

동생과 달리 순심이는 공부 대신 남자로 팔자를 고치려 했다. 친구들과 클럽에서 놀다가 제비를 만나 덜컥 아이를 가졌다. 뇌력이 달린 데다 기분에 들떠 논다니의 말에 속았다. 아이를 낳으면 남편이 정신을 차릴 줄 알았는데 아이가 학교에 들어가도 남편은 돈벌이를 안 했다. 부모가 말리는 결혼을 했기에 누구에게 하소연도 못하고 '만약' 타령을 한다.

낭만파끼리 만난 터라 기분이 나쁘면 바로 부딪친다. 아이 앞에서도 싸우니 아이는 부모의 눈치를 살핀다. 둘 다 상대를 바꾸려고 고집을 부려 갈수록 갈등이 커진다. '만약 그때 이 인간을 안 만났더라면…' 하고 생각할수록 남편이 밉다.

섹스뿐 아니라 경제도 궁합이 맞아야 행복하다. 순심이가 남편에게 가정 형편을 말해도 그는 알아듣지 못했다. 손을 벌릴 곳은 줄어들고, 아이가 자라는 대로 빚도 늘어난다. 섹스도 시들하니 싸울 일이 늘어난다. 연애할 때는 좋아하던 성격도 이제는 싫다. 아니, 남편 모습을 보기만 해도 속이 답답하다.

순심이가 남편에게 무능하다고 나무라면 너는 뭘 할 줄 아느냐고 큰소리친다. 그렇게 잘났으면 나가서 돈을 벌어오라고 하는데 대꾸할 말이 없다. 돈벌이할 만한 능력이 없어서다. 남편에게 처자식은 남자가 먹여 살려야 한다고 하면, 아내가 벌어서 먹고사는 친구를 줄줄이 대니 할 말이 없다.

우리나라 자녀는 부모가 대학등록금을 대주어야 한다고 생각한다. 부모에게 무한책임을 기대하니 대학을 나와 부모에게 기대어 살면서도 미안한 줄을 모른다. 부모가 자녀를 끝까지 도와주는 일이 보편적이라 그렇다. 부모의 지원을 당연시하는 성인 자녀에게 부모가 밥벌이하라고 떠밀면 반발하는 수가 있다.

슬기로운 아빠는 자녀가 어릴 때부터 자녀독립을 추진한다. 죽을 때까지 자신감을 유지하려면 제 밥벌이는 스스로 해야 한다고 가르친다. 내 재산은 내가 벌었으니 물려주지 않겠다고 말한다. 부모의 자산은 노후에 쓰고, 남아도 줄 곳이 많다고 못을 박는다.

유대인은 자녀에게 경제교육을 제대로 하여 세계 최고의 부자가 되었다. 유대인은 성인인데도 부모에게 경제적으로 기대어 살면 부끄러워한다. 놀랍게도 그들은 성인식을 12~13세에 치른다. 그때 경제적으로 자립하지 못하지만, 심리적으로는 독립하게 만든다. 가령 자녀에게 대학등록금을 빌려준다고 하여 자존심을 지켜주면서 독립심도 자극한다. 유대인은 수천 년 동안 세계를 떠돌며 생존의 원칙을 자립에 두었다. 그들은 자조하여 자립한 뒤에 기부한다.

한 국회의원이 부모에게 봉양하기로 약속하고 재산을 상속받은 자녀가 봉양 약속을 어길 경우에 부모가 자녀의 재산을 환수할 수 있도록 하자는 법안을 발의했다. 한 해에 그런 분쟁이 200~300건쯤 생기니까 이른바 불효자 방지법을 들고 나왔다. 부모가 상속을 당연하게 생각하고 자녀에게 무한책임을 지다 보니 이런 일이 일어난다. 부모가 자녀를 많이 지원해주어야 잘 산다고 생각하여 끝없이 도와주어 결국 자녀의 의존심을 키운다. 부모끼리 자녀 지원을 놓고 경쟁하다가 자녀에게 노후를 책임지라고 하니까 차질이 생긴다. 자식들이 받을 줄만 알지 주는 일은 모르기 때문이다.

작년에 내가 사는 전주에서 50대 아버지가 거액의 용돈을 안 준다며 30대 아들을 흉기로 찌른 일이 일어났다. 그 아버지가 부모 역할이나 제대로 했는지 모르겠다. 아들에게 재산을 상속했는데 부모를 안 거둔다고 그러지는 않았을 터이다.

스티브 잡스는 핏덩이일 때 양부모에게 입양되었다. 세월이 흘러 잡스는 세계 최고의 부자가 되었다. 그 친부가 잡스에게 만나자고 여러 차례 연락했으나 잡스는 그 요구를 거절했다. 반면, 잡스는 양부모를 1,000% 부모라고 공언했다. 낳은 정보다 키운 정을 훨씬 중시한 말이다.

더러는 잡스가 씨도 몰라본다고 말한다. 그야말로 유교적 진단이다. 씨야 하룻밤이면 뿌리지만, 자식농사는 수십 년을 애써도 잘 짓기 힘들다. 낳아놓고 양육하지 않은 부모에게는 오히려 책임을 물어야 한다. 필리핀에서 한국 남자가 현지 여성에게 씨를 뿌려놓고 나 몰라라 하여 문제가 많다. 왜 그런 자식들은 찾지도 않으면서 자식이 성공하면 씨를 따지는가. 서양은 혈연보다 책임을 더 강조한다. 계약을 지키는 양부모를 책임을 저버린 친부모보다 존경한다.

잡스는 양부모가 힘들게 모은 돈을 자기 대학등록금으로 쓰는 게 아까워 명문 리드대학을 중퇴했다. 양부가 친자식 이상으로 자신을 양육하는 모습을 보며 학자금을 양부가 노후자금으로 쓰기 원했다. 입양으로 만났지만, 부자 모두 싸가지가 있었다. 잡스의 친모가 양부모에게 입양 조건으로 잡스의 대학졸업을 걸었는데 양부모는 그 약속을 지키려고 자신을 희생했다. 잡스는 양부모가 성실하게 사는 모습을 보고 자란 덕분에 크게 성공했다. 잡스는 성공한 뒤에 자신을 길러준 양부모를 전폭적으로 신뢰했다. 양부모의 희생과 신뢰를 바탕으로 대성했기 때문이다.

어떤 자녀는 부모에게 제대로 지원도 못 하려면 왜 낳았느냐고 대든다. 가난한 속에서 자녀를 대학에 보냈다면 그 부모는 위대하다. 농사를 지어 얻은 십만 원이 월세로 받은 십만 원과 같지 않다. 화폐의 절대 가치는 같으나 상대 가치는 다르다. 농부가 건물주보다 어렵게 돈을 벌었기 때문이다. 세상에서 금전의 액수를 중시하니까 가난한 부모는 자녀를 힘들게 키우고도 자식에게 천대를 받는다.

자녀를 의존적으로 키우면 부모와 자식이 함께 망한다. 자녀독립에 실패한 부모는 죽을 때까지 자녀를 먹여 살려야 한다. 그 자녀는 일은 안 하고 부모를 원망하며 산다. 부모의 자업자득인지라 누구에게 하소연도 못 하고 살아간다.

자녀를 일찍 세상에 놓아주어야 자녀도 빨리 독립한다. 나는 두 아들에게 대학등록금의 절반을 갚도록 하고, 결혼은 소박하게 치르자고 제안했다. 큰아들은 취업하여 대학등록금의 절반을 내놓았다. 나는 물려줄 재산도 적을뿐더러 그나마 상속할 의사가 적다. 유대인처럼 자녀에게 독립의지를 심으면서 내 노후를 대비하려 한다.

잘되면 자기 공이요, 잘못되면 조상 탓이다. 사람은 고통을 덜고 쾌락을 더하려 한다. 부모와 자식이 본능에 따라 살면 서로 갈등한다. 고수는 자신을 믿고 성공할뿐더러 부모에게 효도한다. 나를 믿으니 남을 원망하지 않는다.

나니까 나라고 부르지

~~~~~~~~~~~~~~~~~~~~~

군대에서 상관이 부르면 나는 관등성명(官等姓名)을 댔다. 바로 병
장 정형기라고 외쳤다. 학교나 직장에서도 나를 낮추고 남을 올렸
다. 나를 나라고 못하고 저라고 내렸다. 여기서는 평등을 꾀하려고
나를 나라고 부른다.

한국은 둘이 만나도 상하를 갈라야 말을 주고받을 수 있다. 갈래
를 타고나면 아랫사람은 '나'를 나라고 못한다. 나를 세계 최고라고
생각하면서도 상대보다 낮추어 '저'라고 부른다. 상대가 시원찮은
손위라도 그래야 살아남는다. 그와 이어진 사람 때문이다.

'나'는 1인칭 대명사의 대표요, 수평적인 언어다. 하지만 '나'보다
겸양어인 '저'를 많이 쓴다. 1인칭 대명사 40여 개가 대부분 겸양어
요, 한자어다. 소인(小人), 과인(寡人), 졸자(卒者), 우인(愚人) 등이 그렇
다. 각각 작은 사람, 적은 사람, 하찮은 놈, 어리석은 사람이라는 뜻
이다. 겸손을 넘어 자기 비하다.

나를 낮추어야 집단과 계급으로 돌아가는 한국에서 살아남는다.
21세기에도 우리는 조선인처럼 살아간다. 조선 시대에는 왕비도 임
금 앞에서 소첩(小妾), 곧 작은 마누라라고 불렀다. 자신을 낮추고

남편을 높여야 생존할 수 있었기 때문이다. 지존마저 과인이라고 자신을 낮추었다. 지금도 대통령이 '나'라고 하면 국민이 겸손하지 못하다고 말한다. 그런지라 약자는 자신을 낮추고 고개를 숙여야 살아남는다.

나를 낮추면 내 자존감도 내려간다. 언어와 사고가 행동을 유도하는 까닭이다. 나를 나라고도 못 하니 약자는 힘이 빠진다. 약자인 여자가 남자 덕분에 힘을 얻으면 강자가 되었다고 나를 외치며 남자에게 갑질을 한다. 한진 그룹 회장 조양호의 부인 이명희가 그 전형적인 사례다. 그는 남자 직원을 하인처럼 취급했다. 나를 높이려는 몸짓인데 세상이 평등사회로 바뀌어 추태가 되었다. 우스개로 연대장 부인은 사단장이라고 한다. 그렇게 살아서인지 박찬주 대장의 부인은 공관병을 모독했다. 대통령이라도 되는 듯이 행세했으나 추태가 되어 남편을 사람들이 똥별이라고 불렀다. 가문의 수치이자 군인에 대한 명예훼손이다.

그들은 자존감이 낮아 나를 인정해달라고 남에게 애원한다. 남편에 견주어 존재감이 없으니 자존감을 파괴적으로 드러낸다. 나도 뭔가 한다는 표시를 볼썽사납게 만방에 드러냈다. 그와 비슷한 여자는 한국에 즐비하다.

한국의 인간관계는 갑을관계다. 한국이 집단과 계급으로 돌아가므로 구성원은 위상에 맞게 언행을 구사한다. 정도와 양상이 다를 뿐 갑질은 한국의 모든 조직에서 언제나 발생한다.

부부도 갑을관계인지라 수시로 힘겨루기를 한다. 연애할 때는 대등한 것 같으나 결혼하면 사회체제에 따라 남자가 여자를 지배하려 한다. 여자가 그것을 거부하면 싸운다. 서로 '나'를 중심으로 가정을 이끌려고 다툰다. 자식농사처럼 중요한 사안을 놓고 의견이 다르면 부부 대전을 치른다. 그러다 보니 심리적 이혼을 포함하면 온전한 사이가 드물 정도다.

가정은 사회의 축소판으로 남존여비를 토대로 굴러왔다. 남녀가 평등해지면서 여자가 나를 내세우자 시끄럽다. 남자가 기득권을 고수하면 잡음이 많다. 결혼은 가정끼리 만나는 일인지라 이해관계자가 '나'를 고집할수록 집안이 시끄럽다. 부부가 서로 정체성을 인정하고 사이좋게 사는 게 최선이다. 바로 상대가 '나'를 나라고 말할 수 있도록 가정 분위기를 조성하면 된다.

서자는 아버지를 아버지라고도 부르지 못했다. 아버지가 잘못하여 서자로 태어났으나 자신을 부정해야 생존할 수 있었다. 서자가 투명 인간처럼 살지 않으면 아버지는 그를 밖으로 쫓아냈다. 서자는 정체성을 고민할 자격도 없었다. 좋은 아버지도 사회적 관행에 맞서기 힘들어 서자를 내쳤다.

홍길동은 서자로 태어난 까닭에 아버지를 아버지라고 부르지 못했다. 아버지가 없는지라 그는 이 세상 사람이 아니었다. 그는 아버지를 포함한 기득권이 사는 나라를 떠나 율도국을 만들었다. 조선은 공도정책(空島政策)을 펴서 섬을 서자처럼 취급했다. 홍길동은 자신과 처지가 비슷한 섬에서 새롭게 살려고 새 나라를 건설했다. 소망을 이상적으로 실현한 것이다.

홍길동은 국가는커녕 자기도 바꾸지 못했다. 이상국은 소설에서나 가능했을 뿐이다. 『홍길동전』을 쓴 허균도 개혁을 도모한다는 혐의를 둘러쓰고 형장에서 사라졌다. 서자는 조선을 넘어 지금도 여러모로 차별을 받는다.

죄는 아버지가 지었는데 벌은 어머니와 자식이 받았다. 조선은 종모법이라 하여 어머니의 신분에 따라 자식을 구분했다. 어머니는 자기가 시앗이라 자식이 천대를 받는다고 보아 죄인처럼 살았고, 자녀는 어머니가 미천하여 서자가 되었다고 하여 어머니를 원망했다. 자식이 원인을 제공한 아버지에게 덤비지 못하고 애먼 어머니를 울렸다. 갑은 제쳐놓고 을끼리 싸웠던 것이다.

놀랍게도 세종은 종모법으로 나쁜 아버지에게 힘을 실어주었다. 태종은 서자와 적자를 구분하여 서자를 차별했다. 그 아들 세종은 아버지의 뜻을 받들어 '종모법(從母法)'을 철저하게 시행했다. 또한 한글에 존비 체계를 엄격하게 구비하여 상하질서를 확립했다. 한글 창제는 그 공로이나 한글에 존비 체계를 강화한 일은 과실이다. 세종 때문에 사회가 지금도 집단과 계급을 중심으로 돌아가는 셈이다. 우리가 오늘날 나를 나라고 못 부르는 까닭이 세종에게 있다고 하겠다.

이영훈은 『세종은 과연 성군인가』에서 세종이 조선을 노비와 기생의 나라로 만들었다고 지적했다. 태종은 노비 증가를 막았는데 세종은 종모법(從母法)을 시행하여 노비를 불렸다고 주장한다. 그 결과 17세기에는 노비가 인구의 30~40%에 이르렀다고 보았다.

세종은 당시 가치관에 충실한 임금이요, 당대의 기득권이 만든 성군이다. 그는 태종이 전지 작업을 해준 덕분에 온건한 독재를 펼쳤다. 세종의 유산 때문에 신분제를 철폐한 지가 120년이 넘었는데도 한국은 여전히 계급으로 돌아간다. 오늘도 기득권은 세종을 성군으로 받들며 계급사회를 유지한다. 그들은 우리 자존감을 꺾으려고 나를 나라고도 못 부르도록 한다. 심신에 노예근성을 심어 쉽게 부려먹으려는 심보다.

15세기 세종이 21세기 한국을 다스린다. 죽은 세종이 광화문에 앉아 살아 있는 국민에게 훈계한다. 세종은 조선을 '양반에 의한 양반을 위한 양반의' 나라로 만들었다. 그가 만든 신분제뿐 아니라 한글, 측우기, 물시계도 효율적으로 독재를 하려고 제작했다. 한글은 상하질서를 오늘까지 유지하는 데 이바지한 특등공신이다. 한글의 존비 체계가 계급을 지탱한다는 말이다. 세종이나 한글을 끌어내리려는 뜻이 아니라 현실을 직시하자는 말이다.

한 걸음 더 나가면 주제를 벗어나므로 세종 이야기는 여기서 그친다. 다만 기존 관념을 떠나 인물을 두루 살피기 바란다. 세종은 신이 아니며, 흠결 있는 왕일 뿐이다.

고수는 위정자들의 음모를 간파하고 나를 나라고 부른다. 나니까 나라고 말한다. 세상에 나를 나라고 외칠 때 만인이 평등해진다. 수평 사회가 되어야 서로 생각을 주고받는다. 소통의 전제가 평등인지라 위에서 존비 체계를 완화하면 말이 잘 통한다. 일부 조직에서는 호칭을 수평적으로 바꾼다. 공직보다 사기업에서 그런 방향으로 간다. 이름 뒤에 님을 붙이는 식이다. 소통의 제반 여건이 바뀌지 않아 의사소통이 원활하지 않으나 그 뜻은 거룩하다.

나를 나라고도 못 부르는데 어떻게 나를 믿겠는가. 나를 못 믿는 사람이 험난한 세파를 헤치기 힘들다. 말은 내면과 외면에서 신뢰에 영향을 미치므로 나를 나라고 해야 자신감이 차오른다. 그런 다음에 하고 싶은 일을 할 수 있다.

기득권자는 국민을 천하게 본다. 2017년 7월에 나향욱 당시 교육부정책기획관은 국민의 99%는 개·돼지라고 했다. 그는 파면되었으나 2018년 3월에 파면취소소송에서 승소했다. 국민을 돼지 취급했으나 기득권이 주도하는 제도를 거쳐 살아났다. 미관말직이 그런 일로 파면되었다면 살아났을까.

나향욱은 밖에서 제 밥벌이를 못 하고 개라고 부른 국민이 주는 혈세를 타 먹으려고 우리 안으로 돌아왔다. 국민에게 기대어 살면서도 그는 관존민비 의식을 장착하고 살아왔다. 그 선배들처럼 세종이 구축한 체제에서 지내왔다.

나향욱뿐 아니라 고시합격자는 대부분 엘리트 의식을 가지고 산다. 더러는 9급 공무원만 되어도 특권층으로 안다. 그 부모도 어깨에 힘을 주는 세상이다.

세상이 바뀌어 지금은 관리가 곤욕을 치른다. 야당 대표가 일반인에게 폭행을 당하기도 한다. 심지어 경북 봉화에서는 70대 노인이 민원을 처리해주지 않는다고 하여 공무원을 엽총으로 살해했다. 인터넷에서는 초등학생이 대통령을 초상집 개처럼 걷어차기도 한다. 극단적인 사례요, 국민에게 문제가 있으나 관리도 그런 일을 보며 반성해야 한다.

아랫사람이 윗사람을 비판하는 현상에는 긍정적인 측면이 있다. 신분 사회가 평등 사회로 바뀌는 까닭이다. 그렇게 될 때 의사소통이 원활하여 세상이 살기 좋게 변한다.

개만도 못한 관료는 국민이 주인의식을 갖고 해고해야 한다. 그런 뜻에서 박근혜의 탄핵은 의미가 있다. 국민이 공무원에게 신상필벌을 엄격하게 시행해야 그들이 국민을 무서워하기 때문이다.

청와대에 있으면 누구나 대통령처럼 행세한다. 호가호위(狐假虎威), 곧 여우가 호랑이의 위세를 빌리는 꼼수가 먹히는지라 사기꾼도 청와대를 사칭한다. 그런 사람을 갖고 놀려면 내가 대통령이라고 하면 된다. 대통령을 사칭하는 사람에게 알아서 기면 사기꾼의 밥이 된다.

무능한 지도자일수록 상하관계를 뚜렷하게 유지한다. 박근혜가 부당한 명령을 내려도 부하들이 그 말을 거역하지 못했다. 부모가 모두 하극상으로 죽은 터라 그는 측근의 반박을 꺼렸다. 관직에 눈이 멀어 그 아래 들어가려고 줄을 서던 사람이 많았다. 박근혜는 반역 콤플렉스가 강하여 최순실에게 기댔다가 국정을 그르치고 말았다. 세월호 사태가 일어났을 때도 최순실이 없으니 아무 조치도 취하지 못했다. 결국 탄핵으로 물러난 대통령 1호가 되었다.

대통령은 대체로 박근혜처럼 국정을 운영한다. 나를 내세우는 사람은 부하로 두지 않는다. 문재인 역시 마찬가지다. 얼마 전에 황수경이 통계청장 자리에서 물러나면서 윗사람 말을 듣지 않았다고 했다. 나를 내세우다 잘렸다고 완곡하게 표현한 것이다.

통계의 정치도구화를 막으려다 잘렸다는 그의 말이 사실이라면 역사는 정권에 빌붙은 다수보다 그를 높게 평가한다. 정부를 보면 이념과 취향이 비슷한 사람끼리 모여 정치가 아니라 쇼를 하는 듯 하다. 청와대를 연예기획사로 아는지 뭔가 보여주어 인기를 끌려고 애쓴다. 나를 내세우기 곤란한지라 공직자 다수는 자리에 가만히 앉아 있다. 조선조보다 지금이 나를 내세우기 힘들다는 사실을 정 부가 여실히 보여준다.

나를 나라고 하기 힘든 조직에서는 자기 의견을 드러내지 못한 다. 가부장적 상사는 부하의 의견을 무시하므로 회의할 때는 입을 다문다. 부하가 상사를 따로 만나자고 하면 상사는 움찔한다. 둘이 마주한 자리에서 부하가 '나는' 하면 상사는 오그라든다. 부하가 계급장 떼고 한판 붙자는 말이므로 상사는 화장실에 가는 척하며 자리를 뜬다. 들이받으려고 덤비는 부하를 상사는 무서워한다.

부하가 사표를 품고 말하면 대통령도 그 기세를 알아차린다. 충 직한 신하는 자리를 걸고 대통령에게 고언을 한다. 자리라야 바람 불면 날아가고, 몇 달 지나면 아무도 모른다. 대통령은 직을 걸고 일하라지만 홍종학 중소벤처기업부장관 임용할 때 보았듯이 그 자 리에 나가려는 사람이 드물다. 괜찮은 관리는 후환이 두려워도 제 뜻을 밝힌다. 나를 나라고도 못 하는 사회에서 오래 살다 보니 그 런 부하도 희귀하다. 아니, 그런 사람은 위에서 아예 뽑지 않는다.

나는 언제 어디서나 나를 나라고 말한다. 어떤 조직과 자리에 매이지 않고 내 이름을 걸고 산다. 여기서도 '필자'가 아니라 '나'라고 쓴다. 책임지고 내 생각을 드러내려는 뜻이다. 포장을 걷어내고 나를 있는 그대로 보여준다. 나를 나라고 부르는 일이 인생성형의 핵심이라고 생각하는 까닭이다.

우리에서 나를 지킨다

~~~~~~~~~~~~   ~~~~~~~~~~~~

　방학이면 아내가 전주에서 두 아들이 사는 서울 자취집에 가곤 한다. 잠시 기러기 아빠가 되어 울타리를 벗어난 느낌을 갖는다. 가족끼리도 친소관계가 다르다 보니 자식의 문제를 그때 아내를 통해 듣는 수가 있다. 집안 우리가 나를 중심으로 돌아가는 줄 아는지라 살짝 서운하다. 피를 나눈 우리도 이해와 친소에 따라 나에게 다른 뜻을 지닌다. 내 또래가 집에서 왕따라고 하는 말이 농담이 아니다. 아버지가 가정 우리에서 차지할 만한 자리가 없다는 말이다.

　정으로 뭉친 모임은 셋만 되어도 나를 지키기 힘들다. 우리 동네에서 내 또래 셋이 같은 고등학교에 다녔다. 상황에 따라 외톨이가 되므로 제 뜻대로 살지 못했다. 사이가 바뀌고, 사람이 다르니 서로 조심하며 지냈다. 어려서부터 같은 마을에 살면서 같은 학교에 다녔으니 서로 잘 알아 예민한 시기를 무난하게 보냈다. 살아 있는 삼각구도에서 나를 지키는 일은 참 미묘했다.

　삼각관계에서 말썽이 자주 일어나는 까닭은 셋만 모여도 역학관계가 복잡하기 때문이다. 둘이 친해지면 소외된 사람이 나를 지키지 못한 데다 배신감이 든다고 하며 우리를 깨려 한다. 둘이 이룬 우리를 하나가 파고들어 무너뜨리려고 하면 둘 사이가 돈독해지거나 둘 중 하나가 새 사람과 가까워진다. 셋 사이가 늘 움직이니까 문제 소지가 상존한다. 셋이 어쩔 수 없이 함께해야 한다면 생존전략을 구사해야 한다. 내 동네 고교동창 셋이 그랬다.

직장은 의식주를 해결하려는 사람이 모인 우리다. 거기에서 상사가 '우리는 하나'라고 하는 말은 명령이자 희망이다. 그러나 상하가 뚜렷한 조직에서 우리는 하나가 못 된다. 아래에서 뜻을 숨기고 위를 따르니까 하나처럼 보일 뿐이다.

위에서 아래를 섬길 때 우리가 하나로 뭉친다. 한국 조직에 서번트 리더십을 가진 상사는 드물다. 한국의 상사는 "까라면 까!" 해도 "예, 알았습니다." 하는 부하를 좋아한다. 부하는 인간이 아니라 계급에게 인사한다고 생각한다. 처자를 떠올리며 속으로 욕하면서 겉으로는 상사의 말을 듣는다. 그런 부하가 집에서는 못된 가장이 되어 가족을 괴롭히기도 한다. 감옥 같은 집안 우리에서 가족 구성원은 나를 지키기 힘들다. 직장에서 상사에게 시달리면서도 가정에서 가족을 존중하는 가장이야말로 훌륭한 아빠다. 그 가족은 하나로 뭉쳐 날아오른다.

상사가 부하를 무시하는 조직은 모래성처럼 이슬비만 와도 무너진다. 부하 노릇을 안 해본 상사는 부하의 심정을 알지 못한다. 카리스마를 휘두르면 조직이 잘 돌아갈 줄 안다. 그런 직장에서는 유능한 부하가 떠난다. 갈 곳이 없으면 나쁜 우리에서 나를 숨기고 그럭저럭 일한다.

개인은 가정, 학교, 직장이란 우리에 적응해야 생존한다. 그 우리는 계급으로 돌아간다. 그 우리에서 어떤 윗사람을 만나느냐에 따라 인생이 달라진다. 그 가운데 부모가 가장 중요하다. 집에서 나를 지키는 힘을 기르기 때문이다. 가부장적 권위를 내려놓고 자녀와 대등하게 지내는 아버지가 드문지라 가정 우리에서 나를 지키기 힘들다. 어머니가 슬기로우면 그런 집에서도 자녀가 나를 보존한다. 어머니와 아버지에게 모두 문제가 있으면 집 우리에서 인생 동력을 충전하지 못한다. 그는 결국 사회에서 고생하며 살게 된다. 부모가 모두 좋으면 지상낙원 같은 가정에서 행복하게 살아간다.

우리보다 나를 중시하는 아버지 아래서 자란 자녀는 호랑이로 자란다. 호랑이는 우리에 가두어 키우지 못한다. 우리에 갇혀도 백수의 제왕인지라 돼지처럼 살지 않는다. 우리가 나에게 필수는 아니다. 호랑이처럼 우리를 싫어하면 혼자 살아도 된다. 밖에서 '나'를 지키는 길이 늘어나니 단독 비행을 감행해볼 만하다.

조직을 떠나 일가를 이룬 사람은 '나'를 앞세운다. 조직과 직위를 말하지 않고 이름을 댄다. 김어준은 우리에 기대지 않고 혼자 일한다. 유력한 방송사도 자기 조건에 안 맞으면 나가지 않는다. 그야말로 걸어 다니는 방송국이다.

가부장적인 아버지가 군림하는 가정 우리에서 자란 아이는 무기력하다. 그는 학교에 가서 왕따를 당해도 벗어날 궁리를 못 한다. 부모와 애착 관계를 제대로 형성하지 못한 까닭에 학교 우리에서 나를 지키지 못한다. 저항 능력이나 소통 능력이 없으니 혼자 냉가슴을 앓는다. 그러다 목숨을 끊는 학생이 한 해에 수십 명에 이른다.

어릴 때는 부모가 생사여탈권을 쥐고 있는지라 자녀는 부모가 무시해도 참는다. 그때 쌓은 분노를 부모에게 표출할 만한 때가 오면 자녀는 그 분노를 부모에게 파괴적으로 분출하는 수가 있다.

부모와 자식이 서로 존중하면 가정에서 폭력이 일어나지 않는다. 유교에서는 부자유친(父子有親), 곧 부자간에 친밀하라고 당부했다. 기대와 달리 아버지와 아들 사이는 대체로 서먹하다. 유교의 질서 의식에 따라 아버지는 명령하고 아들은 순종하는 까닭이다.

부자 사이에서 소통의 열쇠는 아버지가 쥐고 있다. 아버지가 아들을 친구처럼 여기면 말이 수평적으로 상통한다. 아버지 잘 만나는 일이 행복의 근원이라는 까닭이 이렇다.

집에서 말이 물처럼 흐르려면 가장의 마음이 바다처럼 깊고 넓어야 한다. 자식이 부모를 비판해도 가장이 용납하면 자식이 무슨 말이든 한다. 부모가 자녀와 원활하게 대화하는 가족은 화목하다. 그러면 만사가 이루어진다. 부모가 수용적인 태도를 보이면 가족끼리 부드럽게 말을 주고받는다.

우리는 국가(國家)라 하여 나라도 확대 가정으로 본다. 국가는 말 그대로 나라 집이다. 그 우두머리가 대통령이다. 대통령이 국민과 대등하게 말을 주고받으면 나라 우리에 사는 사람이 모두 나를 지키며 하나가 된다. 현실은 청와대 하급관리도 국민 위에 군림한다. 청와대에 민주화를 외치던 운동권 출신과 시민단체 출신, 그리고 미국 민주주의를 선망하는 교수들이 많이 들어갔다. 그러나 국민이 '나'를 지키기 힘들게 만든다. 청와대가 국민에게 청원을 받지만 대부분 거기에 그치고 만다. 국민과 청와대가 상통하지 못하니 소통이 아니라 쑈통이라는 우스개가 나온다. 청와대가 사통오달하는 시늉만 한다는 뜻이다.

디지털 세상에서는 누구든 나를 내세운다. 익명성이 보장되니 누구나 자기 의사를 쏟아낸다. 초등학생이 노인과 맞짱을 뜬다. 거기서는 존비법을 무시하니 소통이 원활하다. 디지털 공간에서 문제를 야기한 사람은 어린 데다 여린 경우가 많다고 한다. 현실적 불만을 가상 세계에서 구현하기 때문이다.

한국의 가상공간은 불투명하다. 포털 사이트에서 매체의 기사를 편집하고, 대중은 익명성에 숨어 의견을 편다. 가상공간에서도 '나'를 못 드러내고 우리에 갇혀 산다. 거기에 악성 댓글이 많다 보니 우리는 디지털 세상을 불신한다. 악플의 대상이 되었다면 그만큼 유명인이 되었다는 뜻이니 기쁜 일이다. 디지털 공간은 소통에 강점이 많으니 그런 점을 활용하면 사는 데 유리하다.

우리나라 포털 사이트는 거대한 공중화장실과 같다. 만인이 온갖 배설물을 쏟아내는데 거의 관리를 하지 않아 악취가 진동한다. 포털 업체가 광고비를 챙기려고 방치하는 데다 국민이 하고 싶은 말이 많아서 그런 것 같다. 언어를 오염시키지만, 소통이 중요하니 너그럽게 보고 싶다. 댓글 파문을 일으킨 네이버가 모바일 초기 화면에 검색창만 남겨 자체정화에 나섰다. 그 추이를 지켜볼 일이다.

가상공간에서 나를 내세우다 보면 현실에서도 상대와 대등하게 소통할 수 있다. 그게 지나쳐 남에게 피해를 주면서도 나를 키운다. 교양 없는 사람이 많아서인지 정문정의 『무례한 사람에게 웃으며 대처하는 법』이 베스트셀러가 되었다.

우리는 사회에서 표리부동(表裏不同)하게 나를 지킨다. 겸손한 척하며 집단에 적응하여 산다. 기득권자가 겸양을 강조하면 젊은이가 창의성을 발휘하기 힘들다. 젊은이의 자랑을 기득권이 너그럽게 보아줄 때 아래서 재능을 드러낸다. 기득권은 바꾸기 힘드니 젊은이가 제 심신을 개방하면 된다. 무례하게 행동하면 비난이 쏟아져 나를 지키기 힘드니까 겸양을 겸비하면 금상첨화다.

한국인은 말로는 자신을 낮추지만, 맘으로는 자신이 최고라고 생각한다. 그와 달리 서양 사람은 열등감을 가리고 자기가 최고라고 외친다. 동서의 어법이 다르다 보니 혹자는 서양의 얼치기를 세계 최고로 여긴다. 서양의 언어를 동양식으로 듣는 것이다.

생존 원리에 따라 동양인은 열 개가 있어도 부족하다고 하며, 서양인은 한 개만 가져도 만족한다고 외친다. 우리에서 나를 지키려면 서양의 언어와 그 문화에 깃든 강점을 받아들이면 좋다. 내 본성을 지키면 우리에 살아도 개성을 유지한다. 그런 뜻에서 나를 지키는 일은 나를 믿는 길이다.

열등감을 자신감으로 바꾼다

한 아빠가 아이에게 노래방 바닥에 오줌을 싸게 해놓고는 그것을 나무라는 주인을 폭행했다고 한다. 그 부모는 주인이 나무라자 아이가 그럴 수 있지 않느냐고 했단다. 자식의 자신감을 길러주려다 자식을 깡패로 만든다. 실제로 부모가 자녀의 비행을 두둔해주어 자녀가 주먹 세계로 들어간 사례가 꽤 있다. 선의로 자녀의 뒤를 봐주었으나 그 결과는 대개 비참하다.

부모가 자녀의 기를 살린다고 하면서 자녀에게 무례를 가르치는 경우가 있다. 그들은 아이가 식당에서 다른 손님에게 피해를 주어도 미안하게 생각하지 않는다. 누가 그 아이를 나무라면 화를 낸다. 도덕성이 약한 부모가 자녀를 빗나가게 만든다. 그 자녀는 다른 사람과 부딪치며 말썽을 일으킨다. 어릴 때 형성한 가치관에 따라 평생 문제를 유발하며 산다.

어릴 때 부모와 기본적 신뢰를 견고하게 이룩한 아이는 자신을 긍정적으로 인식한다. 그 아이는 자랄수록 자신감이 올라간다. 어린 시절에 비축한 신뢰는 자원은 적게 드는 데 견주어 죽을 때까지 영향을 미친다. 부모와 아이의 애착 관계가 견고하면 자녀는 자신을 믿고 불안을 헤친다. 그는 만인이 반대하는 일도 실행하여 성과를 낸다.

부모는 자녀교육이 처음이요, 자녀는 세상만사가 새롭다. 훌륭한 부모는 자녀가 숟가락질을 배우며 밥을 흘려도 내버려 둔다. 그런 일은 어른을 보며 익히기 때문이다. 그러나 할머니를 때리면 '안 돼!' 하고 말하며 그 손을 꽉 잡는다. 그런 뒤에 왜 사람을 때리면 안 되는지 말해준다. 사회생활의 기반을 제대로 다진 아이는 세상에서 자신을 믿고 살아간다. 그래도 인간 도리에 벗어나지 않기 때문이다.

나는 사는 동안 시행착오를 많이 겪은 터라 남의 고생을 더는 일에 나섰다. 여기서 영리한 체하지만, 자녀교육에서도 실수가 많았다. 아이에게 지시와 명령을 많이 하여 소통도 제대로 못 했다. 두 아들이 마음을 표현하지 못하게 했으니 그들의 자신감 형성을 막은 셈이다.

자녀가 감정을 드러낼 때도 남자는 감정을 자제해야 한다고 생각하여 억제했다. 내가 세상에서 그렇게 배운 까닭이다. 옛날로 돌아가 다시 아이를 키운다면 아이들이 감정을 마음대로 표현하도록 하겠다. 감정을 드러내면서 자신감을 얻기 때문이다. 나는 환갑인데 감정을 말로 잘 드러내지 못한다. 엄격한 부모를 보고 남자 훈련을 받은 터라 감정을 언어로 원활하게 구사하지 못한다.

매사를 간섭하는 부모 아래서 자란 자녀는 자신감이 떨어진다. 그 부모는 자녀가 스스로 배울 기회를 빼앗는다. 그 자녀는 세상에 대한 호기심을 접고 부모 눈치를 보며 산다. 그 부모는 아이가 자전거 타는 방법을 스스로 배울 때까지 기다리지 못한다. 자녀가 기대에 미치지 못한다고 부모가 혼낼수록 자녀는 자신감을 잃는다. 그러면 자전거 타는 일을 배우지 않는다. 그런다고 부모가 실망하면 그 모습을 보고 죄책감을 갖는다.

자녀를 지켜보는 일이 자녀를 가르치는 일보다 어렵다. 부모들은 자녀가 넘어지며 자전거를 배우는 과정을 지켜보지 못한다. 자신도 그런 과정을 거쳐 자전거를 배웠다는 사실을 잊은 까닭이다. 아이를 도와주면 빨리 배우지만, 의존성이 생겨 다른 일은 스스로 배우지 않는다. 그만큼 자신감을 쌓지 못한다.

자녀는 부모의 언행을 보고 사는 길을 배운다. 부부가 부드럽게 대화하면 아이도 말하는 태도를 바르게 익힌다. 부모가 아이의 말에 귀를 기울이면 아이는 세상은 살아갈 만하다고 믿는다. 그 자녀는 고민이 생기면 부모를 믿고 그것을 말한다. 부모가 그 고민을 자녀와 더불어 풀어줄 때 자녀는 자신을 믿고 앞으로 나아간다.

어린 시절에 자신감을 기르면 사춘기에 시련과 유혹을 스스로 이긴다. 그는 10대에 목표에 열중하여 남보다 유리한 입장에 선다. 자신을 사랑하는 사람은 욕망을 절제하고 시련을 극복한다. 10대에 자신감을 얻고 20대에 미래를 준비하면 30대에는 성공가도에 들어선다.

자녀가 레고를 뜻대로 맞추게 놓아두면 마음대로 조립하며 자신을 믿는다. 부모가 감시하고 평가하면 아이는 스스로 성패를 겪으며 자신감을 축적하지 못한다. 잔소리가 듣기 싫어 부모가 지켜보면 아무것도 안 한다.

스스로 시행착오를 겪으며 자신감을 쌓아야 실패해도 자신을 믿고 일어선다. 그런 과정을 반복하며 크게 자란다. 인생은 레고를 맞추는 놀이와도 비슷하다.

우리는 외모 때문에 자신감을 잃는 수가 많다. 외모는 타고나며 바꾸는 데 한계가 있다. 외면의 결점은 내면으로 보완하면 된다. 작으면 작은 대로 개성으로 알고 자신을 두둔한다. 남들이 뭐라고 하든 자신을 사랑해야 자신감이 쌓인다.

출생배경이 나쁘다고 부모를 원망하면 자기와 부모가 함께 추락한다. 부모는 못 바꾸니 주어진 조건에 자신이 적응하는 게 상책이다. 성장할수록 부모의 영향에서 벗어날 수 있으므로 자라서 자신감을 보전하면 된다. 가난한 부모가 어릴 때는 원망스러워도 결핍을 메우는 만큼 자신감이 생긴다. 그게 쌓여 성공한 뒤에는 가난한 부모가 성공 요인이라는 사실을 깨닫는다.

어릴 때 부모가 학대하거나 방임해도 뇌는 유연하여 후천적으로 환경에 적응한다. 나쁜 환경에서 생존한 사람은 그런 역량을 기른 터라 자신감이 충만하여 소망을 성취한다. 그런 뒤에 부모를 용서하면 대부분의 부모는 잘못을 뉘우친다. 잘못했다고 하지 않는 부모도 용서하는 자녀가 거인이 된다.

자신감은 스스로 격려하며 얻는 길이 최선이다. 부모도 칭찬에 인색한데 타인이 인정하는 경우는 드물다. 외부 동기는 타인이 좌우하지만, 자발적인 계기는 자신이 결정한다. 따라서 작은 성과라도 내면 자신에게 박수를 쳐줄 때마다 자신감이 자란다.

　나는 좋은 부모를 만난 데다 성패를 겪으며 자라서인지 그런대로 자신감을 축적했다. 시골에서 고등학교까지 다닌 덕분에 자신 있게 살았다. 여러 차례 전직하며 다양한 지식과 경험을 쌓으며 자신감도 축적했다. 인생을 다채롭게 영위하며 여러모로 성패를 겪었기에 어떤 상황에서도 나를 믿는다.

　나는 나를 믿고 고난을 극복하며 담력을 길렀다. 나는 성패를 많이 겪은 터라 시험장에서도 떨지 않고 평소보다 좋은 성적을 내곤 했다.

　흑인은 인종차별에 대한 집단무의식을 지니고 있어 누가 흑인이라는 사실만 지적해도 시험 점수가 낮아진다고 한다. 타인이 인종적 특징만 환기해도 열등감에 싸여 제 능력을 발휘하지 못한다는 말이다. 어떤 흑인은 백인 옆에서 시험을 보아도 부정적인 영향을 받는다고 한다. 스스로 주눅이 들어 능력이 떨어지는 것이다.

　가리고 싶은 치부를 누가 들먹이면 열등감에 싸인다. 나도 누가 내 출신고를 거론하면 기가 꺾이곤 했다. 고등학교가 학연의 핵심인데 시골에서 고등학교를 다녔기 때문이다. 사람들은 어떻게 알았는지 여럿이 모인 자리에서 내 출신고를 말하곤 했다. 누가 말하지 않아도 열등감이 드는데 내 약점을 들추면 심신이 오그라들었다. 그게 글에도 드러나는지 한 출판사 편집자는 내 글에 열등감이 배어 있다고 지적했다. 거기에서 빠져나오려고 노력할수록 패배감에 젖기도 했다. 아직도 심신에서 열등감을 떨치지 못했다. 이 글에도 그런 부분이 있을 터이나 열등감을 자신감의 연료로 삼으려고 매일 애쓴다.

이제는 열등감도 성공 요인으로 생각한다. 나를 키운 건 8할이 열등감이다. 사실은 내 고향 고등학교 동창 200여 명 중에서 나만 국립대학에 진학했다. 한미한 고등학교이다 보니 대졸자도 열 명 안팎이다. 그런데도 나는 새로운 마당에 들어갈 때마다 열등감에 시달렸다. 명문고 출신 앞에서는 긴장이 되었다. 지금은 열등감을 자신감의 원천으로 삼을 만큼 성장했다. 환갑에도 성공가도를 달리니 감사할 따름이다.

내가 허락하지 않는 한 누구도 나에게 열등감을 주지 못한다. 내가 주지 않으면 아무도 내 자신감을 훔쳐가지 못한다. 나는 열등감을 깔고 앉아 나를 믿고 성패를 겪으며 살았다. 이제 일거수일투족을 자신감의 재료로 삼아 약자와 더불어 살아간다. 내 인생의 의미를 약자 옹호에서 찾는다.

빅터 프랭클은 아우슈비츠 수용소에서 구사일생으로 살아남았다. 그는 극한 상황에서는 음식이나 섹스보다 인생의 의미가 유용하다고 설파했다. 그는 누구도 인생에 대한 자기 태도를 빼앗아갈 수 없다고 천명했다. 자유 의지를 가졌기에 죽음을 앞두고도 의연했다. 수용소에서 살아남은 뒤에 그는 극한 체험을 의미치료로 승화했다. 그 치료법으로 극단적인 상황에 처한 사람들을 구제했을 뿐만 아니라 세계 의학계에도 크게 기여했다.

자신감을 함양하면 불안을 극복하고 성공한다. 자신을 믿는 사람은 무엇이든 있는 그대로 받아들인다. 자신이 바꿀 수 없는 현실은 수용하고, 인생 자원을 생산적인 곳에 쓴다. 그는 타인의 평가를 비판적으로 수용하여 성장의 토대로 삼는다. 어제의 나보다 오늘의 나를 나아지는 쪽으로 밀고 나아간다. 그는 자기 성공 지표를 높이며 꾸준히 자란다.

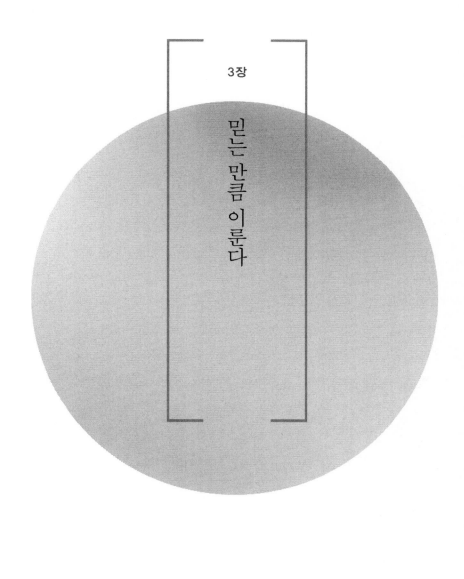

3장

믿는 만큼 이룬다

재능 계발에 최선을 다한다

탈북자 이애란은 경인여대 교수가 되었다. 그는 북한에서 식료공학을 전공한 요리전문가였으나 남한에서 특기를 살리기 어려웠다. 그는 호텔룸메이트와 보험사원을 거치며 남한을 탐색했다. 경험의 학교에 수업료를 많이 지불하고 나서 소원을 성취했다. 남한을 이해한 뒤에 장기로 살아남은 것이다.

그는 남한 생활에 익숙해진 다음에 강점을 살려 식당을 차렸다. 식당 운영에 여유가 생기자 요리 공부를 시작했다. 장사와 학업을 병행하여 이화여대에서 석사와 박사과정을 마쳤다. 탈북여성 1호로 박사학위를 취득해서 교수가 되었다. 그녀는 2010년에 미국 국무부에서 전 세계를 통틀어 뛰어난 여성들에게 주는 올해의 '용기 있는 국제여성상'을 받았다.

이제 그는 북한전통음식문화연구원을 열어 탈북자를 지원한다. 그는 "남쪽에서는 열심히 노력하면 어떤 식으로든 결과가 따라온다는 것이 북쪽과 다른 점인 것 같다."라고 말한다.

3만 명이 넘는 탈북자 가운데 자수성가한 사람보다 범죄자가 더 많다. 그 상당수는 정부 보조금으로 살아가면서 남한 사람이 불신하여 최선을 다해도 살기 힘들다고 말한다. 남한 사람의 편견보다 북한에서 살던 습성을 최선이라고 고집하는 일이 더 문제다. 더러는 남한이 북한보다 못하다고 생각하여 다시 월북한다. 북한처럼 적당히 일하면 먹고살 줄 알았는데 피땀을 흘려도 살기 힘들다며 북한으로 돌아간다. 기대가 컸던 만큼 크게 실망하여 남한을 떠난다.

탈북자 가운데 오래된 습관을 떨친 극소수가 꿈을 이룬다. 인간은 이기적인 데다 사회주의 체제에서 살아온 터라 그들은 경쟁을 싫어한다. 지옥을 벗어나면 천국인 줄 알았는데 소망한 대로 안 되면 노예의 행복을 그리워한다. 남한 사람이 게으르다고 무시하니 배신감을 품고 남한 사람을 미워한다.

남한은 자유로운 대신 남보다 뛰어나야 교수가 된다. 그래서일까. 2017년 신임교수의 평균 나이가 43.6세다. 이애란은 새로운 환경에서 남다른 이론과 실제를 겸비하여 성공했다. 북한에서 전문지식을 익혔으니 다른 탈북자보다 유리한 위치에서 출발한 셈이다. 이색적인 이력에다 교수 자격을 갖추었기에 그가 대학에 자리를 잡았다.

사람들은 자기 인생에 근거하여 최선의 수준을 설정한다. 누구는 습관을 최선으로 삼고, 더러는 혁신을 최선이라 본다. 혹자는 업적이나 과정을 최선이라고 한다. 신념을 최선으로 보는 사람도 있으나 다수는 성과를 최선으로 인정한다. 계량화하지 못하면 비교할 수 없다고 보는 연고다.

인간은 최선의 차이에 따라 작은 고비에도 쓰러지고, 칠전팔기하는 수도 있다. 최선의 목표에 따라 노력의 정도가 달라진다. 그런 뜻에서 최선을 타인과 견주거나 숫자로 표시하는 전략도 유용하다.

최선을 다하면 성공한다고 믿을 때 습관을 떨치고 능력을 함양한다. 일부는 노력해도 성과를 못 얻는다고 하며 헬조선, 곧 한국을 벗어나야 하는 나라로 본다. 그들은 자신의 최선보다 외부 요소가 성공과 실패를 가른다고 본다. 그러면서 이전에 살던 대로 산다. 말로만 떠나자고 외칠 뿐 탈출할 생각도 안 한다. 다른 나라에 가서 밥벌이할 재능이 없어 한국을 비판하면서 나라에 기대어 산다.

동일한 조건이라면 최선을 다하는 사람이 성공한다. 진인사대천명(盡人事待天命), 바로 사람 일을 다하고 천명을 기다리는 자세로 일할 때 꿈을 이룬다.

최선은 자신이 구비한 조건에서 최고의 성과를 내는 지점이다. 대부분은 성과를 떠나 최선을 경주했다고 변명한다. 뜻을 못 이루면 밖에서 패인을 찾아 조건이 좋았으면 성공했을 것이라고 말한다. 능력이 아니라 부모나 학벌을 실패의 원인으로 든다. 탓할 사람이 없으면 때와 운이 나빴다고 말한다. 실패 원인을 밖에서 찾는 사람은 성과를 못 낸다. 자기 재능을 계발하지 않기 때문이다. 자기 책임을 외면하고, 자신을 개발하지 않으니 운과 때가 와도 잡지 못한다.

우리는 자본주의 안목으로 탈북자를 판단하여 그들이 최선을 다해도 시원찮게 본다. 인간은 본래 부정적인 부분에 주목하는 데다 탈북자를 좋지 않게 생각하기 때문에 그 단점을 들어 그들을 폄하한다. 탈북자가 남한에서 적응하는 일을 우리가 막는 셈이다.

탈북자는 최선의 기준이 우리와 다르다. 그들은 분배를 중시하는 데 견주어 우리는 생산을 높게 본다. 우리는 자본주의 눈에 따라 이애란을 평가하고 탈북자는 공산주의 틀에 맞춰 그녀를 판별한다. 프레임이 다르니 같은 성취도를 놓고 상이하게 평가한다.

최선의 기반은 부모의 언행을 보고 다진다. 학교와 사회에서 지식과 경험을 쌓으며 최선의 기준을 수정한다. 학교에 가서는 친구도 고려하여 최선의 수준을 결정한다. 노는 애들과 어울리면 중간이 최선이 되고, 공부를 잘하는 친구와 사귀면 상위권을 최선으로 본다. 부모와 자신의 가치관에 따라 최선의 목표는 움직인다.

인간은 이기적이라 자기는 최선을 다했는데 다른 요인 때문에 실패했다고 본다. 자신을 합리화하고 타인의 성취를 무시한다. 그는 자기 혁신을 안 하므로 이후에도 뜻을 못 이룬다.

남들은 내가 환경이 좋아서 하고 싶은 일을 하며 산다고 생각한다. 그들은 내가 오십 년 동안 인생성형을 준비했다는 사실을 모른다. 내가 쉰 살 이래 십 년 넘게 저술하면서 얼마나 힘들었는지 모른다. 여러 차례 직업을 전환하면서 고생한 사연을 모른다. 두 아들이 서울에서 대학에 다닐 때는 결혼반지까지 팔면서 버텼다. 남은 내 일에 관심이 적을뿐더러 구차한지라 나는 입을 다물고 저술에 매진했다. 나는 경제활동을 거의 접고 집필에 전념하며 여기까지 왔다. 나도 다른 사람의 사정을 모르듯이 타인 또한 내 삶을 모른다. 노력은 모르고 결과만 아니까 운이 좋다고 말한다. 내막을 모르고 하는 말이니 웃고 만다.

부모가 어떻게 살았는지 알기에 나는 최선을 다했다고 말하지 않는다. 내 부모가 자식과 농사에 혼신을 기울였듯이 나는 공부와 자식에 열정을 쏟는다. 성과가 나오지 않아도 심신을 바쳐 가시밭길을 헤친다. 그 길이 내 삶의 최선이라 믿는다.

부모를 닮으려고 노력했으나 내 가성비는 부모에게 못 미친다. 내 부모의 평균 학력은 초등학교 3학년이다. 논밭 열 마지기를 지어 할머니 둘을 모시고, 삼촌과 고모 셋을 출가시켰으며, 6남매를 키웠다. 경작의 절반은 소작이니 기적의 일생이다. 내 부모가 손발이 닳도록 일한 것을 생각하며 나는 최선의 수준을 높게 유지한다. 죽을 때까지 부모를 바라보며 살려고 한다. 그 일이 나와 부모의 상생이라 여긴다.

내 부모를 최선의 기준으로 삼은 뒤에 나는 부모의 희망을 나름대로 받아들였다. 부모는 나에게 공직으로 가라고 했지만 나는 공무원을 그만두고 재야에서 길을 냈다. 평생 농사를 짓던 부모와 다르게 살지만, 그 태도를 본받아 삶을 누린다. 나는 강신주, 고미숙, 김미경 같은 재야의 고수를 내 모범으로 삼았다. 그들과 다른 길에서 꿈을 이루고 싶다.

나는 타인을 자극제로 삼아 최선을 다한다. 내 일에 관심을 둔 사람을 고맙게 생각한다. 그들의 기대에 부응하려고 최선을 다해 읽고 쓴다. 지식근로자로서 혼신을 경주해 세상에 좋은 지식을 뿌리고 가꾼다. 농부처럼 열매로 말하려고 작가로서 좋은 글과 말을 거두려고 애쓴다. 그런 나에게 스스로 박수를 쳐주며 전력으로 질주한다.

한 해에 신간이 6만 종쯤 쏟아지는 출판 시장에서 나는 독자의 시선을 끌려고 최선을 다한다. 내 부모가 자식처럼 농작물을 살폈 듯이 내 언어를 내 자녀처럼 사랑한다. 날마다 조정래의 말을 떠올리며 마음을 다잡는다.

최선을 다했다는 말을 함부로 쓰지 마라. 최선이란 자기 노력이 스스로를 감동시킬 수 있을 때 비로소 쓸 수 있는 말이다.

그렇다. 내 노력이 나를 감동시킬 수 없는데 남이 내 글에 공감 할까. 내 마음에도 안 드는 글이 남의 눈에 들까.

감사하며 일한다

미국의 거리에서 듣는 말 1위는 '땡큐'라고 한다. 네 마디 가운데 한마디가 '감사'란다. 총기사고가 많아 불안해도 그들은 서로 감사하며 산다. 한국의 교실에서는 아마 욕설을 가장 많이 들을 것이다. 학생끼리 걸핏하면 '너 죽을래?' 하며 싸운다. 화가 나면 교사를 때리는 학생도 있다. 학교가 전인교육의 터전은커녕 전쟁터와 비슷하다.

학생에게는 감사할 일이 넘친다. 부모는 자녀가 학교에서 공부하도록 희생적으로 뒷받침한다. 교사는 학생의 미래를 대비해주고, 국가도 학생을 지원한다. 공부할 마음만 있으면 가난해도 국가장학금을 받아 대학에 다닐 수 있다. 학생처럼 사회에서 우대하는 사람도 드물다. 열심히 공부하면 제 앞길이 열리니 모든 지원에 감격할 일이다.

학생이 감사하면 학교는 물론 세상이 밝아진다. 슬프게도 학교에 다닐수록 언행이 거칠어진다. 경찰은 대학가 파출소에 근무하기를 꺼린다. 술 마시고 싸우는 대학생이 많기 때문이다. 주말의 대학가는 난장판이다. 경찰이 싸움을 말리면 오히려 경찰에게 덤빈다. 거친 학생들을 상대하다 보면 짜증이 나므로 경찰은 대학 주변을 싫어한다.

성공은 대학가에서 알바하며 부모에게 감사하는 학생이 거머쥔다. 그는 부모 덕분에 대학에 다닌다고 생각하며 부모의 짐을 덜어주려고 일한다. 유혹을 떨치고 일하며 다른 학생이 모욕해도 참는다. 사람과 세상을 배운 데다 일과 돈을 안다. 그는 사회생활에 잘 적응하여 꿈을 성취한다.

같은 일을 해도 감사하는 사람이 대성한다. 곽정환은 스마트폰 부품 업계의 '히든 챔피언'이다. 코웰이홀딩스의 회장으로 애플 아이폰에 쓰이는 카메라모듈을 생산한다. 한상(韓商)기업 최초로 홍콩 증권시장에 상장하여 매출 1조를 달성하는 신화를 썼다.

그는 대우에 입사하여 해외영업팀으로 일했다. 해외출장이 많다고 불평하는 동료와 달리 회사가 해외여행을 시켜주고 글로벌 마케팅을 가르쳐주는 데다 월급까지 준다고 감격했다. 이런 자세로 근무한 덕분에 홍콩에서 봉제 인형 사업을 시작하여 성공했다. 그 뒤에 IT 산업에 도전장을 냈다. 그는 우리에게 처음부터 세계를 염두에 두고 창업하라고 조언한다. 그처럼 감사하며 해외에서 도전하라는 주문이다.

하수는 일은 못 하면서 연봉이 적다고 투덜댄다. 신입사원 시절부터 일보다 돈에 관심을 둔다. 신입사원은 몇 해 동안 회사에서 돈을 받으면서 일을 배운다. 하수 신참은 자기가 뛰어난 줄 알고 일하다 실수하여 회사에 손해를 입히고도 미안하게 생각하지 않는다. 손익 개념이 없기 때문에 승진은커녕 해고를 당한다.

나쁜 사수에게도 감사할 구석이 있다. 나는 군대에서 선임이 힘들게 하는 바람에 고민이 많았다. 직장처럼 그만둘 수도 없으니 딱한 노릇이었다. 그 시기를 마음에 안 드는 사람과 지내는 법을 배우는 기회로 알고 참았다. 그 덕분에 학원을 운영할 때 직원들과 원만하게 일했다.

여러 차례 직업을 바꿔보니 당시에 하는 일이 가장 힘들었다. 작가가 되어 돌아보면 교사나 시간강사, 학원장으로 일할 때가 편안했다. 지금은 도전적인 인생에 감사하며 글을 쓴다. 내 자원을 읽고 쓰는 데 쏟는 일 자체를 사랑한다. 바라는 일에 전념하도록 지원해주는 아내를 고맙게 생각한다. 작가로서 꿈을 이룬 듯이 미리 감사한다. 그러면 심신이 뜻을 이룰 자세를 갖추어 목표를 달성하리라 믿는다. 긍정적으로 생각하면 언행이 감사의 순환 고리를 따라가며 계속 성공한다.

언젠가 엘리베이터에 탔다가 빠뜨린 물건이 생각나 문이 닫히려는 순간 용수철처럼 밖으로 튀어나왔다. 돌발 행동에 종아리 근육이 놀랐는지 돌처럼 굳었다. 아프고 발이 안 벌어져 달팽이처럼 기어서 병원에 가니 의사가 근육에는 이상이 없다고 하였다. 다행이라 여기며 처방해준 약을 먹고, 뭉친 근육에 연고를 발랐다. 근육이 바로 안 풀려 보름쯤 장애인처럼 살았다. 버스에서 노인이 늦게 내리면 답답하게 생각했는데 내가 그런 노인 신세가 되었다. 겉모습은 멀쩡한데 버스를 타고 내리는 일도 고역이었다. 다음부터는 성급하게 굴지 말고 느긋하게 기다리자고 마음을 먹었다. 세상일이 성질대로 안 된다는 사실을 절감했기 때문이다.

다리를 절어보니 감사해야 할 일이 넘쳤다. 그동안 제대로 걸어다닌 일이 먼저 고마웠다. 심신을 건강하게 낳아준 부모에게도 감사했다. 그 기회에 노인과 장애인의 행동 특성을 이해하게 되었다.

무릎과 척추를 여러 차례 수술하고도 제대로 걷지 못하는 어머니의 고초도 알게 되었다. 다시 잘 걷지 못하는데 팔순을 넘긴 터라 지팡이를 짚고 걷는 정도면 수술하지 않고 그냥 살고 싶다고 했다. 허리가 기역자로 굽었는데도 잘 걷는 노인을 보면 그가 부러웠다. 어머니도 시술을 하고 약을 먹으니 조금씩 나아진단다. 감사라는 말이 절로 나온다.

어머니가 아픈 다리를 이끌고 운동하는 모습을 보며 의자에 오래 앉아 있는 나도 운동을 늘리겠다고 다짐했다. 나는 사고를 운동하라는 경고로 받아들였다. 평소에 다리에 근육을 기르지 않은 사실을 반성했다. 다급할수록 차분하게 행동해야 한다는 점도 알았다. 몇 분 아끼려다 한 달 고생한다는 이치도 깨달았다. 남이 엘리베이터를 조금 세워두어도 짜증을 안 내고 참게 되었다. 다리를 다친 뒤에 속도보다 안전을 추구하기로 했다. 사고를 매사에 조심하라는 훈계로 해석했다. 치료하는 동안에 의사와 병원 직원의 애로를 이해하게 되었다. 혼자 하고 싶은 일을 하며 사는 내 생활에 감사했다.

다리를 절뚝거리면서 수시로 남의 눈을 의식하곤 했다. 사람들이 나를 장애자로 본다고 느꼈다. 그런 감정의 틀로 바라보니 타인의 시선에 연민과 경멸이 섞여 있는 것 같았다. 장애자들이 남의 동정을 싫어하는 이유를 살짝 알았다. 어릴 때 절뚝거리는 친구 흉내를 내며 무시한 적이 없는지 돌아보았다. 다리를 절며 역지사지하여 타인과 융합할 여지를 넓혔으니 그 또한 감사할 일이었다.

다리 사고를 겪은 이후에 나는 범사에 감사하며 살려고 힘쓴다. 가족에게 말도 부드럽게 하려고 애쓴다. 하루의 시종을 좋은 말로 장식하려고 노력한다. 가족에게 저녁에 잔소리해서 그 수면의 품질을 떨어뜨리지 않기로 결심했다. 나도 잠자기 전에는 부정적인 뉴스는 안 듣는다. 아내에게 불만이 있어도 저술하는 동안 도와준 일을 떠올리며 삼키곤 한다. 부정적인 감정을 삭이고 신나게 일하니 감사할 일이 넘친다.

감사하게도 나는 십 년 넘게 한 해에 석 달쯤 돈을 벌고 나머지 시간에는 읽고 쓴다. 동생들을 도우며 용돈을 버니 서로 좋은 일이다. 집필하는 사이에 안사람이 살림을 꾸렸으니 미안하고 고마울 뿐이다. 보통 사람은 못하는 일이므로 그에 보답하려고 사력을 다해 읽고 쓴다. 그러면 감사할 일이 또 생기리라 여긴다. 출판을 거절하며 조언해준 편집자들에게도 감사한다. 그때는 거절에 자존심이 상했으나 돌아보니 그 때문에 내가 자랐다. 상투적인 거부가 아니라 애정 어린 거절은 최고의 창작지도였다. 더욱 열심히 노력하여 그들에게도 열매를 보여주고 싶다.

사람은 감사하는 만큼 행복을 누린다. 행복은 찾거나 얻는 게 아니라, 느끼고 생각하는 데서 생긴다. 조건보다 자세에서 행복이 나온다. 마음에 따라 불행도 행복의 계기로 삼을 수 있다. 할 일이 있으면 감사할 일이요, 하는 일이 잘못되어도 고마워할 일이다. 심신이 건강하면 잘못을 고쳐 성공할 수 있기 때문이다.

믿는 대로 산다

순희가 청소하는데 영자가 전화를 했다.

"뭐해?"

"청소하려고…"

"점심이나 같이할까? 순심이도 나온다는데…"

"그러지 뭐."

점심 먹고 도서관에 가려던 차라 순희는 마지못해 대답했다.

삼총사가 모여 밥을 먹고 커피를 마시러 간다. 영자가 분위기 좋은 데로 간다고 하며 차를 몬다. 그때 순희의 전화벨이 울린다.

"어디야? 아들."

"집에 가, 엄마는?"

"잠깐 밖에 나왔어."

"오늘 도서관 간다고 했잖아"

"다른 일이 생겼어, 너 놀이터에서 놀고 있어."

"친구 집에 갈 거야."

"안 돼, 놀이터에서 기다려!"

"어떻게 혼자 놀아?"

"엄마가 안 된다고 했다!"

순희는 유괴 사건을 떠올리며 '안 돼!'를 연발한다.

"야, 나 저기 정류장에 내려주라, 안 되겠다."

"가시내, 아들한테 질질 끌려다니네."

"미안해."

순희는 친구 전화를 받고 계획을 깨곤 한다. 왕따 상흔이 있어서 친구가 부르면 하던 일도 그만두고 나간다. 친구와 모여서 수다 떠느라 책을 별로 못 읽는다. 자녀교육에 소신이 없어 친구 장단에 따라 이랬다저랬다 한다.

친구를 만나고 오면 신념이 흔들린다. 가치관이 다른 친구 말을 들으면 무엇이 옳은지 판단이 안 선다. 친구가 목소리를 높이면 제 뜻을 접는다. 집에 와서 '그게 아닌데…' 하며 후회한다.

비슷한 사람과 만나면 마음은 편하지만 얻을 게 없다. 하수 엄마는 잘못된 자녀교육을 고집한다. 교육 효과는 십 년 넘어 나타나니 자신의 개똥철학을 강조한다. 서로 관계가 틀어질까 봐 반발하지 못하나 그런 친구를 만나면 피곤하다. 남의 일이라고 함부로 말하니 기분이 나쁘다.

관계는 줄이고 독서를 늘려 스스로 지식과 경험을 습득해야 소신을 지킨다. 성패를 겪으며 소신을 심신에 장착할 때 믿는 대로 움직인다. 그런 엄마는 교육전문가가 뭐라고 해도 자기가 믿는 대로 자녀를 키운다. 친구의 자녀교육 방법을 나름대로 받아들여 소신껏 자녀를 교육한다. 쌍둥이도 기질과 환경이 다르기 때문이다. 타인의 정보를 비판적으로 수용하려면 그럴 만한 식견을 갖춰야 한다.

30여 년 동안 여러 교육현장에서 살펴보니 자녀교육에 성공한 엄마는 교육철학이 견고했다. 그는 교육에 조예가 깊고 공부를 해본 데다 간접 체험도 많았다. 고수는 자녀가 자랄수록 자율적으로 자녀를 교육했다. 말이 아니라 발로 자녀를 가르쳐 거인으로 만들었다. 한마디로 말해 그들은 영리한 독종이었다.

내가 학원을 운영하던 시절 이야기다. 다른 시군에서 자녀를 전주까지 데려오는 부모가 더러 있었다. 주말에 네 시간씩 수업을 했는데 대부분의 부모는 다른 일을 보고 수업이 끝날 무렵에 학원에 와서 자녀를 기다렸다. 한 엄마는 그들과 달리 독서실에서 독서하며 수업을 마칠 때까지 기다렸다. 그 자녀는 바라던 대학에 들어갔다. 엄마가 학원 선택에서 자녀 교육 방법까지 소신을 지킨 덕분이다. 그런 자세를 보고 자란 터라 그 자녀는 바람직하게 살아갈 것이다.

그 태도가 자녀교육의 정답이라는 말이 아니다. 그 엄마가 평소에 집에서도 그러는지 모처럼 틈이 나서 책을 읽었는지도 모른다. 다만 자녀가 학원수업을 하는 동안 쇼핑을 하고 친구 만나 수다를 떠는 엄마보다 그 교육적 안목이 높았다. 다른 시간에도 보통 엄마들보다 생산적으로 산다는 증거다.

교육자 엄마 가운데 고수가 많다. 그 까닭은 그들이 교육을 알고, 교육 현장에서 공부 잘하는 아이를 볼뿐더러 비슷한 부류와 정보를 교류하기 때문이다. 그들은 아이에게 극성을 떨지 않고 아이에게 자율성을 준다. 아이를 믿고 스스로 공부하도록 이끄는 것이다.

하수는 교육이 무엇인지도 모르면서 오지랖이 넓어 다른 집 아이도 그르친다. 마당발은 사람을 넓고 얕게 사귀므로 그에게 들을 만한 정보는 없다. 그들은 잘못된 생각을 고집하여 문제를 일으킨다. 자기 상식이 진리인 줄 알고 다른 사람을 곤경에 빠뜨린다. 사람은 확증편향이 있어 자신을 확고하게 신뢰한다. 인간은 자기 합리화의 달인이며, 다른 사람을 끌어들여 책임을 분산한다. 그런 터라 마당발은 다른 사람의 자식농사를 망치고 다닌다.

고수의 말을 알아듣기는 쉬워도 그대로 실행하기는 힘들다. 신사임당이 부활하여 자녀교육의 비법을 전수해도 그것을 실천할 능력이 있어야 자식농사에 성공한다. 그 비법을 목숨을 걸고 반복해서 연습하는 가운데 좋은 엄마가 된다. 문제는 실천이지 정보가 아니다. 신사임당이 누구인지 몰라도 심신으로 모범을 보이면 자녀를 이율곡보다 훌륭하게 길러낸다.

고수는 품격이 높은 사람과 교류하며 인격의 수준을 올린다. 다른 고수들과 대화하려고 공부하는 사이에 인품이 높아진다. 자녀교육 동아리에서 같은 책을 읽고 의견을 나눈다. 때문에 누가 뭐라고 해도 자기 신념대로 자녀를 교육한다. 그 신념을 유연하게 자녀교육에 적용하며 자녀와 더불어 자란다.

책을 멀리하는 사람일수록 영상에 빠져 산다. 그런 사람을 만나

봐야 드라마 이야기나 듣는다. 그들을 만날수록 교양과 상식이 사라진다. 당연히 그는 소신대로 자녀교육을 못 한다.

여자는 가정과 학교에서 남자보다 상처를 많이 입는다. 때문에 여자는 자랄수록 남자보다 자신감이 떨어진다. 내가 80년대 후반에 시골 중학교 교사로 근무할 때 한 남자 교사는 여학생을 '이년, 저년'으로 불렀다. 얼마 전에 광주의 어떤 여고에서는 여러 교사가 성희롱을 저질렀다는 보도를 보았다. 21세기에도 남자 교사가 여학생을 무시한다는 이야기다. 그 여학생들은 직장에서 다시 남자에게 무시를 당한다. 여자는 남자 중심으로 돌아가는 세상에서 그런 트라우마를 이기고 소신을 지키기 힘들다. 여자가 믿는 대로 살려면 지속적으로 자신감을 갖춰야 한다는 말이다.

서지현 통영지청 검사가 성추행 피해를 폭로하며 '미투 운동'을 일으켰으나 거기에 직접 동참한 여성은 극소수다. 권인숙 법무부 성범죄 대책위원장은 여성검사의 70%가 성희롱·성범죄 피해를 경험했다고 한다. 검사의 30%가 여성인데도 여전히 가부장제 아래서 살다 보니 남자 검사에게 성추행을 당한다. 사회적 지위는 높으나 검사 조직을 남자가 장악하니까 그렇다. 여자 검사가 이러니 다른 여성들은 말할 필요가 없다. 여성 검사도 사실을 은폐하는 판에 보통 여자가 '미투' 대열에 끼기 어렵다. 서지현 검사는 모든 게 부모 때문이라고 하였으나 그들 또한 보통 사람인지라 딸에게 한국의 보편적 질서를 가르쳤을 터이다. 그런 뜻에서 그 부모도 가부장제의 희생양이라 하겠다.

보통 여자는 순하고 착한 여자로 살아간다. 그들 다수는 남자에게 성폭행을 당해도 참는다. 가해자에게 2차 피해를 입는지라 그 사실을 숨긴다. 여자에게도 손가락질을 받기 일쑤이니 여자가 소신을 지키기 힘들다. 그래서 열에 하나도 피해를 당국에 신고하지 못한다.

소신이 없는 여자가 엄마가 되어 자기도 모르게 자녀를 핍박한다. 그 자식은 엄마에 대해 복잡한 심정을 갖고 산다. 남자에게 모욕을 당한 여자는 자신감이 낮아 엄마가 되어도 그 노릇을 제대로 못 한다. 자신을 불신하는 터라 믿는 대로 자녀를 가르치지 못한다. 엄마가 자녀교육을 책임지는 구도에서 그는 여러모로 고민한다.

하수 엄마는 아이를 말로 조종하려 든다. 무능한 엄마일수록 자녀에게 선택권을 주지 않는다. 그 자녀는 성인이 되어서도 선택을 못 한다. 옆에서 누가 뭐라고 하면 줏대가 흔들린다. 남이 잘못된 신념을 주입해도 그대로 받아들인다.

소신에 따라 살려면 자기부터 신뢰해야 한다. 누가 뭐래도 자신이 믿는 대로 행동해야 한다. 말보다 발이 빨라야 믿는 대로 실행한다. 고수는 신념을 실천하고, 그 선택을 책임진다.

고수는 소신껏 산다. 전문가의 말이 아니라 자기 발을 믿고 나아간다. 철학이 견고하여 만인이 반대해도 옳은 길로 간다. 오늘은 욕을 먹어도 내일은 웃을 곳으로 간다. 잠시 손해를 보아도 믿는 대로 산다. 실력이 뛰어나 그는 결국 뜻을 이룬다.

실력으로 간판을 이긴다

반역에 실패하면 역적이 되고, 성공하면 영웅이 된다. 박정희는 장면 내각을 몰아내고 권력을 잡았다. 배반을 극도로 경계했으나 측근 김재규의 한 방에 갔다. 김재규는 군사재판 최후진술에서 그 거사를 '10.26혁명'이라고 했다. 계략이 성공했다면 그는 난세의 위인이 되었을 터이다. 박정희 정권은 당시에 많이 썩었기 때문이다.

절대 권력은 절대 부패한다. 정치뿐 아니라 학문도 마찬가지다. 서울대는 진입 장벽을 높인 탓에 스스로 무너졌다. 서울대 교수는 9할 안팎이 서울대 출신이다. 본교 출신 교수가 6할인 고려대와 7할인 연세대보다 훨씬 높다. 서울대는 학문적 근친상간을 즐기는 사이에 약골이 되었다. 동문끼리 선후배나 따지느라 비판적 사고를 못 길러 좋은 논문을 못 쓴다.

《중앙일보》(2017. 10. 25)에서 우수 논문을 분석한 결과, SCI급 학술지에 실린 논문 수에서 국내파가 해외파를 두 배나 앞질렀다. 저자가 20명 이내인 논문에 한정해 상위 20%로 SCI 논문 실적이 많은 교수는 10명이다. 그 절반이 국내파인데 고려대 강윤찬, 나승운, 신현동, 한양대 선양국, 영남대 박주현이 그 주인공이다. 그 안에 서울대 출신은 못 끼었다.

서울대는 외국 명문대 수준은커녕 우물 안 개구리 격이다. 성과는 안 내놓고 간판 뒤에 숨어서 우대를 받으려 한다. 한국처럼 한 대학이 사회체제를 주도하는 경우는 세계적으로 유례가 없다. 이러다 보니 서울대 위세에 눌려 기타 대학 출신이 그 가면을 벗기지 못한다. 때문에 사람들이 그 민낯을 모를 뿐이다.

서울대 간판을 우러러보는 사람은 서울대 출신을 보면 꼬리를 내린다. 한국을 서울대가 좌우한다고 생각하며 싸워보지도 않고 노예를 자처한다. 대학의 실상을 모르는 일반인 가운데 그런 사람이 많아 서울대 공화국이 지속된다. 21세기를 맞아 실력사회가 도래하는데도 그들이 서울대가 한국을 지배하도록 도와주는 것이다.

서울대의 진면목을 알고 덤비면 그 출신을 능가할 전략이 즐비하다. 약자가 서울대 진영을 흔들면 그들은 넋이 빠진다. 약자는 져봐야 본전이니 서울대 출신과 대결하면 언제나 이익이다. 때문에 서울대 출신은 약자를 상대하지 않는다. 서울대 출신이 울타리에서 나오지 않으면 약자가 승리를 선언하면 경기는 끝난다.

서울대 출신의 인지 능력은 뛰어나다. 그런데 인간의 다중능력 가운데 인지 능력은 대입 이후의 실력까지 담보하지 않는다. 서울대생은 공부밖에 모르는 데다 대학에 들어가면 경쟁이 끝났다고 여긴다. 하지만 그들의 강점인 인지 영역은 갈수록 효용이 줄어든다. 일반적으로 창업 전선에서 서울대는 고려대나 연세대에게 밀린다. 인지 능력과 도전정신은 상관성이 적다는 말이다. 연줄이 좋아 기득권을 많이 차지하나 그 실적은 별로다.

문유석은 학력고사 시대에 인문계열에서 수석을 했다. 서울대 법대를 나와 판사가 되었는데『개인주의자 선언』에서 최고 스펙 집단으로 살아온 사람으로서 스펙은 '탁월함'까지 증명하지 못한다고 고백했다. 명문대 출신이 일을 잘하는 것은 아니라는 말이다. 실제로 인지 능력은 업무 능력을 담보하지 않는다. 법조계를 벗어나면 서울대 출신은 다른 대학 출신에게 밀린다. 법조계는 서울대가 거의 절반을 점유하여 그 혜택을 많이 누리는 까닭에 그 흠을 가릴 뿐이다. 대법원은 거의 서울대 일색이다. 그러다 보니 대법원도 썩어 대법원장을 역임한 양승태는 상고법원을 설치하려고 정부와 사법거래를 했다는 혐의를 받는다. 절대권력은 절대 부패한다는 진리를 여실히 보여준다.

시험 성적과 업무 역량은 연관성이 적다. 현장에서는 부족함을 알고 성실하게 일하는 비명문대 출신이 성과를 낸다. 기업에서 사원을 채용할 때 실무 능력을 높게 보지만 서울대 출신을 우대한다. 한국이 인맥공화국이라 보험에 드는 기분으로 그들을 뽑아준다. 서울대 출신 면접관이 많아서 그러기도 한다.

서울대 출신이 자기 치부를 드러내면 제 몸값이 떨어지는 데다 동문의 비난을 받는다. 그래서 스스로 흠을 밝히지 못한다. 서울대 출신에게는 프리미엄도 붙지만 그 못지않은 컴플렉스도 따른다. 자타의 기대가 높은지라 서울대 출신 전업주부에게 '집에서 애나 보려고 서울대 나왔냐'고 하면 한 방에 쓰러진다. 자식농사는 얼마나 잘 짓는가 하고 사람들이 지켜보니 자녀교육에서도 불안에

떤다. 그런 측면에서 문유석은 담대하고 솔직하다. 지탄을 무릅쓰고 제 친정의 결점을 드러낸 까닭이다.

삼류가 힘을 기른 뒤에 일류 한 사람을 기습하면 승산이 높다. 일단 승기를 잡고 일류가 떼로 덤비기 전에 물러난다. 한 놈만 패는 전술로 이기는 것이다. 전쟁에서는 이기는 길이 최선이다. 이순신도 대부분 왜군을 기습하여 승리를 거뒀으니 선제공격을 꺼릴 것 없다.

지방대생은 취업 전략으로 자격, 인턴, 연수 등을 중시한다. 기업에서는 그런 스펙보다 성실성과 모험심을 중시한다. 인내력에 실무 능력을 겸비하면 금상첨화다. 기업은 보이는 능력은 물론 보이지 않는 자원도 중시한다. 인재를 찾아내려고 업무 역량을 까다롭게 전형한다.

지방대는 안 된다고 주저앉으니 서울대는커녕 서울 소재 대학에게도 뒤진다. 스스로 그은 한계는 누구도 치우지 못한다. 도전적인 데다 가치관이 바람직하면 지방대 출신이 서울대 출신도 위협한다. 기업은 그런 내막을 알기에 어떤 요소보다 지원자의 열정을 중시한다.

고수는 실력으로 세상을 제패한다. 바닥에서 한 걸음씩 올라가 정상에 이른다. 실력이 간판보다 낮다는 사실을 알고 꾸준히 나아간다. 그 길이 말처럼 쉽지 않으나 꾸준히 가면 전문가도 이긴다.

고졸 출신의 40대 이발사 장래형은 KBS 1TV 퀴즈대한민국에서 퀴즈영웅에 올랐다. 당시 1년 만에 탄생한 퀴즈영웅이다. 예선에서 탈락하는 대학생이 많은데 그는 고졸로서 숱한 대졸자를 물리치고 퀴즈 황제에 등극했다.

그는 어릴 때부터 퀴즈를 좋아했고, 이발사로 16년 일하는 동안에도 손님이 없을 때는 신문과 책을 보았다. 퀴즈대한민국에 출연하려고 2년 동안 매일 노트에 예상문제와 기출문제를 적었다. 그 노트가 38권에 이른다. 꾸준히 준비한 끝에 그는 꿈을 이루었다. 고졸이라 안 된다고 하며 퀴즈대회에서 나가지 않았다면 그가 어떻게 퀴즈 제왕에 올랐을까.

퀴즈 대회에서는 간판이 아니라 실력이 뛰어난 사람이 승리한다. 잡학파가 전문가보다 박학다식하기 때문이다. 한번은 그가 교수의 머리를 깎으며 퀴즈 방송을 듣는데 교수가 틀린 문제를 얼떨결에 맞혔다가 사이가 어색해진 적이 있었다고 한다. 뒤에 관계가 좋아졌다고 하니 앞뒤가 트인 교수 같다.

교수의 지식은 폭이 좁다. 교수가 되려면 박사학위를 가져야 한다. 박사란 널리 아는 사람이란 뜻인데 사실은 전공 분야를 조금 아는 정도다. 학사, 석사, 박사로 올라갈수록 전공 분야가 좁아진다. 학사가 한국 식품을 공부한다면, 박사는 총각김치만 연구하는 식이다. 그러니 박사도 전공을 벗어나면 두루 배운 고등학생에게 밀릴 수 있다.

나는 동생 제본소에서 20년 넘게 학위논문을 제본하는 일을 도왔다. 제본은 특수 분야요, 알아야 할 사항이 많은 일이다. 우리가 논문에서 틀린 글자를 지적하면 당사자는 대부분 그것을 인정하지 않는다. 그들은 제본소에서 일하는 주제에 무엇을 아느냐는 태도로 나온다. 그들과 상생하자고 지적하는데 그 선의를 받아들이

지 않는다. 표지에서 한 자라도 틀리면 다시 제본해야 하는데 그 일이 초벌 제본보다 몇 배는 힘들다. 때문에 오자를 지적하는데 자기를 무시한다고 생각한다. 자격지심과 우월의식이 동시에 작용해서 그럴 것이다.

박사로서 20년 동안 수만 편의 논문 제목을 살핀 바를 토대로 논문을 '일이관지(一以貫之)', 곧 한마디로 꿰뚫어 말하면 그것은 조사보고서다. 기존 체제에 들어가려고 이전 논문을 보고 짜깁기한 글이다. 실력으로 간판을 이기는 길보다 시원찮은 간판이라도 따서 기득권을 누리려고 하는 것이다.

우리나라에서는 탁상공론파가 현장전문가를 과소평가한다. 먹물이 들어간 사람일수록 사민의식(四民意識)을 장착하고 산다. 우스개로 학위논문은 지나가는 개도 안 바라본다고 한다. 그런데도 간판을 따려고 대학원에 들어가는 사람이 많다. 그들은 실력보다 간판에 기대어 살려고 하는 것이다.

무림의 달인은 교수도 일 합에 사지로 보낸다. 교수는 직책일 뿐 실력을 보장하지 않는다. 실력파라면 각개전투를 벌여 교수도 한 방에 격파한다.

우리는 교수란 호칭에 겁을 먹는다. 서울대 교수라고 하면 알아서 긴다. 자력으로 성공하기보다 괜찮은 울타리에 들어가려 애쓴다. 거기에서 뜻을 이룬 사람은 아부에 유능할 뿐 괜찮은 결과는 못 낸다. 그런 곳에 가봐야 배울 게 없다.

편집자들은 교수 책을 내기가 가장 힘들다고 말한다. 잘못을 지적하면 수용하지 않을뿐더러 글을 못 쓰면서도 잘 쓴다고 착각하기 때문이다. 게다가 다른 사람을 존중하지 않고 군림하려 든다. 그런 교수와 맞짱을 뜨면 교수를 자극할뿐더러 웬만하면 이기니 여러모로 유익하다.

《매일경제》(2018. 4. 5)를 보니 '미성년 자녀 공저자 끼워 넣기'가 138건인데 서울대가 14건으로 일등이다. 한국 최고 대학이 실력사회의 도래에 찬물을 끼얹는다. 약자에게 힘을 주기보다 비리를 저질러 약자의 꿈을 빼앗는다. 동료의 권위를 무너뜨리면서 제 새끼를 살리려고 부정을 감행한다. 자녀가 논문 철자를 교정하고 실험 도구를 세척해주어 공동저자로 넣었다고 하니 소가 웃을 일이다. 대부분의 교수는 자식보다 백 배 이상 노력한 조교나 연구원의 이름을 논문 공동저자로 넣어주지 않는다. 단독 논문이 공동 연구보다 많은 점수를 받기 때문이다.
　못된 교수는 자리를 미끼로 논문을 대필하도록 한다. 조선대에서 시간강사를 하던 서정민은 지도교수에게 대필 논문을 50여 편이나 써주었다. 일이 뜻대로 안 풀리자 억울함을 호소하며 자살했다. 그와 비슷한 일이 대학에서 흔하게 일어난다. 반대로 교수가 제자를 살리려고 논문에 이름을 넣어주는 일은 거의 안 생긴다.
　나도 책을 쓸 때는 아들에게 원고를 보여준다. 그렇다고 하여 그들을 공동 저자로 올리지 않았다. 그들은 저술을 조력하는 데 그쳤기 때문이다.

날마다 몸값을 올린다

정부는 2018년의 시간당 최저임금을 7,530원으로 결정했다. 최고임금은 무제한이라 김연아는 광고에 한 번 출연해서 10억 원 안팎을 받는다. 촌로는 뙤약볕에서 일해도 하루에 10만 원도 못 받는다. 올해는 수십 명이 불볕 아래서 돈을 벌다가 온열질환으로 죽었다.

임금 하한선은 정부가 규정하나 최고 몸값은 시장이 결정한다. 같은 조건에서 돈을 많이 받으면 좋은지라 부모가 자식에게 공부 안 하면 돈을 적게 받으면서 더울 때는 더운 데서 일하고 추울 때는 추운 곳에서 일한다고 압박한다.

우리는 스스로 채찍질하며 몸값을 올리려고 심신을 단련한다. 심신을 연마하여 세계를 제패하면 몸값을 스스로 부른다. 김연아처럼 시장과 몸값을 자신이 선택한다.

김연아는 하루아침에 스스로 몸값을 결정하는 사람이 되지 않았다. 수만 번 넘어지며 기량을 닦아 그 경지에 이르렀다. 공중에서 두 바퀴까지는 보통 선수도 노력하면 되는데 거기에서 한 바퀴 더 돌려면 비범하고 지독해야 한다. 김연아도 2년 안팎을 악전고투

하며 트리플 악셀에 성공했다. 대부분 그 문턱에 걸려 넘어진다.

　김연아의 엄마 박미희에 따르면 김연아는 본인의 재능과 노력, 가족의 지원, 그리고 지도자의 코칭이 삼위일체를 이뤄 세계 정상에 올랐다. 엄마, 아빠, 딸이 혼연일체를 이루어 김연아의 몸값을 올렸다. 세 바퀴를 도는 데서 경쟁이 끝나지 않는다. 다시 연기를 가다듬어 완숙한 경지에 올라야 한다.

　운동선수의 몸값은 동, 은, 금의 단계를 밟아 오르지만 몇 년 동안 노력해도 같은 수준에 머물기도 한다. 아니, 사력을 다해도 실력이 떨어지기도 한다. 상하를 떠나 모든 길이 상승계단이라고 생각하고 지속하면 굴곡을 겪으며 수준이 오른다. 재능을 하늘이 낸다는 말은 기득권이 그 자리를 지키려고 만든 말이다. 그 말을 믿는 사람은 몇 걸음 가다가 몸값이 안 오르면 재능이 없다고 하며 그만둔다.

　나는 매일 한 글자씩 읽고 쓰며 몸값을 올린다. 한국은 계급에 따라 몸값을 결정한다. 사람이 죽으면 그 등급에 따라 보상금을 책정한다. 왜 내 새끼 몸값이 이것밖에 안 되냐고 따져야 소용없다. 보험사는 직업과 직급을 냉정하게 반영한다.

　우리는 교수에게 개별적으로 몸값을 붙이지 않는다. 교수를 직급으로 보아 그 값을 부른다. 대학에 서열이 있으며 연봉 차이가 나지만 교수면 비슷한 부류로 본다. 미국에서는 같은 대학에 근무해도 연봉이 서너 배나 차이가 나기도 한다. 교수를 연공서열에 따라 대우하는 우리와 달리 개인의 능력에 따라 차별대우를 한다.

　나도 교수가 되려고 하다 지도 교수가 마음에 안 들어 그 꿈을 접었다. 그는 모욕한 사실을 잊었을지도 모른다. 사람은 자기 본위로 생각하기 때문이다. 나는 대학교수가 되어 도매로 나를 넘기지 않고 자유교수가 되어 몸값을 스스로 매긴다. 내가 고른 길인지라 이 길을 내 몸처럼 사랑한다. 남이 가지 않은 길을 가며 내 몸값을 올린다.

　더러는 나에게 교수가 못 되었다고 말한다. 그중에는 안타까워하는 사람도 있고, 실패자라고 여기는 이도 있다. 그들은 내가 버린 교수만 보고 내가 만든 길은 안 본다. 남이 만든 자리에 앉은 교수를 높게 보고, 길을 닦은 개척자를 낮게 본다. 세상이 직책으로 몸값을 매기니 그 또한 이해한다. 때로는 나도 그때 조금만 참았더라면 교수가 되었을지 모른다고 생각한다. 그러나 길을 내는 재미에 빠져 신나게 산다. 정년도 구속도 없는 길에서 내 몸값을 날마다 올린다.

　나는 교수를 버리고 인생성형가가 되어 나와 남을 돕는다. 교수와 다른 세상에서 약자에게 힘을 준다. 우물이 아니라 바다에서 뜻을 편다. 전문적인 논문을 쓰는 교수와 달리 실용적인 저술을 한다. 나는 교단에 설 수 있으나 교수는 대부분 나처럼 길을 뚫지 못한다. 교수는 7만여 명 가운데 하나에 지나지 않지만 나는 한국에서 유일한 인생성형가다.

　자유로운 영혼이 되어 나는 교수와 다른 일을 한다. 좁은 대학을 떠나 넓은 재야에 길을 낸다. 그 일을 이루려고 몸과 맘을 갈고닦는다. 내가 부르는 몸값을 남이 싸다고 여기도록 삶을 다듬는다.

　학자는 성과로 말한다. 재야의 학자로서 나는 성과를 보여주려 노력한다. 이 책도 그 하나다. 삶을 마무리할 나이이니 시장에서 열매로 평가받고 싶을 뿐이다.

세상은 대학이 아니라 시장이 주도한다. 한국 기업은 국제적으로 상위권에 포진한 경우가 많지만, 한국 대학은 아시아에서도 바닥을 헤맨다. 사이비 교수는 시장을 비판하면서 허학으로 국민을 속인다. 연구비를 유용하고, 제자를 괴롭히며, 나라까지 어지럽힌다.

안전한 연구실에 사는 교수와 달리 기업가는 불안한 현장에서 지낸다. 한국의 자영업자는 현재 560여만 명인데 그 시장에서 승리한 기업가는 그야말로 영웅이다. 그들 덕분에 국가의 위상이 올라 교수가 월급을 많이 받는다.

우리는 기업인은 박하게 평가하고 교수는 후하게 대우한다. 사농공상(士農工商) 의식에 따라 교수를 선비로 보고, 기업인을 장사로 본다. 그 결과 무풍지대에 사는 교수를 우대하고, 돌풍 첨단에서 경쟁하는 기업가를 박대한다. 그런 가운데서 선전하므로 기업인들이 더욱 돋보인다. 과잉보호를 받은 교수들이 초라한 것은 물론이다.

정치인은 자기의 부정을 감추고, 국민의 인기를 얻으려고 기업가를 희생양으로 삼았다. 박정희는 5·16 군사 쿠데타를 정당화하려고 당시 최고 부자인 박흥식 화신백화점 사장을 비롯한 최고 기업인 10여 명을 부정축재자로 구속했다. 반역자가 시장의 영웅을 민중의 적으로 만들었다. 박정희 이래 대통령은 부자를 탄압했다. 똥묻은 개가 겨 묻은 개를 나무라는 격이다.

오늘도 정치인은 기업을 압박하여 국민들의 인기를 얻으려 한다. 국민은 정치가의 농간에 속아 기업인을 폄하한다. 우습게도 국민도 부자를 욕하면서 부자가 되려고 발버둥을 친다. 정부나 청와대에서 기업을 압박하는 관리도 마찬가지다. 시장에 나가 돈을 벌어본 적도 없으면서 장사를 경시한다.

시장은 어떤 정부보다 오래된 조직이며, 어떤 제도보다 효율적이다. 권불삼년(權不三年), 곧 정부는 삼 년도 못 가지만 기업은 백 년 넘게 간다. 세상은 시장에 따라 바뀌었으며, 거인들은 시장에서 몸값을 키웠다. 시장에서 생존한 사람은 이론밖에 모르는 교수를 압도한다. 교수가 정부에 들어가 엉뚱한 정책으로 시장을 압박하며 국민의 인기를 얻으려 한다. 국가를 위기에 몰아넣고 무책임하게 대학으로 돌아간다.

우리 모두 장사요, 모든 관계는 거래다. 교수와 달리 장사는 저승에서도 거래한다. 장사는 스스로 언행을 책임지며 뼈를 시장에 묻는다. 세상에서 장사보다 교수를 높게 보니 성공한 자영업자도 자녀에게 교수가 되라고 말한다. 교수 출신 관료는 자영업자의 자존심에 상처를 내어 경쟁력을 떨어뜨린다. 시장에 맞서 나라를 끌어내리는 데 앞장선다.

교수는 본연의 임무인 교육과 연구에 몰두할 때 몸값이 오른다. 한국 교수는 일본 교수에게도 크게 뒤진다. 일본에는 과학 부문 노벨상 수상자만 해도 2018년 기준으로 23명이다. 그 대부분이 교수다. 한국에는 과학 부문에서 노벨상을 받은 교수가 한 명도 없다. 더 이상 무슨 말이 필요한가.

수준이 낮은 데다 시장에도 가보지 않은 교수가 정부에 들어가 세계적인 기업인에게 훈계한다. 그들이 입만 열면 들먹이는 선진국에서는 생각지도 못할 일이다. 기업인이 기가 막혀 탄압을 각오하고 그를 비판했다. 이재웅이 김상조 공정거래위원장에게 오만하다고 하였다. 김상조가 네이버 이해진을 애플의 스티브 잡스에 비교하여 미래를 내다보지 못한다고 하자 이재웅이 김상조를 비판했다. 김상조는 뒤에 기업을 혼냈다는 말도 했다. 완장을 차니 눈에 보이는 게 없는 모양이다.

여기저기서 공정거래위원회부터 정화해야 한다고 주장하는데 그 소리는 못 듣는다. 제 눈의 들보는 못 보고 남 눈의 티끌은 잘 본다. 대학과 시민단체의 구태를 벗지 못한 탓이다. 내부도 개혁한다고 하지만 성과를 낼지 모르겠다.

한국의 경제 관련 교수 수천 명이 미국의 피터 드러커 한 명을 못 당한다. 대학에서 몸값을 높여야 하는데 염불보다 잿밥에 관심이 많아서 그렇다. 정치는 교수의 임무가 아니다. 교수로서 관료가 된 사람이 많지만, 그들이 남긴 업적은 거의 없다. 무능한 교수가 정부가 들어가 시장을 흔들어 나라를 힘들게 만든 사례는 즐비하다.

시장의 승자는 마당발 교수를 가볍게 뛰어넘는다. 정치교수 가운데 약골이 많기 때문이다. 시장에서 성공하는 일이 몸값을 올리는 지름길이다. 시장의 수요와 공급에 따라 결정한 몸값은 언제 어디서나 통한다. 시장을 사랑하며 매일 몸값을 올리는 사람은 거인이 된다.

욕망을 승화한다

　미국의 한 거부가 사람들에게 누구에게 기부하면 좋겠느냐고 물어보았다. 가장 많이 나온 대답은 '나'였다. 기부문화가 발달한 미국에서도 사람들은 주기보다 받기를 좋아한다. 다행히 미국인은 기부금을 받은 뒤에 또 다른 사람을 돕는 기부 릴레이를 펼친다. 미국은 기독교 문화를 숭상하여 개인 기부가 한국보다 많다. 미국 아이비리그의 다수를 기부금으로 세웠다. 한국의 연세대와 이화여대도 미국인이 기부하여 건립했다. 세브란스 병원이 연세대 병원인 줄 모르는 사람이 있어도 기부자의 선행을 기리려고 연세대는 그 이름을 고수한다.

　한국에서는 기부자가 알려지면 여기저기서 그에게 '나도 돈 좀 달라고 손을 벌린다. 남에게 받는 일을 부끄러워하지 않는 데다 기부를 고마워하지 않으니 기부자가 적다. 더러는 기부 요구에 시달리지 않으려고 익명으로 돈을 준다. 자식들이 부모의 기부를 반대하여 말썽을 빚기도 한다. 상속문화가 기부문화보다 견고하며 자식이 부모 재산을 제 소유로 알아서다.

　기부 문화가 척박한 풍토에서 류근철 박사는 카이스트에 578억

원을 기부했다. 개인이 기부한 액수로는 국내 최고다. 그는 모스크바 국립공대 종신교수인데 어머니의 영향으로 기부를 결심했다고 말했다. 그 어머니는 가난한데도 거지들이 밥을 달라고 하면 자기 밥도 내줄 정도였다. 그런 어머니를 보고 자란 그는 금전욕을 승화하여 재산을 사회에 환원했다.

수백억 원의 재산을 모으는 동안 그는 20년도 넘은 구두를 신고 살았다. 그는 한의원 등을 운영하여 재산을 모았다. 부인과 자식도 그 기부를 반대하지 않았다. 이로 보아 그는 가족경영에도 성공했다.

류근철은 돈을 딸로 여겼다. 돈을 잘 키워서 좋은 짝을 찾아주려고 다짐했다. 그는 카이스트를 멋진 사윗감으로 보았다. 카이스트가 쌓은 업적을 보고 딸 같은 돈을 그곳에 기부했다. 그 금전관이 거룩하여 딸 같은 돈이 훌륭한 자식을 많이 낳을 것이다.

부자에게는 자식이 없고 상속자만 있다고 한다. 황금에 눈먼 자식이 부모의 재산을 노리고 부모를 살해하는 수도 있다. 교수가 아버지를 살해하여 세상을 놀라게 한 적이 있다. 그가 감형을 받아 출소했는데 부모 재산을 놓고 형제와 다툰다는 기사를 보았다. 역시 돈은 피보다 힘이 세다. 나라와 우리가 금전욕을 강화해온 연고다.

기부는 물욕을 승화하는 일이다. 의지로 욕망을 절제해야 물욕을 승화한다. 승화는 최선의 방어기제요, 에너지를 생산적으로 전환하는 일이다. 금전욕을 절제하여 기부하는 일은 그만큼 위대하다. 황금만능주의가 판치는 한국에서 재산을 기부하는 사람이 바로 위인이요, 스승이다.

 교사가 성욕을 남발하여 세상을 오염시키기도 한다. 교사는 본능을 절제하며 학생을 가르치는 사람이다. 선생이 학생을 성욕의 대상으로 보면 교육은 불가능하다. 작년에 초등학교 여교사가 남자 초등학생을 유혹하여 섹스를 했다. 그 주인공은 진주의 강모 여교사(32세)다. 그녀는 같은 학교에 다니는 12세 학생과 9회나 성관계를 했다. 성적 자기 결정권이 없는 학생을 교사가 쾌락의 길로 끌어들였다. 그녀는 자녀 둘을 둔 유부녀였는데 담대하게도 교실에서 첫 관계를 가졌다. 성욕이 일면 물불을 가리지 않았다는 증거다.

 그녀는 남학생과 서로 좋아해서 성관계를 맺었다고 말했다. 아이처럼 좋아하면 언제 어디서 무슨 일을 해도 괜찮다고 생각한 듯하다. 아이는 밥을 먹다가도 피자가 먹고 싶으면 부모에게 피자를 불러 달라고 조른다. 부모가 그 요구를 들어주면 그 아이는 식욕을 절제하지 못한다. 그 교사도 아이처럼 성욕이 일어나면 마음대로 불태운 것 같다. 여교사의 성적 요구에 학생이 자제했다고 하니 주객이 바뀐 셈이다. 교육은 교사의 수준을 뛰어넘지 못한다고 볼 때 우울한 이야기다. 그는 지금 수감 중인데 무슨 생각을 할까.

 교육은 욕망을 절제하고 내일을 준비하는 작업이요, 만족을 지연하는 훈련이다. 오늘의 유혹을 참고 내일의 열매를 가꾸려고 공부한다. 교사는 학생에게 욕망 통제를 가르친다. 교사가 말이 아니라 발로 교육할 때 학생이 그를 따른다. 부모는 교사가 자녀의 미래를 도와주기 바라며 자녀를 학교에 보낸다. 교사가 학생을 이용하여 욕망을 채우면 어떤 부모가 자녀를 학교에 보내겠는가.

교사가 권위를 이용해 학생을 농락하면 여러 해악을 끼친다. 미국은 대체로 교사가 성범죄를 저지르면 엄중하게 처벌한다. 그에 견주면 우리는 교사가 학교에서 학생을 성추행해도 처벌이 미약하다. 그러다 보니 학생을 성폭력 대상으로 삼는 교사가 나온다.

당국은 그 사건을 다루는 과정에서 사람들이 학교와 교사를 불신하게 만들었다. 이 사건은 남학생의 엄마가 발견했다. 교사와 학생이 교실에서 여러 차례 섹스를 했는데도 학교에서 그것을 발견하지 못했다. 그만큼 학교의 자체 정화능력이 낮다는 증거다. 학교에서 그런 일이 일어나면 관리자는 문제를 덮으려고 시도한다. 학교와 교사의 체면을 학생이나 학부모보다 먼저 생각하기 때문이다. 아니, 자기가 불이익을 당하지 않으려고 비교육적 행태를 저지른다.

교사들은 이를 극단적인 사례라고 말하나 남교사가 여학생을 성폭행한 일은 꽤 있다. 이번에는 여교사가 성폭행의 주인공이 되었을 뿐이다. 그런 일이 많기에 빙산의 일각처럼 이 사건이 드러났다. 2010년 중학생과 여교사가 성관계를 맺은 일도 학부모가 발견한 것을 보면 학교는 현실을 너무 모른다.

이 여교사와 60년대에 꽃다운 나이로 소록도에 와서 40년 넘게 한센인을 돌본 마리안느와 마거릿은 너무나 대조적이다. 두 사람은 고국 오스트리아를 떠나 결혼도 안 하고 봉사하다 70이 넘자 소록도 사람에게 불필요하다며 고향 인스부르크로 돌아갔다. 그녀들은 간호사인데 욕망을 승화하여 소록도 한센인을 돌보았다. 그들과 강모 여교사는 가치관에 따라 욕망을 판이하게 표출했다.

올해 타계한 구본무 LG그룹 회장이 두 천사에게 매월 수백만 원을 지원했다고 한다. LG 복지재단을 거쳐 평생 그들에게 생활비를 지원하기로 약속했다는 것이다. 정치인들이 기업인을 비난하지만, 기업인이 정치인보다 훨씬 기부를 많이 한다. 정치인은 기부는커녕 부정부패를 일삼는다. 국회의원은 각종 이권에 개입하고, 특별활동비라 하여 혈세를 헤프게 쓴다.

나는 공무원과 학원장을 거쳐 작가로 활동한다. 부자를 공부하며 부자에 대한 기존 인식을 바꾸었다. 세평과 달리 부자가 빈자보다 물욕을 승화하는 경우가 많았다. 정치인과 언론인은 말로 봉사할 뿐 남을 속이는 경우가 흔하다. 때문에 나는 부자를 정치인과 언론인보다 높게 본다.

간디는 양심 없는 쾌락은 망국 원인의 하나라고 하였다. 교사가 양심을 저버리고 쾌락을 추구하면 나라가 기운다. 교사가 학생을 성욕의 대상으로 보면 교육은 불가능하다.

'미투 운동'이 교육계로 번져 교수 둘이 자살했다. 그들은 꿈을 이룬 뒤에 생리적 목표를 추구했다. 이상적인 목표가 없다 보니 교수가 되어 감각적 쾌락을 추구했다. 말로는 자아실현을 외쳤으나 발은 욕구 사다리 하단에 머물렀다. 그 발을 몰라보고 그 말에 놀아난 학생과 학교도 불쌍하다. 그런 교수가 학교에 도사리고 있다면 대학은 세상의 오염지일 뿐이다. 그나마 책임을 지고 세상을 떠났으니 양심이 있다고 할까.

남에게 피해를 안 주고 개인적 욕망을 추구하는 일이야 자유다.

일터에서 욕망을 절제하여 임무를 수행하면 그만이다. 천박한 욕망이 만건곤하여 독야청청하기 어려운 터라 위에서 아래를 더럽히지 않아야 한다. 윗자리에 올라 제 마음대로 하는 사람이 많으니 나라의 꼴이 우습다.

세상이 섹스 천지라고 하나 관련 연구에 따르면 섹스의 나라로 아는 미국에서도 청소년층의 섹스 경험이 부모 세대에 견주어 줄었다고 한다. 관계 피로에 휩싸여 섹스에도 흥미를 잃었다는 말이다. 이로 보아 교육자가 학생과 섹스를 하는 것은 큰일이다.

제 밥벌이를 하려면 유혹을 절제하고 일해야 한다. 남을 도울 수 없을 만큼 초라한 사람도, 남의 도움이 필요하지 않을 정도로 화려한 사람도 없다. 세상에는 욕망을 승화하여 약자를 돕는 사람이 꽤 있다. 이름 없이 천사처럼 사는 사람이 있기에 세상이 그런대로 돌아간다.

현실에 유연하게 적응한다

한국 경제는 1997년에 외환위기를 겪은 뒤로 제자리를 맴돈다. 반도체는 호황을 지난 듯하고 자동차와 철강은 하강한다. 조선은 내려앉은 지가 오래며, GM은 군산공장을 철수하였다. 금호타이어도 중국기업에 넘어가자 위기설이 고개를 든다. 각종 경제지표가 하락세요, 미국은 금리를 계속 올린다. 거시적으로 보아 경제가 하강 국면이다.

미시적으로 보면 경기가 바닥이다. 내가 사는 아파트의 엘리베이터 안에 있는 광고란이 14군데인데 그 가운데 4곳이 몇 달째 비어 있다. 여기에서 12년쯤 살았는데 처음 보는 광경이다. 인근에서 부동산중개소를 오래 해온 이웃에게 물으니 지금이 IMF 외환위기 때보다 시장이 나쁘다고 말한다. 인근을 산책하다 보면 가게를 내놓은 곳이 이전보다 훨씬 많다.

취업 빙하기에도 늘어나는 자리에 맞게 실력을 갖추면 취업에 성공한다. 인공지능(AI) 분야는 인력을 국내에서 구하기 힘들다고 한다. 삼성만 해도 AI 전문가 1,000여 명을 뽑으려고 국내외를 막론하고 실력자를 영입한다. 해당 분야를 공부해서 능력을 갖추면 좋은 자리를 잡을 기회다.

승자는 현장에서 유연하게 적응하는 사람이다. 세계는 자동주행, 바이오산업을 놓고 각축을 벌인다. 그 분야에서 경쟁력을 갖추면 외국으로 나가서 일할 기회가 많다. 글로벌 마인드를 갖고 일하는 사람은 시공을 떠나 성공한다.

우리는 유교의 영향을 받아 유연성이 떨어진다. 지도자들은 과거를 찬양하며, 변화를 거부한다. 젊은이가 말대꾸하면 하극상이라고 분노한다. 기득권을 지키려는 꼼수다.

공자는 기득권의 권한을 보장했다. 그는 사람을 군자와 소인으로 나누었으며, 남자가 여자보다 높다고 보았다. 상하질서를 사회정의로 규정했다. 비합리적인 주장을 펴서 강자를 도왔다. 그는 보수주의자요, 이상주의자다. 그의 말을 책임자가 받아들이면 그 조직은 경직되어 시대에 뒤진다.

기득권은 지금도 공자를 내세워 수직사회를 유지하려 한다. 자기 이익을 지키려고 억지를 부린다. 그들이 스스로 권한을 내려놓지 않으니 약자가 도전해서 그 힘을 빼야 한다. 자기가 하는 일에서 성과를 내면 된다. 소임을 다한 공자 사상에 도전장을 내는 사람이 누구보다 위대하다.

현실에 적응하는 사람, 곧 적자가 강자다. 그들은 말이 아니라 발로 실천한다. 적자생존의 원리를 따라 현장을 주도한다. 공자의 말이 아니라 자기 발을 믿고 현실에 유연하게 적응한다. 공자가 멀리한 장사가 되어 시장을 제패한다.

나는 연줄이 나약한 연고로 현실을 있는 그대로 본다. 나는 전라북도 진안의 한미한 가문에서 나고 자랐다. 시골에서 고등학교까지 다녔으며 지방대학을 나왔다. 유무형의 빚이 적은 데다 어떤 자리도 차지하지 않았다. 여러 일을 해보며 환갑에 이르러 문제에 다각도로 접근한다. 그동안 얻은 지식과 경험을 활용하여 약자에게 용기를 주려 한다. 그들이 내 말을 원용하여 현실에 유연하게 적응하기 바란다.

나는 사람들과 원활하게 소통하려고 노력한다. 학원을 운영하면서도 학생들과 수평적으로 대화했다. 학생들에게 경어를 쓰며, 모르는 것은 그들에게 배웠다. 학생과 상생하며 공부했던 것이다.

나는 예삿말을 즐겨 쓴다. 언어와 사고는 밀접하여 언어의 민주화를 실천하면 평등의식을 갖게 된다. 그러면 형식을 떠나 내용에 집중한다. 그게 부드럽게 통하는 길이다. 나는 두 아들과 평상어로 대화한다. 가정민주화를 꾀하려는 뜻이다.

내 노후는 스스로 대비한다. 그 일환으로 저술과 방송을 시작했으며, 이게 밥벌이가 되도록 애쓴다. 변수가 많고 상대가 있으나 내 가치관을 따라 살려고 한다.

베이비부머인 내 또래가 부모를 봉양하는 마지막 세대라 한다. 다른 말로 우리는 더블 케어 세대다. 부모에게 효도하고, 자식을 양육해야 한다는 말이다. 자기 노후를 준비하면서 상하를 돌보아야 하니 껍데기만 남기 일쑤다.

어느 세대든 자기 또래를 불우하게 보고, 자신을 박복하다고 여긴다. 인간이 이기적이라 그렇다. 나는 내 부모 세대가 우리 세대보다 더 불행하다고 생각한다. 부모 세대는 봉양을 기대하며 자식을 네댓이나 두었는데 자식에게 효도를 받지 못했다. 내 아버지는 15년 전 일흔이 되던 해에 세상을 떠났고, 어머니는 올해 여든이다. 아버지는 세상을 뜨기까지 일했으며 어머니 노후는 자식들이 맡아야 한다. 형편에 따라 적절하게 분담하려 한다. 질병으로 오래 고생하지 않고 집에서 생활하다 세상을 뜨기 바랄 따름이다.

한국 노인은 OECD 국가에서 가장 가난하다. 우리 또래만 해도 절반쯤이 어떤 연금 혜택도 못 받는다. 민간 기업에 다니는 사람의 반쯤은 퇴직금을 조기에 수령하여 빈손으로 나온다. 그 돈으로 집이라도 샀으면 다행이다. 일본 노인은 죽을 때 3억 원쯤 남기는데 한국 노인은 생시에도 적자인 수가 많다. 나는 아내의 공무원연금과 내 국민연금이 노후 준비의 대부분이다. 큰일을 겪지 않고 그에 따라 살았으면 좋겠다.

내 자녀들은 노후 준비에서 나보다 불리하고, 세금도 나보다 많이 내야 한다. 인구 구조에 따라 그럴 터이니 행운을 빈다. 인구의 변화는 명백한데 젊은이의 정치력이 취약한지라 정부가 자꾸 빚을 뒤로 넘긴다. 정치인의 인식 구조가 잘못된 탓이다. 나는 자녀에게 부담을 주지 않고 내 양식을 챙기려 한다. 죽을 때까지 유연하게 적응하며 생존하려 한다. 세상 떠날 때까지 읽고 쓰며 살기 원한다.

나는 현실에 유연하게 적응하며 생존한다. 자영업을 하며 변화에 따라 사는 법을 배웠다. 나이를 벼슬로 생각하지 않고, 연령에 걸맞게 지혜와 통찰을 기르려고 애쓴다. 내가 함양한 총력을 남과 공유하고 싶다. 현실에 부드럽게 어울리며 남과 더불어 살기 바란다.

조직에서 개성을 살린다

한국에서 개인은 조직에서 개성을 감추고 살아간다. 학교는 학생을 집단에 알맞게 교육한다. 교육목표를 순응형 인간의 양성에 둔다. 부모는 아이가 학교에서 그 가르침을 받아들이기 바란다. 자녀가 개성이 뚜렷해 학교에 안 간다고 해도 참고 다니라고 한다. 자녀의 마음을 받아주기보다 사회의 보편적 이념을 중시한다. 기득권은 사회화의 덕목이 윗사람에게 복종하는 일이라 생각한다. 교사도 대부분 기득권자로 생각한다. 교사 가운데는 위정자의 충실한 시녀도 있다.

사회가 받쳐주니 학교는 학생의 개성을 무시하고 학생을 조직에 순응하도록 한다. 일부 교사는 제도를 악용하여 학생을 괴롭힌다. 학생은 학교와 교사를 혐오하며 학창 시절을 보낸다. 그 결과 고등학교를 졸업하면 거의 모두 개성을 잃고 집단에 동조한다. 제 감정과 의사도 표현하지 못하게 된다. 학교가 사람을 교육하는 게 아니라 사육하는 셈이다.

학교에서 자존감을 짓밟아도 학생은 학교를 못 떠난다. 교사는 학생의 평가권을 거머쥐고 학생에게 복종을 강요한다. 내신 성적이 입시에서 중요하니 학생은 장래를 생각하며 그 억압을 참는다. 졸업을 해방으로 생각하며 학교에 다닌다. 중고등학생이 졸업할 때 파괴적이고 퇴폐적인 통과의례를 치르는 까닭이 여기에 있다. 당연히 교사에 대한 인상도 대부분 좋지 않다.

학생들이 학교의 폐단을 고발하며 자살해도 학교는 꿈쩍도 안 한다. 카이스트에서 학생의 개성을 죽이자 4개월 사이에 4명이 자살했다. 아까운 영재들이 자살해도 대학은 바뀌지 않았으며 무리하게 대학을 운영한 서남표 총장만 물러났다. 그는 밖에 나와서도 자기 교육방식이 옳았다고 강변했다. 일리도 있으나 그 전략은 나빴으며 그의 현실 인식에도 문제가 있었다. 요컨대 그는 미국 교육 원리를 여건이 다른 한국에 무리하게 적용하여 부작용을 낳았다.

고등학교에서는 아직도 자율이라는 미명 아래 야간강제학습을 실시한다. 피가 끓는 학생들은 외모에서라도 개성을 살리려고 옷과 몸을 꾸민다. 양상이 모두 비슷하니 개성이 죽는다.

학교에서 개성을 유지하려면 겉으로는 교사를 따르며 속으로는 자신을 지켜야 한다. 표리부동한 학생이 학교에서 개성을 보존한다. 학교와 맞서 개성을 살리려면 그럴 만한 저력을 기른 뒤에 학교와 대결해야 한다. 그만큼 개성이 강한 학생이라면 사회에서 성공할 여지가 넓다. 학창 시절에는 개성을 유지만 해도 사회에서 개성을 살려 성공할 기회가 있다. 그러니 학교에서 튀려고 무리할 일은 아니다.

학교와 싸우기 힘드니까 개성이 강한 학생은 학교를 떠난다. 나도 부모가 그런 문제로 상담을 요구하면 자퇴나 휴학을 권유했다.

부모가 자녀의 의견을 용납하지 않으면 그 자녀는 집을 나간다. 그런 청소년이 30여만 명에 이른다. 그들이 잘못된 쪽으로 개성을 발휘하는 수가 많아 한국이 불안하다.

경찰청에서 국민에게 순찰을 희망하는 장소를 조사하자 1위로 10대가 자주 모이는 곳을 꼽았다. 사람들은 가출한 10대가 출몰하는 곳을 무서워한다. 제 자식도 말을 안 듣는 판이라 남의 자식은 되도록 피한다. 그들이 눈에 거슬리는 언행을 해도 모르는 척하고 넘어간다. 10대들은 폭력을 휘둘러도 처벌이 약하다는 사실을 알고 범죄를 저지른다. 사회적으로 반감을 품은 가출 청소년이 물불을 안 가리니 사람들이 그들을 두려워한다. 사실은 경찰들도 10대가 판치는 구역은 기피한다.

이제 소녀의 범죄도 흉포화, 연소화, 집단화한다. 개성은커녕 제 목소리도 못 내던 그들이 남자 못지않게 잔인하다. 폭력을 행사하는 장면을 매체에 올려 위력을 과시한다. 학교에서 적응하지 못한데다 여성으로서 피해의식이 있어 자기 파괴적으로 개성을 표출한다. 일부 10대 소녀들은 그 패기를 부러워한다. 그를 개성적인 사람으로 알고 멋지다고 한다.

한국에서는 다수가 개성을 접어두고 조직에서 안전하게 살려고 한다. 때문에 공무원이 인기다. 개성을 포기하면 공직은 편안할뿐더러 경제적이다. 조직에서는 개인이 판단하고 책임질 일이 적은데 견주어 조직의 위세를 사용하기는 수월하다. 공무원은 세상이 알아주는 데다 세월이 가면 직급과 연금이 오르는데 일은 대강 해도 된다. 문제는 젊은이가 개성을 접고 안전을 찾는 만큼 나라가 기우는 데 있다.

국가의 원천은 가정이다. 부부가 결혼하기 전의 개성을 고집하면 가정은 흔들린다. 이혼 사유로 많이 드는 성격 차이도 사실은 개성 차이다. 서로 상대의 개성을 자신에게 맞게 바꾸려고 싸우다 돌아선다. 서로 개성을 숨기고 살아도 심리적으로 이혼 상태인 경우가 흔하다. 몸과 맘이 따로 노는 것이다.

남자가 가부장적인 의식을 가지고 가족의 개성을 무시하면 가족끼리 상극한다. 남자가 여자의 개성을 인정할 때 상생한다. 좋은 부부는 서로 개성을 살려준다.

이혼해도 엄마가 자녀의 개성을 살려주면 자녀가 바르게 자란다. 통계에 따르면 이혼할 때 자녀 양육권의 8할을 여자가 가져간다. 그들은 대부분 전남편에게 양육비를 한 푼도 못 받는다. 이러니 엄마가 자녀의 개성을 살려주기 어렵다. 엄마가 그 난제를 해결하면 자녀도 엄마를 닮아 성공하기 쉽다.

세상이 삭막할수록 개인은 개성을 살려 행복과 사랑을 추구하려 한다. 아내는 취미로 캘리그라피를 배웠다. 아내가 '행복과 사랑'을 많이 쓰는 것을 보고 나는 '아, 우리 집에 행복과 사랑이 부족하구나!' 하고 깨달았다. 인생성형가로 삶에 통달한 척하지만 정작 내 집을 개성이 살아 숨 쉬는 곳으로 만들지는 못했다.

나는 권위적인 아버지 아래서 자랐으나 학교, 군대, 직장에서도 개성을 보존했다. 그 덕분에 마흔을 앞두고 대학을 벗어나 광야에서 개성을 발휘했다. 쉰 살 이래로 내 지식과 경험을 자산으로 삼아 나와 남의 개성을 살려 주려 한다.

조직에서는 나 또한 말도 제대로 못 했는데 내가 만든 자리에서는 무슨 말이든 한다. 말이 개성을 살린다고 보기 때문이다. 내 총력을 개성을 살리는 일에 쏟아부어 세파를 헤치며 단독 항해를 지속한다. 개성을 찾는 기쁨으로 불안을 가르며 전진한다.

20대에 군대에서 못된 선임을 만나 부당한 압박을 받았으나 그걸 견디며 개성을 보존했다. 그때 움츠린 개성을 대학에 복학해서 다시 폈다. 대학원에서 교수가 개성을 훼손하기에 대학을 떠났다. 지금 같으면 교수에게 한마디 해주고 나왔을 텐데 그때는 개성이 나약해 그러지 못했다. 대학 사회를 생각하면 살짝 후회가 된다.

대학원생은 대부분 교수가 압박해도 장래를 생각하며 참는다. 교수가 그들의 졸업과 취업을 쥐고 있는 까닭이다. 그 힘은 학생이 생각하는 만큼 크지 않으며 갈수록 그 영향력은 떨어진다. 그래서일까. 요즘은 교수에게 저항하는 학생이 나온다. 학생의 개성이 뚜렷한데 교수의 의식은 전근대적이기 때문이다. 연세대에서 한 대학원생이 '텀블러 폭탄'으로 지도교수를 공격했다. 나는 그 대학원생을 이해한다. 학생이 불법을 저질렀으나 교수가 오죽했으면 인생을 걸고 교수를 해치려 했을까.

대학원생은 현재 복역하며, 해당 교수는 그 제자를 용서한다고 했다. 논문을 두고 사제가 갈등했다고 하는데 연세대가 자유롭다 보니 이런 사건이 생겼다고 보며, 그나마 법적 교육적으로 해결했다고 본다. 개성을 건전하게 드러냈다면 더욱 좋았을 터이다.

강남대학교 장모 교수는 제자에게 엽기적인 사건을 저질렀다. 그는 제자 강 씨를 폭행하고 심지어는 소변과 인분을 먹였다. 강 씨는 장 씨 눈에 들어 꿈을 이루려고 그 수모를 당했다. 신분제도가 견고한 조선 시대에도 일어나기 어려운 사건을 21세기에 교수가 저질렀다.

세계 토픽이 되고 남을 사건인데 조용히 넘어갔다. 학교에서 그 일이 세상에 알려지지 않도록 막았을 것이다. 기득권에 드는 언론계나 법조계도 학계 편이다. 인격모독을 당한 학생이 그 뒤에 어떻게 반응했는지는 알지 못한다.

한편, 김민섭은 지도교수와 갈등한 사실 등을 세상에 알렸다. 그 대학원 동문들은 그를 배신자로 보았으며 교수를 옹호했다. 김민섭은 개성을 살려『나는 지방대학 시간강사였다』를 저술하여 대학의 모순을 파헤쳤다. 그처럼 개성이 뚜렷한 사람이 나쁜 교수를 박차고 나와 자리를 잡을 때 대학도 자극을 받아 살아난다.

김민섭은 대학의 내부고발자로서 우뚝 섰다. 그는 김동식을 도와 재능을 세상에 알렸다. 조직과 계급으로 돌아가는 한국을 능력사회로 돌리는 데 일조했다. 어설픈 지방대학 교수는 저리 가라 한다. 그 담력이면 어떤 길에서든 일가를 이루리라 믿는다.

직업은 인성과 상관성이 적다. 교수 중에도 좋은 사람과 나쁜 사람이 있다. 교수에게 밉보이면 길이 막히고 제 몸값이 떨어지니 나쁜 교수를 비판하지 않을 뿐이다.

남자는 군대 갔다 와야 사람이 된다는 말에 한국 남자의 표준이 드러난다. 군대는 계급이 20여 개요, 그 사이에 질서가 뚜렷하다.

그만큼 인사와 승진에 불만이 많다. 나는 병사로서 세월 따라 승진하고, 기한이 차서 전역했다. 군대에 갔다 왔지만, 개성을 죽이고 조직과 계급에 따르지 않는다. 나는 대장보다 높고, 그 몸값보다 비싸다고 생각한다.

나는 조직을 떠나 재야의 학자가 되었다. 조직형 인간으로 오래 살았으나 그 여정을 지우고 새 이력을 내건다. 내 개성에 맞는 인생을 향유하려는 몸부림이다.

여자도 남자처럼 몰개성적으로 살아가나 조직의 쓴맛은 남자보다 적게 본다. 근래에 사회에 진출하는 여자가 많아지면서 여자도 개성 대신 적응을 중시한다. 직장에서 생존하려면 상하좌우에 알맞게 대응해야 하는 까닭이다. 아내는 교직에 30년쯤 종사하며 조직의 논리와 관리의 능력을 많이 배웠다고 말한다. 남자의 양면성을 많이 보았다고 이야기한다. 그러면서 생각보다 찌질한 남자가 많다고 말한다.

나는 60년 동안 전사조직 같은 한국에서 개성을 절반은 반납하고 살았다. 절반 남은 개성을 바탕으로 쉰 살부터 내 길을 마련했다. 남녀를 떠나 조직에 적응하느라 개성을 모르고 살아온 사람에게 힘을 주고 싶다. 개성에 맞지 않으면 하기 싫다고 거절하는 힘을 모두가 갖추기 바란다. 윗사람 눈치 안 보고 개성을 드러낼 수 있는 사회를 만들려고 애쓴다.

지금은 조직보다 개성이 중요하다. 개성을 발휘하면 조직을 만들 수 있다. 자기를 믿는 만큼 개성을 개발하고, 개성을 개발하는 대

로 성공한다. 창의성도 개성을 보장할 때 나온다. 늙어서도 개성을
지키는 사람이야말로 인생성형의 대가다. 혁신가는 죽을 때까지
개성을 발휘한다. 그는 오래 성공한다.

가치관이 바람직하다

언행은 가치관에서 나오므로 가치관이 바람직한 사람이 길게 성공한다. 사기가 난무하는 만큼 진실은 빛이 난다. 신뢰는 손해를 보면서도 약속을 지켜야 얻는다. 자원이 들어가지만, 인생에서 그보다 좋은 투자도 드물다.

사람들은 어릴 적에 형성한 가치관을 오래 간직한다. 부모가 남을 속이는 모습을 보고 자란 아이는 거짓말을 잘한다. 그 버릇대로 살면 사기꾼이 된다. 그로 보아 자식에게 바람직한 가치관을 심어주는 일이 자식농사의 핵심이다. 어릴 때 심어준 가치관일수록 길게 가니 세 살 버릇을 잘 들이는 게 경제적인 자녀 교육이다.

가치관은 가치에 대한 관점 체계다. 시한부 인생이 되면 사람들은 가치관에 따라 행동한다. 누구는 자책하고, 더러는 남을 탓한다. 사람들은 숨이 넘어갈 때 섹스 상대가 아니라 혈족을 찾는다. 세상에서 혈족을 가장 중시한다는 말이다.

자기 가치를 자식에게 남기면 죽어서도 사는 셈이다. 때문에 나도 내 인생을 바람직하게 쓰는 데 목표를 두었다. 그 인생 목표에 도달하려고 날마다 읽고 쓴다. 바람직한 가치관을 여러분과 더불어 나누려고 주야로 노력한다.

좋은 부모를 만나면 바람직한 언행을 물려받는다. 좋은 부모는 아이에게 다른 사람과 함께 사는 규칙을 가르친다. 가정에서 이룩한 가치관을 우리는 학교와 사회에서 수정하고 보완한다. 그 가치관을 심신에 장착하고 인생을 영위한다.

좋은 부모가 갖춰야 하는 덕목 제1장 제1절은 바람직한 자녀관이다. 2016년 경기개발연구원에서 3040 부모를 대상으로 조사한 결과에 따르면 14.8퍼센트가 자녀를 소유물로 본다고 대답했다. 자신을 긍정적으로 그린다는 사실을 감안하면 부모 다섯에 하나는 자녀를 물건으로 인식한다. 이러다 보니 체벌을 말리는 경찰에게 내 새끼 내 맘대로 하는데 왜 간섭이냐고 반발한다. 부모의 자녀관, 다시 말해 부모가 자녀를 보는 가치관에 따라 양육 태도가 갈린다.

세상이 속도주의를 지향하여 우리는 시계가 짧고 시야가 좁다. 또한 사회에 황금주의와 쾌락주의가 팽배하여 그 영향을 받는다. 이런 세상에서 바람직한 가치관을 추구하려면 심지가 굳어야 한다. 자신과 현실을 총체적이고 장기적으로 바라볼 때 바람직한 가치관을 견지하게 된다. 일관성과 유연성을 고려하며 바람직한 가치관을 지향하는 사람이 성공한다.

인간은 좀처럼 가치관을 안 바꾼다. 방이 지저분해도 괜찮다고 보는 남편은 아내가 옷을 잘 두라고 잔소리해도 이전처럼 옷을 벗어 던진다. 결혼 초기에는 남편이 아내 말을 따르려고 노력한다. 하지만 시간이 지나면 제 버릇대로 산다. 원만한 관계보다 자기 생각을 중시하는 까닭이다.

황소고집도 생사의 기로에 서면 가치관을 바꾼다. 죽음을 생각하며 자서전 제목만 잡아보아도 가치관을 수정할 수 있다. 자서전 제목과 목차를 작성하고 실천할 때 바람직하게 살아간다. 인생을 점검한다는 뜻에서 자서전 목차를 잡아보면 과거를 반성하고 미래를 전망하게 된다.

법의학자 문국진은 죽음을 알면 충실하게 인생을 영위한다고 했다. 자살로 인생을 마감한 거물들을 많이 검시해본 죽음 전문가로서 그는 우리에게 마감을 생각하며 살라고 충고한다. 유명인도 초라하게 삶을 마무리하면 보잘것없다는 말이다.

한국인은 세계에서 자살을 가장 많이 한다. 노인자살률은 압도적인 세계 1위다. 죽음을 순환적으로 인식하는지라 대다수는 신체보존형 자살을 선택한다. 신체를 있는 그대로 남기고 세상을 떠난다는 말이다. 유교는 신체를 훼손하지 않는 일을 효도의 처음으로 보아서 그렇다. 몸은 죽어서도 온전하기를 바라면서 맘은 살아서도 손상하는 사례가 허다하다. 살면서 맘을 함부로 다루다가 건강을 잃기 일쑤다.

자살은 자기 살해다. 유족에게 깊은 상처를 주는데 우리는 자살을 미화하는 측면이 있다. 신체파괴형으로 자살한 노무현의 장례를 거대하게 치른 일이 바람직한지 돌아볼 일이다. 잘못했으면 책임을 져야지 자살로 과실을 덮으면 안 된다. 지위고하와 남녀노소를 떠나 그 점은 마찬가지다.

입관체험이나 임사체험을 해보면 인생을 반성하고 다시 태어난다고 한다. 입관체험은 말 그대로 관에 들어가 보는 일이다. 유서를 쓰고 죽어서 지하에 묻힌 것처럼 해보는 의식이다. 삶을 되돌아보고, 맘을 새롭게 다지며, 남을 다시 보게 한다는 차원에서 괜찮은 일이다. 임사체험은 죽음에 이르렀다가 다시 살아난 경험을 말한다. 회귀한 사례이나 그런 체험을 하고 나면 삶에 대해 거룩한 마음을 갖게 된다.

이윤택은 문화권력을 악용해 성욕을 추구했다. 문화예술계의 거인인데 그 가치관은 초라했다. 남자는 출세하면 명성을 권력으로 인식한다. 이윤택은 문화권력을 생리적 욕망을 푸는 데 썼다. 정부의 지원까지 받아가며 성문화를 더럽혔다. 기득권은 그 이름을 교과서에 올려 학생들이 우러러보게 했다. 일차원적 인간을 천상적 인물로 대우한 셈이다. 1심 재판부는 그에게 징역 6년을 선고했다. 추악한 성범죄를 저질렀다고 단죄한 것이다.

우리는 '잘살아 보세'를 외치며 경제를 일으켰으나 부자가 된 다음에 추구할 가치는 세우지 않았다. 물질주의가 쾌락주의로 흐르는 현상을 그대로 두었다. 학교에서 도덕 시간에도 인성이나 가치관은 가르치지 않았다. 그런 교육을 받고 교단에 서다 보니 교사가 학생을 성추행하기도 한다.

현대인은 쾌락을 종교처럼 숭상한다. 행복 연구가들은 감각적 쾌락은 강도는 높으나 지속 기간은 짧고, 정신적 쾌락은 강도는 낮으나 길게 간다고 본다. 총량과 인생에 견주면 섹스보다 육아가 낫다고 평가한다. 섹스는 관능적인 쾌락인 데 견주어 자녀교육은 종합적인 쾌락이다. 섹스는 본능이요, 그것을 실행할 기회가 급증하여 그 가치가 떨어졌다. 그나마 섹스는 대부분 성기 결합에 그쳐 자식 농사에 견주면 접점이 좁다. 그런 쾌락을 비정상적으로 추구하는 사람들이 많아 나라가 시끄럽다.

정신적 쾌락은 추구하기 힘들지만, 감각적 쾌락보다 생산적이다. 정신적 쾌락은 감각적 쾌락보다 행복을 많이 준다. 정신적 쾌락은 나이가 들어도 얼마든지 올릴 수 있다.

나는 아버지가 세상을 떠난 뒤에 육체적 쾌락보다 정신적 쾌락을 더 많이 추구한다. 아버지처럼 손해를 보더라도 바람직하게 살려고 지적 쾌락을 만끽한다. 아버지와 동생들을 돕지 못했으니 가문에 바람직한 영향을 미치려고 애쓴다. 감각적 쾌락을 자제하여 집안을 돕고 싶다.

감각적 쾌락은 자기 파괴적 환상을 불러일으킨다. 미스코리아와 동침하면 여한이 없을 것 같다. 실상은 경국지색과 살아도 몇 달이 지나면 또 다른 천하일색을 물색한다. 진화생물학적으로 감각적 쾌락의 유효 기간은 한두 해다. 섹스도 생산적으로 향유할 때 개인과 가정은 물론 나라에도 유익하다.

이윤택은 '더러운 욕망' 때문에 일탈했다고 하나 성욕은 숭고하다. 역사의 동력이요, 순수한 본능인데 그가 더럽혔을 뿐이다. 문제는 성욕이 아니라 사람이다. 생존욕 앞에 성욕은 맥을 못 추지만 남자를 교수형에 처하면 죽는 순간 사정을 한다고 한다. 유전자를 남기려고 생존욕을 발동하는 것이다.

거인은 성욕을 승화하여 명작을 남긴다. 페니스로 그림을 그리는 사람도 있으나 정욕을 승화하여 명작을 남기는 사람도 있다. 피카소는 여러 여인과 염문을 뿌리며 명품을 남겼다. 피카소는 '여자는 고통받기 위해 태어난 존재'라고 말하였으니 여자를 사랑하지 않았다. 피카소가 비뚤어진 여성관을 견지했기에 그와 살던 여인들은 대부분 불행했다. 그는 사람들과 상극하고 작품과는 상생한 셈이다. 그의 작품 1만여 점을 상속받은 손녀 마리나 피카소는 "사랑 없는 상속이었다"며 작품을 팔아 자선사업에 쓴다. 피카소는 아들이나 손녀보다 작품을 더 사랑했다는 말이다. 따라서 작품이 아니라 자신을 명품으로 만들고 싶으면 욕망을 승화할 일이다.

바람직한 가치관은 상생을 지향한다. 자기 인생부터 책임져야 상생이 성립한다. 제 밥벌이를 하면 본전 인생은 된다. 흑자 인생이 되면 남은 물론 나라도 살릴 수 있다. 그런 사람이 이 나라를 지킬 때 국가가 그런대로 굴러간다. 정치인이 남의 밥그릇에 눈독을 들이면 나라를 말아먹는다.

언행을 선용한다

인생은 언행의 총합이다. 언행의 사용처에 따라 인생길이 갈린다. 언행을 선용하면 성공하고, 언행을 악용하면 실패한다. 우리는 언행으로 경쟁하여 자리를 차지한다. 선거에서도 다른 후보와 언행을 놓고 겨뤄 표를 많이 얻으면 대통령이 된다. 그 일거수일투족이 만인에게 영향을 끼치므로 그 언행을 잘 살펴 표를 던져야 한다. 국민이 후보자의 말과 발을 제대로 알아야 유능한 지도자를 선발한다는 말이다.

문제는 우리가 대통령 후보자의 언행을 모른다는 데 있다. 그 발을 살피기 힘드니까 대개는 그 말을 듣고 투표한다. 정치인은 거짓말을 잘하는지라 그 말을 믿고 선택하면 낭패를 당한다. 그가 해온 일을 보고 뽑아야 정치인에게 속지 않는다. 소문이나 여론에 기대어도 실수하기 쉽다. 사실은 근처에 사는 지방의원도 언행을 파악하기 힘들다. 때문에 대통령 선거처럼 전국이 선거구일 때 오히려 가면극이 잘 먹힌다.

국민들은 박근혜의 언행을 모르는 터라 박정희를 보고 그를 대통령으로 뽑았다. 그 아버지에 그 딸일 줄 알아서다. 지나고 보니 박근혜는 박정희 옆에도 못 갈 사람이었다. 국가수장은 국민 수준이라는 측면에서 우리의 안목이 낮았다. 성별, 지역, 정당을 고려해서 박근혜를 골랐으나 결과는 실패였다. 그는 국정을 판단하는 언행도 몰라 최순실에게 기댔다가 탄핵을 당했다. 그를 보고 부모의 후광에 그림자가 많다는 사실도 알았다. 그를 뽑은 국민이 사람 보는 눈을 높여야 하는데 그 다음 선거에서 같은 실수를 하지 않았는지 모른다.

정치가는 말로 발을 미화하고 과장한다. 우리는 그 말과 발이 다르다고 화를 낸다. 만인을 말로 잠시 속일 수는 있으나 길게는 못 속인다. 우리는 정치인이 제 배만 챙기고 국민을 고생하게 만든다며 그들을 미워한다. 그러면서 선거 때는 다시 속는다.

정치인은 문학인을 우대하는 반면 기업인은 천대한다. 그들이 말로 먹고사니까 말쟁이를 발쟁이보다 높게 본다. 박경리 기념관은 지자체가 도와 통영, 하동, 원주에 건립한 데 견주어 삼성 창업주 이병철 생가는 썰렁하다. 의령뿐 아니라 어떤 지자체에서도 기업인의 기념관은 건립하지 않았다. 각지에 문학관이 널린 것과 대조적이다. 그런데도 기업인은 지방과 대학에 수많은 건물을 지어주었다. 문학가가 그런 일을 했다는 소식은 못 들었다.

나는 국문학을 전공하여 여러 시인을 가까이에서 보았다. 대체로 그들은 말은 화려하나 발은 초라하다. 그러다 보니 시인 교사나 시인 교수가 뜻밖에도 학생들에게 욕을 많이 먹는다.

나는 국문학을 전공했으나 가공인물이 아니라 실재인물을 연구한다. 연구대상을 바꾸었지만, 학자의 안목을 유지한다. 문학평론가는 많지만 인생성형가는 없으니 부족한 대로 내가 나섰다. 우리는 허구를 섬기면서 실제는 깔본다. 그것을 시정하려고 나는 실제 인물을 연구한다. 내 언행을 선용하면서 남을 바람직한 쪽으로 이끌뿐더러 사회의 부조리를 교정하려고 이 작업을 수행한다. 나는 말보다 발을 높게 보아 기업인을 문학가보다 훌륭하게 여긴다.

말로 먹고사는 정치인, 언론인, 문학가, 교수 등이 합세하여 기업인을 욕한다. 그들은 언변이 탁월하여 말을 중시하며 말로 사람을 다스리려 한다. 사민의식(四民意識)으로 무장하고 사(士), 곧 선비를 자처하며 상(商), 바로 기업인을 홀대한다. 기업인처럼 발로 뛰는 일을 못 하니 말로 실력가를 헐뜯는다. 참 우스운 일이다.

말로 먹고사는 사람 가운데 사기꾼이 많다. 말쟁이는 권리만 누리고 책임은 회피한다. 현실을 보면 문학 지망생은 적고, 부자 지망생은 많다. 사회문화적으로 재단할 때 문학인은 패자요, 기업인은 승자다.

발로 뛰는 기업인이 말로 사는 사람보다 위대하다. 기업인이 말을 파는 사람보다 언행을 선용한다. 한국의 위상은 말쟁이가 아니라 발쟁이가 올린다. 정치인의 음모에 따라 국민의 외면을 받으며 나라를 일으킨 기업인은 최고의 애국자다. 말로 나라를 살리는 것처럼 하나 발로는 제 욕심을 챙기는 말쟁이가 즐비하다.

자고로 충신은 위기에 드러났으며 말을 잘하는 사람이 아니라 발로 뛰는 무명인이었다. 말쟁이 정치가는 도망가는 데 발이 빨랐을 뿐이다. 충신은 정치보다 다른 영역에서 많이 나왔다. 지금도 고위직 가운데 자녀가 외국국적을 가진 경우가 많다. 그들이 전쟁이 나면 이 땅에서 목숨 걸고 싸울까. 그들이 먼저 도망가지 않을까. 역사가 그렇게 말하지 않는가.

누구나 자기 언행을 비싸게 판매하려고 총력을 기울인다. 타인에게 속지 않고 자기 언행을 고가로 팔아야 성공한다. 장사가 많다 보니 파는 일 자체가 고역이다. 좋은 언행을 멋지게 포장해서 시장에서 제값에 팔아야 먹고산다.

나는 시장에서 내 언어를 판다. 문자언어인 책은 출판사와 서점이 관여하는지라 내 실력을 있는 그대로 보여주기 힘들다. 반면, 음성언어인 팟캐스트는 내가 청취자에게 바로 말할 수 있다. 문자든 음성이든 내 언행의 총력이 고객의 선택에 영향을 준다.

말은 통하면 대박이요, 안 먹히면 그만이다. 그러다 보니 우리나라에는 거짓말이 판친다. 한국에서는 거짓말에 대한 법적 처벌이 약하고, 개인도 거짓말을 경계하지 않는다. 그러다 보니 남의 말을 믿었다가 8억 원을 날린 사람도 있다. 그 정도 부자라면 산전수전을 많이 치렀을 터인데 사기꾼에게 넘어갔다.

말 대신 발로 겨루는 동물들은 속일 수 없다. 고양이보다 느린 쥐는 고양이 밥이 된다. 달리기가 여의치 않으니 쥐는 구멍으로 들어간다. 몸이 고양이보다 작은 덕분에 발이 느려도 살아남는다. 발이 느리면 생존 동굴을 들고 다녀야 살아남는다.

지금은 인구 유동성이 높은 데다 매체가 발달하여 사기꾼이 설치기 좋다. 농경시대에는 같은 동네에서 오랫동안 함께 살아 다른 사람을 속일 수 없었다. 새로운 유목시대가 되어 사기꾼이 활개를 친다.

사기꾼은 다양한 매체를 사기에 이용한다. 전화는 말에만 의존하여 표정과 몸짓을 감추기 쉬운지라 사기꾼이 애용한다. 문자는 감정도 숨길 수 있으니 사기꾼에게 안성맞춤이다. 문자 작성자를 확인하지 않고 그대로 믿으면 낭패를 당한다. 통신매체에 따라 알맞게 수용해야 사기를 당하지 않는다. 사기꾼에게 자원을 빼앗기지 않으려면 총체적 능력이 필요하다.

고수는 말보다 발이 빠르다. 말을 줄이고 발을 늘려 설득력과 전달력을 올린다. 타인이 그 말을 믿으므로 소통이 원활하고 권위도 높아진다.

김지은이 안희정의 성폭력을 폭로하기 직전에 안희정은 충남도청 직원들에게 '미투 운동'을 장려하는 연설을 했다. 그는 운동권 출신 정치인으로서 말은 화려했으나 발은 초라했다. 우리는 그런 정치인에게 수시로 속았다. 말을 중시하고 발을 경시한 데다 말과 발이 어긋나도 알아채지 못했기 때문이다.

1심 법원은 안희정이 무죄라고 판결했으나 여성 단체에서는 판결이 부당하다고 비판한다. 남자들이 만든 법으로 남녀 사이에 일어난 일을 재판하니 여자가 불이익을 당한다. 2심에서 어떻게 판결할지 지켜볼 일이다.

고수는 말이 아니라 발로 사람을 평가한다. 오늘 하는 말이 아니라 어제 다닌 발을 본다. 첫인상을 넘어 과거의 언행을 살핀 뒤에 평가한다. 그 말과 발을 여러 측면에서 관찰한다. 때로는 주변 사람에게 그 평판도 알아본다. 아이돌 가수도 인성과 행적이 좋아야 말썽이 일어나지 않기 때문에 오디션에서 재능과 그 과거를 관찰한다.

승자는 말이 아니라 발로 말한다. 그 발을 꾸준히 늘려 성과를 낸다. 발이 말을 따르지 못할까 봐 느리게 말한다.

언행의 선용이란 말에는 우월감이 들어 있으므로 오른손이 하는 일을 왼손이 모르게 하면 좋다. 선용한다는 의식이 없이 약자를 도울수록 좋다. 패자의 말을 들어주는 일도 언행의 선용이다.

무능한 기득권은 말로 아래를 다스리려 든다. 스스로는 함부로 말하면서 다른 사람에게는 말조심하라고 한다. 말로 천하를 얻으려 하나 말 한마디로 천 냥 빚은커녕 한 푼 빚도 못 갚는다. 발로 뛰어야 돈을 벌어 빚을 갚는다. 동서고금을 떠나 말보다 발이 빠른 사람이 흥한다.

고수는 준비한 뒤에 기회가 오면 신속하게 움직인다. 언행을 선용하므로 그는 성공한다. 나도 언행을 선용하는 일환으로 이 책을 세상에 내놓는다. 내가 환갑에 이르도록 부지런하게 발로 뛰며 얻은 지혜와 통찰을 내 손으로 썼다.

돈과 맘을 함께 번다

마흔을 앞두고 대학에서 나와 사교육에 뛰어들었다. 학원을 시작하며 돈과 맘을 벌려고 다짐했다. 십 년 뒤에 학생들에게 고맙다는 말을 듣겠다는 자세로 학원을 운영했다. 수업은 학생과 마음을 터놓고 함께 배우고 가르치는 방식으로 진행했다. 그 전략이 먹혀 학생의 맘을 벌자 돈도 따라왔다.

학원에서 학생의 성적은 물론 진로도 도와 환심을 샀다. 학원에서 교사가 하향지원을 강요한다는 학생을 많이 보았다. 그 때문에 고민하는 학생에게 나는 소신껏 지원하라고 조언했다. 내 말이 대체로 들어맞았다. 낮은 대학을 지원하여 합격한 학생들은 재수나 삼수를 하여 바라던 대학이나 학과에 들어가곤 했다. 소신지원을 했으면 단번에 들어갈 곳을 여러 번 도전해도 못 가는 수도 있었다. 그런 학생들은 교사에게 원한을 품었다. 나는 현실적인 조언을 해서 학생들의 마음을 샀다.

당국은 사교육을 비판하고 공교육을 옹호한다. 정작 공교육자의 90% 안팎이 자녀에게 사교육을 시킨다. 말로는 학원을 욕하면서도 학원 강사에게 자녀교육을 맡긴다.

학원은 선택 원리에 따라 돌아간다. 강사가 학생 맘에 들어야 살 아남는다. 학원에서는 학생이 강사와 과목은 물론 시간도 마음대로 고른다. 학생의 선택이 성패를 가르는지라 학원 종사자는 학생의 맘에 들려고 노력한다.

학원을 시작한 지 몇 년이 지났서였다. 한 학생이 수업 시간에 나에게 초심이 사라졌다고 비판했다. 학원이 문을 열 때처럼 학생의 맘을 벌려고 애쓰지 않는다는 뜻이었다. 학원이 자리를 잡자 학생이 아니라 학원을 중심으로 수업한다는 불만이기도 했다. 학교에서는 개인적으로도 못 할 말을 학원에서는 공개적으로 이야기한다. 그 말을 받아들이지 않으면 학생은 학원을 떠난다. 친구를 데리고 나가면 남아 있는 학생마저 흔들린다.

그 지적을 듣고 서운했으나 그 말을 받아들였다. 학생들이 내 마음을 바로 읽으니 학원에서는 게을러질 수 없다. 앉으나 서나 나는 학생의 마음을 생각하며 학원을 운영했다. 학원이 명성을 얻고 나서는 내가 학생을 고르기도 하였으나 학생의 맘에 들려는 자세는 그대로 견지했다.

고등학생에게 논술을 가르친 덕분에 전북의 수재를 많이 보았다. 그들은 눈이 높아 그 맘을 버는 일이 버거웠다. 논술은 여러 분야에서 나오므로 그 내용을 소화하기 힘들었다. 내가 취약한 부문은 학생들에게 주도권을 내주고 학생이 되어 배웠다. 모르면 모른다고 인정할 때 학생의 맘을 살 수 있었다. 그들과 맘을 맞추며 수준을 서로 끌어올렸다.

흔히 공은 옳고 사는 그르다고 본다. 나라에서 우리 맘에 선공후사 의식을 주입했기 때문이다. 지금은 대부분의 영역에서 사가 공을 앞지른다. 교육 분야도 사교육이 공교육을 능가한다. 학원 강사 가운데 실력자가 많은 데다 서로 경쟁하니 학교를 추월한다. 대입에서 내신 반영을 안 하면 일부 교사는 수업을 진행하기 어려울 지경이다. 당시는 내신의 영향력이 지금보다 적었는데 어떤 학생은 나에게 어떻게 하면 교사를 쫓아낼 수 있느냐고 물었다. 그 교사는 실력이 없으면서 학생들을 모욕했기 때문이다. 나는 미안하지만 그런 길은 없다고 했다. 실제로 중학생이 교사를 쫓아낼 길은 없어서 그렇게 대답했다. 신분이 안전하다 보니 그것을 악용하는 교사도 나온다. 그 때문에 많은 학생들이 고생한다.

물론 학원 운영자 중에도 학생을 오도하여 돈을 버는 사람이 있다. 수강생의 맘을 악용하여 돈을 번다는 측면에서 사기꾼과 비슷하다. 경쟁이 치열한 시장에서 그런 꼼수는 오래 못 간다. 소문을 퍼뜨릴 수단이 많아 그런 학원은 머잖아 문을 닫는다.

시장이 세상을 주도하는 시대를 맞아 공이 사를 간섭하면 나라가 흔들린다. 정부는 대입에서 학생부를 많이 반영하라고 대학을 압박하여 무능한 교사를 양산했다. 학생부 성적을 둘러싼 부정이 자주 드러난다. 정부가 공교육의 품격을 떨어뜨리는 꼴이다.

교사들은 상인을 무시하면서도 장사로 부자가 되려 한다. 부자 교사는 대부분 부동산으로 돈을 벌어놓고 사업으로 재력을 모은 기업가를 탓한다. 부동산 투자에 견주면 기업 경영이 훨씬 어려운 데다 나라에 이바지하는 일인데도 그렇다.

우리 모두는 장사다. 교사 중에 무료로 봉사하는 사람은 없다. 선생은 지식 장사꾼이다. 대한민국은 공무원이 아니라 장사가 먹여 살린다. 공직자를 줄이면 사람들이 좋아한다. 공직자는 국민에게 부담을 주는 까닭이다. 고위 공직자도 퇴직하면 기업으로 가려 한다. 기업에 공정성을 강조하는 공정거래위원회 직원도 그랬다. 공정위에서 사기업을 압박하여 자리를 차지했다. 그야말로 악성 갑질이다.

4차 산업시대를 맞이하여 국가에서 기업에게 새 길로 가라고 말한다. 정부는 그렇게 말할 자격이 없다. 대학 역시 마찬가지다. 과학과 기술은 정부나 대학이 아니라 기업이 이끌기 때문이다. 한국은 내수시장이 좁은 데다 정부가 기업을 규제한다. 그런 한국에서 세계적인 기업을 일으킨 사람들이야말로 이 시대의 영웅이다.

창업주가 기업을 일으킨 과정을 안다면 관료는 그들에게 훈수할 엄두를 못 낸다. 관료는 돌다리를 두들겨 보고 안전하다고 판단해도 건너지 못한다. 때문에 대기업 창업주 가운데 공무원 출신은 거의 없다. 공무원은 안전제일주의자인 데다 공직에 근무하는 동안 조심성이 심신에 배어 퇴직한 뒤에 자영업에 뛰어들지 못한다. 공무원 퇴직자가 창업해도 대부분 실패한다. 모험심은 그만두고 고객의 맘을 사려는 생각, 곧 서비스라는 개념도 모르기 때문이다.

장사의 달인은 손해를 보면서도 고객의 맘을 산다. 손님의 맘을 사면 그가 다른 사람을 데려와 돈을 벌 수 있어서다. 맘을 저버린 고객을 되돌리는 일은 신규 고객을 확보하는 일보다 열 배는 어렵다. 맘이 떠난 손님은 다른 사람에게 그 장사가 나쁘다고 입소문을 내니 영업에 치명상을 입는다.

고수는 고객의 돈과 맘을 아울러 읽는다. 손님도 주인의 마음을 기가 막히게 읽어 거짓으로 맘을 사려는 장사를 믿지 않는다. 장사와 손님의 맘이 상통하는 가게가 잘나간다. 주인이 그런 상태를 유지할 때 사업이 번창한다.

공직자도 돈과 맘을 같이 벌면 만인이 추앙한다. 이오덕은 초등학교 교장을 지냈는데 뛰어난 글쓰기 스승이었다. 그는 책에 마음을 담아 글쓰기를 가르쳤다. 글쓰기를 그에게 직접 배운 사람은 말할 것도 없고, 그 책에서 그에게 글쓰기를 배운 사람도 그 제자를 자처한다. 한국의 글쓰기 선생 가운데 이오덕이 최고라고 본다. 그는 죽어서도 제자를 길러낸다.

돈에 혈안이 된 세태에서 인생성형으로 맘과 돈을 동시에 얻으면 좋겠다. 내 지식과 경험으로 남의 맘부터 사려고 한다. 맘을 버는 데 힘쓰다 보면 돈도 따라오리라 믿는다.

맘벌이가 돈벌이보다 어렵다. 사람을 얕고 넓게 만나니 마음을 열 만한 사람조차 드물다. 한국에서 하루에 40여 명이 자살하는데 세상을 버리는 순간에 마음을 줄 사람이 없어서 대부분 말없이 떠난다. 말을 남기는 대상은 엄마가 1위다. 집에서 가족의 맘부터 벌고 밖에서 타인의 맘도 벌 수 있다. 맘과 맘을 사랑으로 이으면 극단적 상황에서도 그 맘이 생각나 다시 살기로 다짐한다. 맘을 알아줄 만한 사람에게 살고 싶다는 신호를 보내도 반응이 없으니 극단적인 선택을 한다. 그런 사람의 맘을 벌면 그를 살리는 은인이 된다. 세상에 그보다 큰일도 없다.

믿는 만큼 이룬다

자신감은 유전과 환경에서 나오는 자기 신뢰감이다. 유전은 바꾸기 어려우나 환경은 보완이 가능하다. 환경의 기초는 부모가 마련한다. 우리는 부모와 애착 관계를 다진 다음에 다른 사람과 더불어 지내며 신뢰를 쌓는다. 살면서 겪는 승패에 따라 자신감도 등락을 반복한다. 삶은 성공과 실패의 여정이므로 어떤 일이든 자신감의 자원이 된다. 실패를 성공의 과정으로 보면 실패도 성공 못지않게 자신감을 불러온다.

사람은 스스로 믿는 만큼 이룬다. 믿는다는 말은 자신의 계획을 성취할 수 있다고 신뢰한다는 뜻이다. 그 말은 의지와 정서를 내포한다. 아무도 믿지 않아 자살 충동이 일어나도 그걸 누르고 성공할 수 있다고 믿는 느낌이다. 때문에 자신을 믿는 사람은 자살을 안 한다.

수행능력에 견주어 목표가 높으면 자신감을 가지고 실행해도 목표를 이루지 못한다. 대부분이 희망의 하강과정을 거치는 까닭은 자신감보다 실행력이 떨어지기 때문이다.

자신감의 강도는 저마다 다르다. 어떤 이는 자신감을 하루도 지속하지 못하는 데 견주어 다른 사람은 죽도록 자신감을 유지한다. 자신감을 오랫동안 높게 간직하는 사람이 성공한다.

자신감의 고저장단은 계량화하지 못해 평소에는 알 수 없지만 위기가 닥쳤을 때 드러난다. 믿음은 종교에서 많이 쓰니 성경을 들어 그 정도를 말해본다. 베드로는 예수의 수제자다. 그만큼 예수를 믿고 따랐으나 예수가 죽을 무렵에 베드로에게 자신을 부인하리라고 예고한다. 베드로는 절대 배반하지 않겠다고 부정했으나 예수를 반대하는 무리가 베드로에게 예수의 추종자라고 하자 세 번이나 예수를 모른다고 부인했다. 평소에는 예수를 위해 목숨을 바치겠다고 해놓고 정작 신변에 위험을 느끼자 연거푸 예수를 배신했다. 물론 베드로는 뒤에 그 잘못을 뉘우치고 예수의 복음을 전파하다 순교했다.

일제가 기독교인에게 신사참배를 강요하자 기독교인은 여러 갈래로 반응했다. 어떤 신자는 우상숭배라 하여 거부하고, 더러는 신사에게 인사했다. 신사참배를 끝까지 거부하여 순교한 신자도 있다. 신앙의 강약에 따라 그 언행이 갈렸던 것이다.

자신감이란 자기에 대한 신앙이다. 그 강도는 저마다 다르다. 거인은 위기에도 자신을 믿고 모험한다. 모두 움츠릴 때 나아가니 크게 성공한다. 아무도 믿지 않아도 자신을 신뢰하고 바닥에서 일어선다. 처절한 상황에서 자신을 믿은 만큼 꿈을 이룬다.

더러는 초월주의와 신비주의를 신봉하여 무슨 일이든 믿으면 이루어진다고 생각한다. 그들은 열망하면 우주가 나서 성취를 돕는다고 말한다. 쉽게 뜻을 이루고 싶은지라 흔히 그런 이념에 이끌린다. 한때 돌풍을 일으킨 『시크릿』에 그런 환상적 내용이 나온다. 그런 말을 믿는다고 소망을 이루지 못한다. 그런 환상에 빠지면 실행력이 자신감을 뒷받침하지 못해 실패한다. 조금만 힘들면 핑계를 대며 하던 일을 그만둔다.

나는 나를 믿고 독서와 저술에 전념한다. 이전부터 준비하여 작가로 나섰다. 아직 뜻을 이루지 못했으나 실망하지 않고 나를 믿고 나아간다. 성공과 실패를 거듭하며 실행력을 키워 꿈을 이루려고 노력한다.

내 부모는 내가 알아서 공부하도록 놓아두었다. 칭찬이나 격려는 물론 꾸중도 않고 하는 대로 지켜보았다. 때문에 외부적 동기보다 내부적 동기를 따라 공부했다. 자발적으로 공부한 덕분에 학년이 올라갈수록 성적도 향상했다. 이렇게 성패를 거듭하면서 자신감을 얻었다. 목숨을 걸 만한 신념인지라 오십 대 가장이 배수지진을 치고 저술에 몰입했다.

우리는 내우외환에 많이 시달려 흔히 종교에 심신을 의탁한다. 따지지 않고 믿으면 되니 신앙을 쉽게 갖는다. 종교가 자신감 획득에 기여했으나 맹목적 신자를 낳기도 했다. 신앙의 목적을 개인적 구복에 두는 사람도 많았다. 종교 지도자가 교인들을 오도하기도 했다. 성직자의 위상이 떨어지고 신자의 수준이 올라 교인끼리 서로 갈등하는 경우가 많다. 자신감이 있으면 냉정하게 판단하여 그런 싸움에 휘말리지 않는다.

자신감이 있는 사람은 인간관계를 자기 주도적으로 조정한다. 사람에게는 사람이 필요하나 남을 믿는 만큼 그에게 휘둘린다. 고수는 기득권이 부당하게 통제하려고 해도 자신을 믿고 그에 맞선다. 자신감이 넘치는 사람은 조직을 떠나 혼자 선다.

모든 인간관계는 조건 만남이다. 누구나 사람을 만나면 조건부터 따진다. 그런 뜻에서 관계는 거래이자 협상이다. 우리는 사람들과 조건을 따지며 산다. 조건이 비슷한 사람을 만나 함께 산다. 그래도 믿지 못해 조건의 변화를 주시하며, 상대를 확인하고 감시한다.

결혼도 계약이므로 자신을 믿는 사람끼리 만날 때 상생한다. 서로 기대려고 하면 오래 버티지 못한다. 하나는 서고 하나가 기대도 불안하다. 따로 서서 같이 가는 게 상책이다. 남이 아니라 나를 믿고 서는 사람끼리 만나야 한다는 말이다.

정치인의 권력은 국민이 정치인에게 넘긴 힘이다. 스스로 믿으면 정치인에게 기댈 일이 없다. 파편화 시대인데도 많은 사람들이 자신을 불신하여 정치인에게 기대를 건다. 대통령은 국민의 기대에 부응하려고 무리하다 퇴임한 뒤에 감옥으로 간다. 그 길이 퇴임 대통령의 필수 코스처럼 되었다. 개인은 물론 국민과 국가에게 불행이다.

국민이 물정을 모르니 정치인은 개울도 없는 곳에 다리를 놓겠다고 사기를 친다. 우리는 사법고시에 합격한 사람을 신뢰하여 법조인을 국회로 많이 보낸다. 그들은 국민의 기대를 배반하고 제 욕심을 챙긴다. 국민이 그들을 심판하지 않으니 국민을 살리는 입법을 안 한다.

영국에서는 아동을 강간하면 무기징역을 선고한다. 한국에서는 아동 강간범 처벌이 그에 견주어 미약하다. 한국 정치가들의 입법 수준은 후진국을 닮았다.

미래학자 앨빈 토플러는 기업이 100마일로 최고라면 법은 1마일로 꼴찌라고 했다. 한국 법조인은 미국 법조인보다 더 느린데 그들이 정계에 나가 기업을 간섭한다. 그들은 구멍가게도 운영해보지 않아 사업을 잘 모른다. 과학기술의 시대에 인문학도가 법조계로 많이 가니 산업을 몰라 미래 대비를 못 한다. 산업 현실을 모르면서 규제를 남발하기 때문이다. 국민은 고시 합격자를 둘이나 대통령으로 뽑았다. 그 정치 실력은 기대 이하라고 평가하는 사람이 많다.

대통령은 전지전능하지 않을뿐더러 지금은 개인 통치 시대다. 자신을 믿고 삶을 이끌 때 나라가 잘된다. 대통령에게 책임을 묻기보다 자기 삶을 스스로 지고 가는 게 낫다. 위정자는 국민이 저마다 믿는 만큼 꿈을 이루도록 도와주면 된다.

한국에는 사기꾼이 판쳐도 그들을 엄벌하지 않는다. 얼마 전 법원에서 함께 보이스 피싱으로 사기를 친 사람들에게 범죄 단체에게 적용하는 법률을 적용하여 그 대표 범죄자를 징역 20년에 처했다. 정치인보다 법조인이 낫다는 증거다. 그 법조계가 사법농단, 곧 상고법원 설치를 둘러싼 비리 혐의로 홍역을 치른다. 역시 자신밖에 믿을 사람이 없다는 말이다.

정치인은 부정부패를 저지르며 정의를 말한다. 어떤 조직이든 그

내부를 보면 정치인이 관여하여 이득을 챙긴다. 그들을 믿고 일하면 실망할 뿐이다.

자신을 믿는 사람은 스스로 계획을 실행한다. 실패하면 그 원인을 분석하여 다음에 성공한다. 믿는 만큼 불안을 견디고 꿈을 이룬다. 믿는 대로 실행하여 위업을 이룩한다.

국민이 유능한 정치인을 뽑는 일이 급선무다. 국민 눈높이가 올라가야 정치인 수준도 올라간다. 국민이 스스로 믿고 정치인에게 기대지 않을 때 서로 산다.

자신을 믿는 사람은 만인이 반대하는 일도 감행한다. 그들이 목숨을 걸고 자동차, 비행기, 그리고 스마트폰을 만들었다. 때문에 우리는 비행기를 만든 라이트 형제를 칭송한다. 서양이라면 산악인 엄홍길은 연예인보다 추앙받았을 것이다. 서양은 목숨을 걸고 도전하는 사람을 위대하게 보기 때문이다.

우리는 링컨이 노예를 해방했다고 하지만 실제로 노예는 목화따는 기계가 풀어주었다고 한다. 그런데도 우리는 그 기계를 발명한 사람은커녕 그 사실도 모른다. 정치인이 그 공로를 가로챘기 때문이다. 그나마 링컨은 정치 구조 때문에 어쩔 수 없이 노예를 해방했다고 한다. 링컨 신화는 정치인이 조작했다고 한다. 정치인 가운데 믿을 만한 사람이 드물다는 말이다. 스스로 믿고 바람직하게 사는 당신이 링컨보다 훌륭하다.

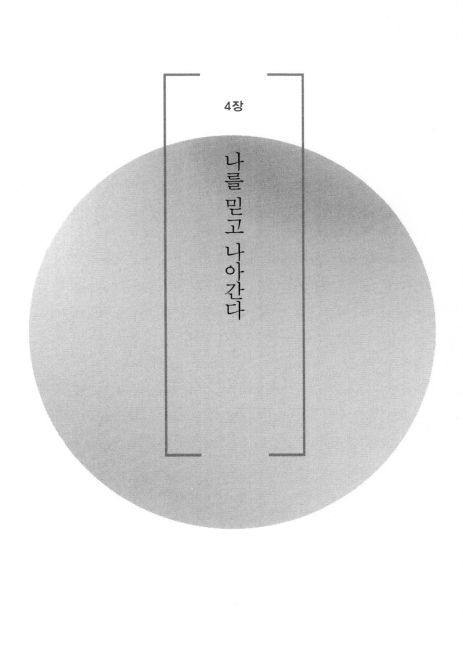

4장

나를 믿고 나아간다

선택하고 책임진다

70년대에는 라면이 두어 가지라 선택하기가 쉬웠다. 요즘은 라면이 이백여 종이라 하나를 고르기가 어렵다. 무얼 살까 망설이다 몇 종류를 함께 사기도 한다. 누군가 이런 고민을 덜어주려고 짬뽕과 짜장을 한 그릇에 담아 '짬짜면'을 내놓았다. 일본에는 동전을 넣으면 아무 음료수나 나오는 자판기도 있다고 한다. 그 덕분에 '무엇을 마실까' 하고 망설일 필요가 없어졌다는 것이다.

결정장애자는 옷을 고르는 데도 몇 달이 걸린다. 여기저기 돌아다니며 이게 어울릴까, 저게 좋을까 가늠한다. 선택한 뒤에는 잘못 골랐다고 후회하며 안 입는다. 그러다 보니 옷장에 옷이 가득한데 입을 게 없다고 한다. 선택은 중시하면서 책임은 경시하는 까닭이다.

스티브 잡스는 청바지에 터틀넥을 즐겨 입었다. 터틀넥은 그나마 검은 계통으로 통일했다. 애플을 경영할 때도 심플을 중시했다. 그는 옷보다 삶을 바꾸는 일에 몰입했다. 외모보다 내면을 좋아하여 명상을 즐겼다. 그가 만든 스마트폰은 선택과 집중의 결과다. 그 발명품이 통신 혁명을 이룩했다.

그는 신제품을 설명하는 자리에도 평소 차림으로 나갔다. 언제 어디서나 자기 스타일을 지켰다. 그는 옷이 아니라 일로 세계를 바꾸었다. 겉보다 속을 중시한 덕분에 거인이 되었다.

잡스처럼 청바지에 터틀넥을 입는다고 거인이 되지 않는다. 잡스만큼 자신을 개혁하면 아무 옷이나 입어도 세계적으로 뜬다. 옷이 아니라 일이 날개라는 말이다.

하수는 여행할 때는 몇 달 넘게 고민하는 데 견주어 애인은 몇 초에 결정한다. 여행은 며칠이지만 결혼은 평생이다. 하수는 외모가 괜찮으면 첫눈에 반한다. 표면에 초점을 두고 습관에 따라 짝을 고른다. 친화력과 연기력이 뛰어나 바로 달아오른다. 화끈한 데 견주어 성실하지 않아 이내 싫증을 낸다. 외향적이라 바람을 잘 피우니 수시로 삐걱거린다. 몇 번 싸우면 결혼이 선택과 책임이라는 사실도 잊고 이혼한다. 그 사이에 아이가 있어도 무책임하게 헤어진다.

외모에 견주어 내면은 파악하기 힘들다. 총체적인 안목으로 오랫동안 관찰해야 마음을 알아본다. 말이 아니라 발을 보아야 속을 안다.

고수는 술집보다 서점을 즐겨 찾는다. 맘 가는 데 몸 가는 법이라 그 속이 넓고 깊다. 그와 사귀면 짜릿하지는 않아도 오래 간다. 둘이 행복하게 살뿐더러 고난이 와도 자식을 책임지고 양육한다. 자기가 선택한 일은 자신을 희생해서라도 책임진다.

인생은 선택하고 책임지는 여정이다. 지금은 사람을 무수하게 만나는 터라 하나를 고르기가 힘들다. 홍대 거리를 하루만 서성이면 조선 시대에 보통 사람이 평생 만나는 사람보다 많은 인간과 부딪친다. 상황과 심신은 늘 바뀌는 데다 책도 스스로 골라본 적이 없어 짝을 못 찾는다. 사귀다 흠이 보이면 다른 사람에게 눈을 돌린다. 많이 만나는 만큼 사람을 가볍게 본다.

조건이 까다로우면 제 짝을 찾기 힘들다. 진선미를 구비한 여자와 결혼하는 일보다 세 여자와 같이 사는 쪽이 쉽다. 조건을 조율해야 적당한 대상을 만난다. 만나서 같이 지낼 만한지 행동을 보고 평가한다. 더불어 자녀를 책임질 만한지 가늠한다. 책임감은 그 집안과 상대의 언행을 보고 판단한다. 과거 행적을 바탕으로 신뢰도를 평가한다. 평소에 사람 읽는 안목을 길러놓으면 짝을 찾는 데 여러모로 유리하다.

인간을 보는 시력이 곧 인생의 실력이다. 젊을 때는 인간을 총체적으로 보기 어려우므로 부모의 조언을 참고하면 좋다. 진로에서는 부모 말을 들으나 결혼 상대는 혼자 결정하는 수가 많다. 결혼이 직업 못지않게 중요하므로 부모의 견해를 반영하면 좋다. 결혼이 가문의 결합이라는 차원에서 그렇게 하는 것이 나중에도 유익하다.

결혼 시장에서는 누구나 가면을 쓰고 상대가 좋아할 만한 미끼를 던진다. 외모, 직업, 학벌 등으로 짝을 낚으려 한다. 옷과 차도 탈이자 밥이다. 그 마당에 공짜 점심이 없다는 현실을 직시해야 좋은 배필을 만난다. 이성과 감성을 교차하여 따져야 사람을 제대로 읽는다. 사람을 읽을 때는 신중하게 핵심 사항을 중심으로 파악한다. 자기가 중시하는 측면을 고려하여 사람을 보라는 말이다.

내 부모 세대는 얼굴도 안 보고 부모가 골라주는 사람과 짝을 지어 살면서 자식을 길렀다. 내 부모는 몰락한 집안의 아들과 딸이었다. 제약이 많은 시공에서 만나 갖은 고초를 겪으며 자식 여섯을 키웠다. 부모의 책임을 잘하려고 뼈를 깎는 고생을 하였다. 아버지는 일흔 되는 해에 세상을 떠났고, 팔순을 넘긴 어머니는 걷기도 힘든데 자식에게 주려고 농사를 짓고, 김장을 한다. 그만하라고 해도 자식에게 '주는 재미'로 산다고 하며 힘 닿는 데까지 하겠다고 한다. 부모들이 책임을 다하는 모습을 보고 자란 나는 부모 노릇을 잘하려 애쓴다.

우리는 부모의 언행을 보고 선택과 책임을 배운다. 삼진일렉스 대표 김성관은 초등학교 4학년 때 아버지를 여의었다. 그 어머니는 39세에 혼자 자식 다섯을 키워야 했다. 가난한 청상과부에게 너무 벅찬 짐이었다. 이웃집 아줌마는 그 어머니에게 아이를 고아원에 맡기라고 말했다. 그러자 어머니는 "무슨 일이 있어도 내 새끼는 내가 키우겠다."고 말했다.

그 대화를 학교에서 돌아오던 김성관이 엿들었다. 그는 어떻게든 동생은 자기가 책임지겠다고 다짐했다. 어머니가 혼자 자식 다섯을 키우는 모습을 보고 그 결심을 바로 실천했다. 초등학생 시절부터 수시로 장사를 하여 어머니를 도왔다. 그는 매사에서 선택하고 책임지는 자세를 견지했다.

사업을 하다 한번은 부도에 직면했다. 그는 채권자에게 읍소하여 상환 기한을 연장했다. 유일하게 채권 유예를 거부한 사람이 보낸 해결사는 그를 공동묘지로 끌고 갔다. 정신을 차리고 해결사들에게 밤새도록 인생역정을 토로하여 궁지에서 벗어났다. 해결사들이 그 이야기에 감동했던 것이다. 그는 채권자에게 말한 대로 채무를 변제했다. 손해를 보더라도 계약을 지켰다. 여러 차례 만난 고비를 그렇게 극복하며 신용을 얻었다. 결국 전기공사 14,000여 업체 가운데서 최고 수준에 올랐다.

그 아내는 공무원으로서 남편의 언행을 믿었다. 공무원으로 함께 근무할 적부터 남편의 책임감을 높이 샀다. 그런 부모 아래서 자란 세 딸은 모두 연세대를 졸업했으며, 나름의 길을 걸어간다. 그가 모범을 보이고 아내가 최선을 다한 덕분에 삼대가 행복하게 산다. 어머니가 선택하고 책임지는 전통을 자녀에게 물려주어 후대에도 멋진 열매를 맺었다.

그 어머니는 결혼서약을 지켰다. 화려한 예식은 치르지 못했으나 남편이 일찍 세상을 뜨자 혼자 자녀 다섯을 걸머졌다. 단독 책임을 운명으로 받아들이고 억척스럽게 자식을 키웠다. 그는 자식이 애비 없이 자라 싸가지가 없다는 소리를 듣지 않도록 하려고 자식의 언행을 단속했다. 뼈가 부서지도록 일하여 제 새끼를 스스로 키워냈다. 그는 자식을 말이 아니라 발로 가르쳤다. 가방끈은 짧았으나 모범으로 자식농사를 지었다. 김성관은 어머니의 언행을 사업과 교육에 원용하여 뜻을 이루었다.

김성관은 고향에서 초등학교를 나온 뒤에는 스스로 선택하고 책임지며 살았다. 그는 형제의 자립도 도왔다. 홀어머니를 떠나 도시로 나가 직업과 학업을 병행하여 신화를 이룩했다. 초등학생 시절부터 주경야독은 필수였다. 떨어진 교복을 입고 야간 학교에 다니면서도 범사에 감사했다. 어머니를 생각하며 허튼짓은 생각도 안하고 이를 악물고 공부했다. 그게 홀어머니에 대한 도리이며, 가문을 일으키는 길이라고 보았다.

이성이야 하루에도 여럿을 만날 수 있지만, 직업은 평생에 한 번 바꾸기도 힘들다. 어떤 일을 선택하느냐에 따라 삶이 바뀐다. 그는 공무원이 되었으나 박봉인지라 집안을 일으키려고 공직을 떠나 사업을 시작했다. 그가 안전을 추구했다면 오늘의 위업을 달성하지 못했을 것이다.

김성관은 농촌을 떠나 서울에서 대성했다. 예로부터 사람은 서울로 가라고 했다. 요즘도 젊은이들은 지방을 떠나 서울로 간다. 서울에 살면 성공하는 데 유리하기 때문이다. 가고 싶어도 줄과 힘이 있어야 서울에 산다. 그는 외가의 언덕에 기대어 서울에 뿌리를 내렸으니 그 또한 어머니의 은총이다. 그에게 주경야독할 만한 힘이 있기에 가는 줄을 잡고 서울에서 자리를 잡았다.

엄마가 혼자 가정을 책임져야 하는 상황이 오면 자식을 외면하는 경우가 요즘 들어 늘어난다. 결혼의 의미가 바뀐 데다 자기 행복을 자식농사보다 중시해서이다. 일부 페미니스트는 그런 엄마를 긍정한다. 그 근거로 서양의 예술작품을 든다. 한국의 역사와 문화를 몰라서 그런다. 선택에는 책임이 따른다는 사실을 허구를 제시하여 외면하는 것이다.

인생은 선택과 책임에서 갈린다. 승자는 선택한 뒤에 실행하고, 그 결과를 책임진다. 진인사대천명(盡人事待天命), 곧 사람의 일을 다 하고 천명을 기다린다. 진인사의 기준은 자신이 세우지만, 결과는 타인이 평가한다. 자신은 하는 일에 최선을 다하고 그 결과를 인정하면 된다. 패자부활전도 있으니 선택하고 책임지는 일을 반복하면 인생을 역전할 수 있다. 한 번 실패했다고 주저앉으면 인생에서 낙오한다.

1만 5천여 가지 직업 가운데 하나를 고른 뒤에 가지 않은 길에 미련을 끊고, 자기 길에 전념해야 뜻을 이룬다. 한국이 아니라 동네에서만 뜻을 펴려고 해도 선택과 책임을 잘해야 한다. 구멍가게도 입지에서 고객까지 잘 알아야 성공한다.

나는 오늘도 내 선택을 책임지려고 노력한다. 작가로서 자리를 잡으려고 글과 말에 집중한다. 낱말 하나도 내가 고르고, 그 책임을 스스로 진다. 그 일을 즐기며 내 인생에 복무한다. 이 책도 그렇게 거둔 열매다.

부모로서 내 삶을 돌아보면 남편의 기본 책임인 가족부양부터 제대로 못 했다. 쉰 살 이래 작가의 길로 들어선 다음에는 아내가 나와 두 아들을 양육했다. 하고 싶은 일을 하느라 가장의 책임을 외면한 채 아이가 되었다. 이제라도 가정에 긍정적인 영향을 미치려고 읽고 쓰는 일에 심신을 모두 바친다. 내 인생을 성형하는 일이 가족과 상생하는 지름길이라 믿는다.

처자양육을 남편 책임이라고 다그치는 아내를 만났다면 나는 벌써 집에서 쫓겨났을 터이다. 부모에 이어 아내까지 책임감이 투철

한 사람을 만났으니 하고 싶은 일에서 일가를 이루어 그에 보답하려 한다. 이는 내가 반드시 져야 하는 짐이다.

남자들은 처자양육을 자기 책임으로 인식한다. 남자는 그 책임을 기본으로 알다 보니 그마저 못하면 실의에 빠진다. 때문에 자살자 가운데 3분의 1을 중년남자가 차지한다. 그러나 자살은 책임회피다. 그처럼 비장하게 위기를 극복하면 다시 일어서 가족이 행복하게 산다. 게다가 그보다 좋은 교육은 없다.

개천의 용이 되어 웅비하는 셀트리온 서정신 회장도 한때는 몇 년 동안 부도 위험에 시달렸다. 사채업자에게 신체 포기각서를 많이 쓰다 보니 그들 사이에 "저 사람은 떼어낼 장기가 없어!"라는 말이 떠돌았다. 일이 안 풀려 자살을 시도했으나 차마 죽지 못하고 죽을 각오로 일에 매달려 일어섰다. 결과는 주지하듯 한국에서 다섯 손가락에 드는 부자가 되었다.

힘을 길러 밥을 잡는다

~~~~~~~~~~   ~~~~~~~~~~

잡는 힘은 타고난다. 세상에 나오자마자 엄마를 붙들어야 살아남는지라 태아는 악력을 뱃속에서 길러 나온다. 영아는 두 손으로 엄마 팔에 매달릴 만한 힘을 자궁에서 갖추고 나온다. 누구나 스스로 살아갈 힘을 미리 기르는 본능을 타고난다. 그 능력을 세상에 나와서도 꾸준히 갈고닦는 사람이 성공한다. 이를 증명하는 연구 결과가 나와 있다. 2018년 8월 서울아산병원 가정의학과 박혜순 교수 등이 악력과 인생의 연관성을 고찰한 결과를 발표했다. 연구팀이 20세 이상의 남녀 4,620명을 대상으로 연구한 결과에 따르면 악력이 강할수록 삶의 질이 높다고 하였다.

될성부른 나무는 떡잎부터 알아본다는 속담에 인생의 일리가 들어 있다. 떡잎이 자라 나무가 된다는 사실은 만고불변의 진리인 까닭이다.

우리는 수억 대 일의 정자 경쟁에서 이기고 자궁에 자리를 잡았던 왕자다. 엄마가 만든 대궐에서 수저도 안 들고 세상에 나와 왕이 되었다. 금수저든 흙수저든 왕이 들면 왕수저다. 대통령도 갓난아이가 잡은 숟가락을 빼앗지 못한다. 아이는 힘이 달리면 크게 울어 대통령을 나쁜 사람으로 만든다. 그러면 사람들이 아이를 울리는 대통령을 비난한다. 그 소리가 천지에 퍼지면 대통령도 왕좌에서 물러나야 한다.

밥이 없으면 수저는 쓸모가 없다. 문제는 밥이지 수저가 아니다. 밥만 있으면 수저가 없어도 젓가락으로 먹으면 된다. 젓가락이야 아무 나무나 꺾어서 만들면 그만이다. 나무도 없을 때는 손으로 먹어도 괜찮다. 핵심은 밥을 잡는 힘이다. 밖에서 밥벌이하려면 집에서 밥을 잘 먹고 잡는 힘부터 길러야 한다. 그래야 잡은 밥을 놓치지 않는다.

우리는 모두 빈손으로 나온다. 엄마의 위상에 따라 신분이 갈리지만, 밥을 잡는 힘은 누구나 비슷하게 타고난다. 엄마를 떠나 그 힘을 기르면 밖에서 기회를 잡는다. 밥을 힘으로 아는 사람이 왕좌에 등극한다.

김제동은 공연장 보조요원이었는데 주인공이 약속한 시각에 못 오자 무대에 올라 히트를 쳤다. 사람들은 그가 운이 좋았다고 말한다. 김제동이 무대에 오를 때 그 동료들도 함께 그 기회를 보았다. 그 가운데 김제동에게 대타로 나설 만한 힘이 있었기에 무대에 올라 밥그릇을 차지한 것이다.

그 자리에서 뜨기에 앞서 김제동은 학교와 군대에서 재능을 함양했다. 여러 바닥에서 실력을 연마한 덕분에 그는 호기를 포착했다. 사람들은 그때 출연 약속을 못 지킨 사람은 모른다. 그보다 김제동이 더 유명하기 때문이다. 김제동은 스타로 등극한 스토리를 잊고, 정상에 머물려고 오늘도 새로운 이야기를 쓴다. 밥그릇 싸움이 치열한 연예계에서 저 높은 곳을 바라보며 꾸준히 올라간다.

연예인 지망생은 별을 따려고 문화 권력자 아래 줄을 선다. 못된 거인은 그들을 노예처럼 부려 먹는다. 연습생이 뜨려고 하면 그 길을 막기도 한다. 자기 자리를 위협하기 때문이다. 거인의 어깨에 올라가 뜨는 길보다는 스스로 서는 게 낫다. 김제동 사단에 들어가지 않고 또 다른 별이 되면 오래 간다. 거미줄처럼 얽힌 예술계에서 혼자 뜨기 힘들다. 그만큼 저력을 쌓아야 떠오르는데, 일단 부상하면 일가를 이룬다.

우리는 남이 성공하면 운이 좋았다고 생각한다. 하지만 운도 실력이며, 힘이 있어야 운을 잡는다. 운이 곧 밥인지라 배고플 때 힘을 길러야 운을 잡는다. 밥은 먹고 살려고 발버둥 치는 사람이 차지한다. 연예인을 열망하여 예술대학에 진학하지만 졸업한 뒤에 한 해도 버티지 못하는 사람이 즐비하다. 열망의 크기만큼 견디는 데 바람이 작은 까닭이다.

대부분은 자기 무리를 벗어나 성공한 사람을 인정하지 않는다. 그를 인정하면 자기는 실패한 사람이 되기 때문이다. 한국인은 집단과 계급을 중시하여 개인에게 겸손을 강조한다. 성공 사유를 운으로 돌려야 기득권이 얌전하다고 평가한다. 승자도 성공을 운으로 돌려 패자를 배려해야 조직에서 생존한다. 반면, 패자는 자위하려고 타인의 승리를 운이라 말한다. 실력주의자도 늦도록 뜻을 못 이루면 실패를 합리화하려고 운명론에 기운다.

고스톱은 운칠기삼(運七技三), 곧 행운이 일곱이요, 기술은 셋이라 한다. 그러나 운이 좋아도 머리를 잘 굴려야 상대를 이긴다. 고스톱은 판이 자주 바뀌고 운이 좌우하는 데다 판돈을 적게 건다. 실력을 안 기르고 운에 맡겨도 괜찮은데 지면 기분이 나쁘니까 이기려고 머리를 싸맨다. 지고 못 사는 사람이 성공할 확률이 높으나 작은 승부에 목맬 것은 없다. 하찮은 일에 매달리다 보면 적을 많이 만들어 위업을 망치기 때문이다.

고스톱과 달리 인생은 한 번뿐이요, 능력에 따라 승패가 갈린다. 십 대에 욕망을 절제하며 실력을 기른 사람이 승리한다. 승자가 성공할 때까지 유예한 성욕을 중년에 채우려고 시도하다 실패하는 사례가 허다하다. 수천 년 동안 조직을 남자가 지배해온 터라 예전에는 성공한 남자의 일탈을 용인했다. 지금은 여권이 신장되어 그러다가 인생에서 낙오한다.

연예계는 다른 곳보다 줄이 힘을 많이 쓴다. 반세기 이전까지 그들은 하층이었기에 특유의 결속력을 이어온다. 남이 꺼리다 보니 광대 노릇을 자녀에게 세습하는 경우가 많았는데 지금은 연예인을 선망하여 그 2세가 많다. 부모 후광이 연예계에서 위력적이어서 줄이 없는 연예인 지망생이 포기하는 수도 있다. 대학을 나와 현장에서 그 사실을 아는 데다 예술밖에 몰라 좌절한다. 그런 점에서 가고 싶은 길을 미리 아는 게 중요하다. 총력이 뛰어나야 밥을 잡는 길을 알고 그 여정에서 성공한다.

위인은 열악한 환경에서 힘을 길러 밥을 만든다. 김주영은 가난하여 초등학교를 교과서도 없이 다녔다. 6년 동안 월사금을 못 내

화장실 청소를 도맡았다. 재가한 어머니가 발버둥을 쳤지만, 자녀를 제대로 돌보지 못했다. 사람들은 재혼한 엄마 아들이라고 흉을 보고, 교사들은 그를 이름 대신 "얌마!"라고 불렀다. 학교에서 궂은 일을 시키고 자기 정체성까지 부정하니 등교 자체가 싫었다. 때문에 장터에서 아이들과 노느라고 학교에 빠지곤 했다. 시장엔 마음을 붙일 거리가 많았기 때문이다.

가까스로 서라벌예술대학에 들어가 문학을 공부했다. 등단한 뒤에는 떠돌이 경험을 바탕으로 『객주』를 썼다. 어릴 때 보았던 장돌뱅이 이야기를 소설로 엮었다. 결손가정에서 체험한 결핍을 창작으로 승화했다.

가부장제가 견고한 안동에서 어머니는 재가한 터라 죄인처럼 살았다. 평생 수십 리도 못 벗어났으니 유배와 비슷했다. 어머니의 고통을 아랑곳하지 않고 그는 어머니를 창피하게 생각했다. 어머니가 미천하여 자기 인생이 고단하다고 보았던 것이다.

어머니의 존재를 숨겼던 그가 일흔이 넘어 어머니에게 용서를 빌었다. 그 소설이 바로 『잘 가요 엄마』다. 이는 이별가이자 반성문이요, 자전소설이다. 고희가 넘어 철이 들었는지 늦게야 속내를 드러냈다.

그는 바닥에서 누린 삶을 소설로 구축했다. 버리고 싶은 유산을 보물로 만들었다. 그 별명은 '길 위의 작가'다. 길에서 얻은 자료를 이용하여 소설을 창작했다는 말이다. 그는 글을 발로 썼다. 말보다 발이 진실하므로 독자가 그 소설에 감동한다.

아버지 없이 자라던 그는 서러울 때마다 울었다. 그때 못다 푼

감정을 문학으로 정화했다. 작품에서 그는 그늘에 사는 사람을 그렸다. 재가했다고 주민들이 외면한 어머니를 지켜주기는커녕 미워했던 그가 만년에 어머니의 사랑을 형상화했다. 그는 세상에서 사랑이 가장 중요하다고 말한다. 자식에게 천대를 받으면서도 어머니는 자식을 사랑했기 때문이다. 어머니의 사랑 덕분에 소설가로 우뚝 섰기에 인간애를 높게 보았다.

그는 죽은 뒤에 무덤을 지나는 사람이 "아, 여기 김주영의 무덤이 있네, 우리 잠시 비문 좀 보고 갈까?" 하는 소리를 듣고 싶다고 했다. 무덤에 침을 뱉으며 "에이, 이 새끼…" 하지 않도록 하려고 애쓴다고 하였다. 남들이 괜찮은 작가로 기억해주기를 소원할 만큼 명예를 중시한다는 말이다. 그는 소설을 인생의 발현으로 보았다. 그역할을 잘하는 소설을 쓰려고 그는 창작에 혼신을 기울였다.

김주영은 불우한 환경을 극복하며 필력을 쌓았다. 그가 혐오했던 배경을 소설의 자료로 삼았다. 성장 배경이 좋았다는 사실을 늙어서야 깨달았다. 부단히 재능을 연마하여 흠을 힘으로 바꿨다는 증거이다. 그는 엄마와 화해하고 사후를 대비한다. 인생의 진리를 글로 쓰며 삶을 마무리한다.

거인은 열악한 환경에서 불후의 명작을 출산한다. 김주영은 파란만장한 인생에서 저력을 얻어 자식은 물론 타인도 감동시킨다. 위인은 결핍을 저력으로 전환한다. 혼을 갈고닦아 보물로 만든다. 동서고금의 명작은 이렇게 태어났다.

밥은 운이나 줄이 아니라 힘으로 잡는다. 일자리는 한 해에도 수십만 개씩 쏟아진다. 힘이 없으면서 좋은 자리에 앉으려고 하니까 뜻대로 안 된다. 능력 없는 사람이 괜찮은 자리에 앉으면 그 조직은 무너진다. 문제는 힘이다. 힘이 있으면 남도 먹여 살린다. 평생 남에게 기대 살면서 남을 원망하는 사람은 밥벌레다. 그러면서 남을 탓하면 나라가 망한다. 취업 담당자는 괜찮은 사람이 없다고 호소한다. 밥이 없는 게 아니라 힘이 모자라는 것이다.

고난을 발판으로 삼는다

~~~~~~~~~~~~~~~~~~~~~~~~

    남편은 매독에 걸렸고, 아내는 폐결핵을 앓는다. 둘 사이에는 아이가 넷이 있다. 그 가운데 하나는 며칠 전에 병으로 죽었고, 셋은 결핵에 걸려 살아날 가망이 적다. 폐결핵에 걸린 부인은 임신한 상태다.

    당신이 이 부부라면 태아를 어떻게 하겠는가. 대부분 임신중절을 선택할 것이다. 낙태를 했다면 당신은 유명해질 기회를 잃었다. 이 부인이 낳은 아들이 바로 베토벤이기 때문이다.

    이런 상황에서 태어난 베토벤은 음악적인 분위기에서 성장했다. 할아버지는 본의 궁정악장이었으며, 아버지는 본의 궁정가수였다. 어머니는 궁정요리장의 딸이었다. 베토벤은 훌륭한 스승에게 음악을 배웠다. 선생 중에는 그의 음악성을 절찬한 사람도 있었고, 혹평한 이도 있었다. 베토벤은 명암이 드리운 속에서 재능을 길렀다.

    베토벤은 자부심을 갖고 공연을 열었으나 초기 연주에서는 크게 실패했다. 설상가상으로 20대에 그는 청각과 시력을 잃었다. 신병을 비관하여 자살하려고 하다가 마음을 돌려 난관을 극복하기로 결심했다. 그 뒤로 작곡에 전념하여 불후의 명작을 남겼다. 음악가에게 치명적 결함인 청각과 시각의 손상을 작곡의 동력으로 삼았다. 어릴 때부터 시련을 기회로 바꾸는 힘을 길렀기에 고난을 딛고 대성했다.

그는 모차르트를 넘어 음악적 위업을 달성했다. 갖은 고난을 넘어 종교 음악을 일반 음악으로 바꾸었다. 경건한 음악을 타락시킨다는 비난을 무릅쓰고 음악의 주제를 신에서 사람으로 바꾸었다. 신체적 결함은 물론 종교적 압박을 딛고 새로운 지평을 열었다. 운명에 맞서 음악 혁명을 감행하여 성공했기에 우리는 그를 우러러본다.

베토벤이 유럽 음악가이기에 세계적으로 부상한 측면도 크다. 세계를 지배한 유럽은 자기 음악을 국제 표준으로 삼았다. 한국에서도 음악이라면 으레 서양 음악을 지칭할 정도다. 서양이 표준전쟁에서 이긴 덕분에 베토벤은 국제적인 음악가로 등극했다. 서양에서 탁월한 작곡가였기 때문에 세계적으로 이름을 떨친 것은 물론이다.

유럽은 위기를 극복하고 성공한 사람을 영웅으로 대접한다. 때문에 그들은 신체적 결함을 극복하고 음악의 사조를 전환한 베토벤을 최고의 음악가로 추앙했다. 베토벤은 드라마틱한 스토리를 가진 데다 음악성이 뛰어나 위인으로 적합했다.

우리가 서양에서 배울 자세는 바로 이런 도전정신이다. 고난을 걸림돌로 여기면 걸려 넘어지고, 디딤돌로 생각하면 딛고 일어선다. 서양인은 위험을 발판으로 삼아 뛰어오른 사람을 높게 본다. 그들은 이익을 얻으려고 모험을 감행했다. 더러는 탐험 자체를 숭고하게 보았다. 그들이 목숨 걸고 항해하여 식민지를 개척한 덕분에 대서양 시대를 열었다.

그와 달리 동양은 안전을 선망하다 서양 앞에 무릎을 꿇었다. 19세기에 영국은 군함 20여 척에 원정군 4,000여 명을 싣고 수십만 대군에 인구가 4억에 이르는 중국과 싸워 이겼다. 그 유명한 아편전쟁에서 동양은 서양에게 참패한 셈이다.

우리는 유럽인의 모험정신을 배우지 않고 그 퇴폐주의에 탐닉하는 경향이 짙다. 우리는 유럽에서 못된 버릇은 잘 배우고 좋은 습관은 안 들여온다. 영국은 전쟁이 나면 왕자도 참전한다. 심지어 현재 영국 여왕인 엘리자베스는 2차 세계대전이 일어나자 사병으로 참전하여 차를 운전하고 정비했다. 그것도 꽃다운 10대에 그랬다. 여기서 중국을 집어삼킨 위력이 나오고, 세계를 점령하는 저력이 솟는다. 한국의 지도자들은 이런 모습과 거리가 멀다. 그들은 유럽을 많이 다녀와도 정신혁명을 안 한다. 평시에도 자신과 자녀가 군대에서 빠질 궁리만 한다. 국민들은 당연히 그들을 믿지 않는다.

베토벤은 동서고금에 상통하는 성공원리를 갖추었다. 사대주의에 빠져 그를 그대로 따라 해서는 안 된다. 그 의지를 본받아 열망을 실현할 때 세계적으로 뜬다. 베토벤에 갇혀 살지 않고 그를 딛고 일어서야 일류가 된다. 슬프게도 우리는 베토벤을 뛰어넘으려고 시도하지 않는다. 베토벤을 팔아 밥벌이하는 일에 몰두한다. 유럽으로 베토벤을 배우러 가서 여행과 연애에 빠졌다가 한국에 와서는 대가처럼 행세한다. 그러면서 시원찮은 국내 콩쿠르에 입상하여 병역을 면탈한다. 강단 음악이 대중가요의 적수가 못 되는 까닭이 여기에 있다.

　고수는 장애를 디딤돌로 삼는데 황원교 시인이 그랬다. 그는 입
으로 글을 쓴다. 결혼을 코앞에 두고 교통사고로 척수가 끊어져 어
깨 아래가 모두 마비되었기 때문이다. 그는 입에 문 마우스 스틱으
로 한 부호씩 자판을 두들겨 저술한다. 1996년에 등단한 그는 그렇
게 하여 시집과 산문집을 여러 권 냈다. 산문집 『굼벵이의 노래』는
10년 동안 고역을 치른 끝에 출간했다. 그는 한 글자에 혼을 담는
자세로 굼벵이처럼 노래한다.

　황원교가 서양에서 태어났다면 세계적인 시인이 되었을지 모른
다. 서구에서는 장애를 딛고 성공한 사람을 숭상하기 때문이다. 헬
렌 켈러도 장애를 화려하게 포장했다고 하는 정도다. 그들은 진폭
이 큰 인생을 숭상하여 오프라 윈프리는 자서전에서 어릴 적에 겪
은 성폭행을 보란 듯이 드러낸다. 우리 같으면 무덤까지 가져갈 비
밀도 영웅의 시련 극복기처럼 늘어놓는다. 한미한 집안에서 사생아
로 태어나 미혼모가 되었으나 숱한 장애를 헤치고 공부하여 성공
했다고 역설한다. 그의 위기대처능력과 주도적인 학습능력은 물론
파란만장한 이력을 미화하고 과장한다. 미국은 그런 사람을 높게
보기 때문이다.

　우리는 좋은 가문에서 태어나 훌륭한 스승에게 배운 사람을 존
중한다. 작품보다 배경을 업고 뜨는 시인이 많다. 유명한 시인이 되
면 이름을 내세워 시집을 판다. 그들보다 황원교가 더 인간적이고
감동적인 시를 쓴다. 그의 인간 승리 자체가 위대한 서사시다. 입

으로만 노래하는 시인과는 품격이 다르다.

그는 가족과 더불어 시를 쓴다. 어머니는 아들의 병수발을 7년째 하다 뇌출혈로 세상을 떠났다. 이어서 80대 아버지가 떨리는 손으로 아들에게 밥을 떠먹였다. 부친 또한 2014년에 별세했다. 그의 아내 유승선은 7년 동안 봉사하다 수녀의 꿈을 접고 그와 결혼했다. 그는 유방암에 이어 난소암으로 투병했다. 그녀는 보통 여자들과 다른 길을 걸어갔다. 황원교의 작품에는 이런 가족사와 거룩한 삶이 녹아 흐른다.

황원교는 이렇게 말한다.

"제가 아버지나 아내라면 버리고 도망갈 것 같아요."

그는 주위를 보며 감사의 말도 잊지 않는다.

"저보다 어려운 사람들이 더 많더라고요. 힘들지만 아직까지 밥은 굶지 않고 잘 견뎌왔어요."

그는 '오래된 신발'에서 작은 꿈을 노래한다.

24년째
흙 한 톨 묻혀보지 못한 채
색깔은 바랬어도 길이 잘 들고
거죽과 밑창이 말짱한 갈색 편상화를 신고
오늘도 휠체어를 타고 길을 나선다
발에 신겨 있다고 다 신발인가
제 발로 길을 걸어가야
제대로 된 신발 노릇을 하는 게지

죽기 전에 한번쯤은

뒤축으로 땅바닥을 질질 끌거나 못도 쾅쾅 박으며

지치도록 걷고 싶은 나의 신발,

마비된 사지四肢를 신고

흰 구름처럼 둥둥

땅 위를 떠다니는 꿈이여!

— 황원교의 '오래된 신발' 중에서

　그는 장교로 복무하며 군화를 신고 산하를 누볐다. 험산을 평지
처럼 걷던 그가 구름처럼 떠다니는 꿈을 꾼다. 자기 때문에 제 역
할을 못 하는 신발을 바라보며 소망을 그린다. 신발은 바로 자신이
다. 자기 분신인 신발을 신고 하늘로 날아오르고 싶다고 노래한다.

　서지도 못하는 그가 한 번만 걸어보기를 열망한다. 그는 단 5분
간 한 손만이라도 쓸 수 있었다면 지체없이 목에 칼을 꽂고 싶다고
말했다. 24년째 휠체어를 타고 살아온 인생을 신발에 견주어 읊는
다. 제 노릇을 못하는 신발 같은 처지를 애절하게 토로한다. 고난
을 발판으로 삼아 그 삶의 애환을 읊은 것이다.

　그렇다. 사람 노릇, 참 힘든 일이다. 나도 6남매의 장남으로서 책
임을 그런대로 하려고 했으나 살다 보니 장남 노릇과 가장 노릇을
제대로 못 했다. 하고 싶어도 하지 못하는 사람 노릇, 밥도 제 손으
로 먹지 못하는 신세, 그것이 그 시를 길어올리는 두레박과 같은
것이리라.

　입으로 글을 쓰는 일이 그가 심신으로 할 수 있는 최선이다. 그

일로 그는 우리에게 힘을 준다. 밥을 먹는다고 다 사람인가, 제 밥벌이를 해야 사람이라면서 우리의 무위도식을 나무란다. 장애를 인정한 뒤에 그는 심신의 고통을 딛고 일어섰다. 입으로 한 글자씩 쳐서 2016년에는 『장미와 철조망』에 삶을 담았다.

걷지도 못하는 그가 세상에 발자국을 남겼다. 삶이 거룩하다는 사실을 그는 몸으로 말한다. 알아주는 사람이 없어도 그 흔적은 오래 간다. 시를 쓴다고 모두 시인인가. 시에 담은 마음을 실천해야 진짜 시인이다. 그런 뜻에서 황원교는 훌륭한 시인이다.

정상인이 장애자가 되면 초기에는 현실을 부정한다. 과거에 매여 나아가지 못한다. 현실을 수용한 뒤에도 삶을 승화하기 힘들다. 위인은 고난을 발판으로 삼아 꿈을 이룬다. 입으로 요란을 떨지 않고 말없이 손발을 움직여 제 일을 한다. 꾸준히 계획을 실행하여 끝내 꿈을 이룬다.

큰 강을 건너려면 고난의 발판을 많이 놓아야 한다. 인생이 고난의 연속이라면 그만큼 큰일을 한다는 뜻이다. 고난을 징검다리로 알고 하나씩 딛고 가면 또 다른 삶과 만난다.

황원교는 고통을 디딤돌로 삼았다. 고난을 딛고 한 걸음씩 마음으로 세상을 걷는다. 오랫동안 삶을 꿈으로 가꾸어 그 열매를 내놓는다. 그는 굼벵이처럼 기어서 산을 올랐다. 높이를 가늠할 수 없는 정상에 그는 우뚝 섰다.

내 줄은 내가 만든다

만학도는 대개 검정고시를 거쳐 학력을 갖춘다. 간판이 소원인 까닭이다. 옛날 부모들은 여자를 가르치지 않아 공부에 한이 맺힌 중년 여성이 많다. 내가 사는 전주에도 그런 여성을 가르치는 여성 중고등학교가 있다. 졸업장과 더불어 연줄도 얻으려고 노년기 여성도 그곳을 찾는다. 어쩌다 그들과 버스를 같이 타면 60~70대가 어린 학생처럼 서로 수다를 떤다. 늦게나마 공부하니 동심이 솟아나는지 활기가 넘친다.

한 여자 만학도는 여성학교를 거부하고 특정 일반학교에 가겠다고 고집했다. 해당 학교에서는 제반 문제를 고려하여 그에게 방송통신고등학교를 권유했다. 그는 학교의 요구를 듣지 않았다. 그냥 간판이 아니라 명문고 졸업장이 필요했기 때문이다. 늦었지만 바라는 학연에 들어가고 싶었던 것이다.

그 남편이 교장 출신인 데다 교사보다 나이가 많은지라 학교에서는 부담스러웠을 터이다. 서로 갈등을 해결하지 못하고 법정까지 갔다는데 그 뒤에는 어떻게 되었는지는 모른다.

궁벽한 시골에서 고등학교까지 다닌 나는 그 마음을 이해한다.

나도 오랫동안 간판이 좋았다면 인생이 달라졌을지도 모른다고 생각했기 때문이다. 같은 전북대 동문이라 해도 명문고 출신은 삼류고 출신을 무시한다. 같은 대학에 다닌다면 삼류고 졸업생이 일류고생보다 공부를 잘한 셈인데도 현실은 연줄로 돌아가는지라 명문고 출신에게 삼류고 출신이 고개를 숙여야 한다.

나는 연줄이 미약하다. 아내와 문상을 하고 오면 아내는 가끔 친정 부모가 돌아가시면 조화가 몇 개나 될까 하며 걱정한다. 아내 가문도 미약하다는 말이다. 나는 외부 활동을 거의 안 하니 내 조화로 처가의 위신을 세워주지는 못할 게다. 허례허식하는 분위기를 좋아하지도 않는다. 조화로 뒤덮인 상가에 갔다 오면 일면 부럽고 한편으론 안타깝다. 모두 제멋대로 사니 나는 내 장기를 살려 세파를 헤쳐 나간다.

약한 인연을 강점으로 삼으려고 나는 인생성형가로 나섰다. 연줄에서 자유로운 터라 세상을 객관적으로 본다. 인맥사회에서 인생을 총체적으로 말하기에 안성맞춤이다. 인생을 미시적으로 조명하는 일이 대세지만 거시적으로 인생을 분석하는 작업도 긴요하다. 그 필요성을 절감하고 과감하게 나서 큰 틀에서 삶을 보려 한다. 새로운 시도를 통하여 세상을 간판보다 실력을 중시하는 쪽으로 바꾸고 싶다.

한국에서는 인생의 성패에 고등학교 동문이 중요한 역할을 한다. 명문학교 출신일수록 간판을 출세의 도구로 사용한다. 남자가 여자보다 사회생활을 왕성하게 하므로 인연의 영향을 많이 받는다.

만학도 할머니도 살면서 명문고 간판에 한이 많았다면 늦게나마 그것을 따고 싶을 터이다. 같은 값이면 다홍치마이니 명문여고 졸업장을 갖고 싶은 마음이야 나무랄 수 없다.

연줄을 만들면 나뿐 아니라 남도 건질 수 있다. 줄도 때와 곳에 따라 용도가 다르다. 늙어서는 줄을 만들기보다 던지는 쪽이 보기 좋다. 마흔만 해도 배울 나이가 아니라 가르칠 연배다. 그런 뜻에서 만학도보다 재능을 기부하는 노인이 더 위대하다.

나는 평생 학연에 매여 사는 사람을 불쌍하게 여긴다. 얼굴도 모르는 동문을 자랑하면 얼마나 못났으면 그런 사람을 끌어오느냐고 웃는다. 그냥 사돈네 팔촌까지 들먹이는 노인네로 취급한다.

옥스퍼드대학 진화생물학 교수 로빈 던바는 사람이 친구로 사귈 수 있는 숫자는 150명이라고 했다. 진화생물학적으로 인간은 그 테두리에서 살았으며, 이를 우리는 '던바의 수'라 부른다. 내 또래에 이른바 명문고는 동창이 대부분 500명을 넘는다. 던바에 따르면 동창과도 친구로 지내기 힘들다. 페이스북과 트위터에 오른 수천 명은 연줄이 아니다. 그 줄에 매달리다 밥줄이 떨어진다. 그 사실을 깨달은 사람들이 트위터와 페이스북을 빠져나가자 그 주가도 폭락했다.

내가 곧 줄이자 마당이다. 나는 약자에게 내가 만든 줄을 던진다. 집단과 조직으로 돌아가는 한국에서 약자의 우군으로 나섰다. 내 인생을 기반으로 수립한 철학을 담대하게 실천한다.

사마천이 『사기』에서 진실을 추구하다 핍박을 받은 사람을 옹호했듯이 나는 자기 줄을 만든 약자를 칭송한다. 내가 지방대를 나와서가 아니라 지방대 출신이 약자이기에 그들을 지원한다. 남자에 견주어 취약하니까 여자를 옹호한다. 마찬가지 이유로 세상에서 피해를 입는 젊은이를 두둔한다.

나는 조직을 떠나 부조리한 현실을 교정하려고 내 마당을 만들었다. 그래서 간판 대신 실력으로 성공한 사람을 추앙한다. 한국인은 모두 좋은 간판을 따서 기득권에 들어가려고 한다. 때문에 명문대는 항상 붐비고, 해마다 석사와 박사가 10만 명쯤 나온다. 현실을 혁신하기보다 기득권에 편입하여 몸값을 올리려 한다.

나도 기득권이 되려고 박사학위를 받았으나 마흔 무렵에 대학을 버리고 내 길을 닦았다. 남이 가지 않는 길로 가려고 기득권을 내려놓고 가시밭길을 걸었다. 수십 년을 그렇게 살면서 길을 열었다.

명문고 출신은 간판을 벼슬로 안다. 한국은 인맥사회라 그들이 권력을 행사한다. 비주류는 명문고 출신을 맹신한다. 이런 마당에서 자기 줄을 만든 삼류는 위대하다.

대부분의 만학도 미담은 기득권에 끼려는 이야기다. 자기가 줄을 만들기보다 간판으로 덕을 보려는 뜻이다. 늦게 공부하는 쪽보다 그동안 해온 일로 줄을 만드는 게 낫다. 그 줄로 세상에 기여하면 서로에게 유익하다. 초등학교 문턱도 넘지 못했으나 박사보다 슬기로운 사람이 많다. 간판 없이 제 일을 잘하며 가정을 잘 이끄는 그들이 진짜 실력자다.

인생 팔십을 입력기와 출력기로 가르면 마흔부터는 뭔가 내놓아야 한다. 그때까지 만든 줄로 약자를 돕는 게 순리다. 간판보다 실력에 기대어 자기 철학을 펴면 인간에게 두루 유익하다.

우리 조상들은 유교의 영향으로 벼슬을 못하고 죽은 남자를 '학생'이라 불렀다. 그 말에는 관존민비 의식이 들어 있다. 죽어서도 과거를 준비하는 학생으로 규정한 것이다.

때늦게 특정한 학교에서 공부하며 간판을 취득하고 싶어도 교사들이 반대하면 자기 꿈을 접는 게 낫다. 교사들의 반대를 무릅쓰고 학교에 가면 여러 사람에게 피해를 준다. 만학도가 교사의 권위를 훼손하면 교사의 사기가 떨어진다. 교사가 열의를 상실하면 학생에게 피해를 준다. 다수에게 손해를 끼치고 얻는 간판이 빛날까. 자기 이익을 챙기려고 학생들의 장래를 방해하는 게 어른의 자세인가.

물론 만학도가 학교에서 긍정적인 영향을 끼칠지도 모른다. 먼저 학생들에게 공부에는 때가 없다는 걸 보여줄 수 있다. 교사와 학생을 대등하게 하는 데 기여할지도 모른다. 그가 교사를 감시하고, 학생에게 모범을 보일 수 있다. 특정 학교를 희망했으니 그 요구를 받아주면 열심히 공부할 것 아닌가.

위인은 간판 사회를 혁신하는데 장정일이 그랬다. 그는 대구 성서중학교를 중퇴한 뒤에 독학하여 대학교수가 되었다. 동아일보에 '실내극'이 당선된 이래 꾸준히 작품을 발표하여 줄을 만들어 정상에 올랐다. 올라간 높이로 재면 그를 뛰어넘을 교수는 없을 것이다.

간판과 문단에 얽히지 않은지라 장정일은 작가를 객관적으로 평가한다. 《한국일보》(2017. 11. 30)에서 그는 이문열을 '고작 강담사'로, 황석영은 '상스러운 입담꾼'으로, 김지하는 '병든 망상가'로, 이외수는 '채신머리없는 기담가'라고 혹평했다. 문단에서 원로라고 부르는 작가를 여지없이 비난했다. 문학을 권력으로 알고 날뛴다고 깎아내린 것이다.

동덕여대는 문학작품을 박사학위 못지않게 인정하여 장정일을 교수로 초빙했다. 그는 학생들에게 공부는 혼자 하는 일이요, 심신으로 갈고닦는 길이라는 사실을 보여주었다. 독서에 견주어 실행이 부족하다는 결점이 있으나 인지 능력은 뛰어나다. 그가 중졸이라는 사람도 있으나 학벌을 떠나 그는 평생학습을 실천한 지식근로자다.

오늘날 장정일처럼 교수가 되려고 하는 사람은 거의 없다. 장정일도 교수를 겨냥하지 않았으나 실력이 뛰어나 대학에서 초빙했을 터이다. 다행히 박사학위가 없어도 실력이 뛰어나면 교수가 되는 길이 늘어난다. 기능과 경험이 필요한 분야에서 그런 움직임이 활발하다. 한국이 능력사회로 바뀐다는 징조다.

김영하는 유명 작가들이 대학교수로 가는 경향을 비판했다. 전업작가는 능력사회를 여는 첨병으로 자기가 만든 줄에 인생을 건다. 작가는 작품으로 말해야 하는데 교수가 되면 교수의 본업과 집필을 병행하기 힘들다. 자고로 불후의 명작은 궁핍한 데서 많이 나왔다. 대학에 들어가는 일 또한 줄서기라 보기가 안 좋다.

내가 볼 때, 유명 작가들은 강연을 너무 많이 한다. 배가 고파도 여기저기 얼굴 내미는 대신 독서와 저술에 몰두하면 명작을 남길

텐데 여기저기 나대다 보니 허접한 글을 쓴다. 저명한 작가들이 지식시장을 경박하게 만드니 안타깝다.

유시민도 이름과 얼굴에 기대어 책을 파는 서평가일 뿐이다. 제목소리는 못 내고 앵무새처럼 남의 말을 따라한다. 독자가 이름을 보고 책을 사다 보니 그 도서가 많이 팔린다. 〈기획회의〉에서 지식큐레이터 강양구가 지적했듯이 유시민은 '지식 소매인'을 자처했으나 게을러 옛날이야기를 한다. 마당발로 공부는 안 하고 쏘다니다 보니 그렇다. 그 말이 예능프로에서는 통하지만 지식인에게는 안 먹힌다. '지식 소매인'으로서 자격 미달이며, 불량한 지식을 팔아 자기 배를 채우는 장사꾼이다. 다시 정계에 들어가 출처진퇴에 경솔하다는 말을 듣는다. 재능에 견주어 내공이 부족하다는 증거다.

달인은 재능을 연마하여 간판의 장벽을 넘어선다. 교수 가운데 고등학교도 못 나온 사람이 명문대를 졸업한 사람보다 높은 자리에 앉는 경우도 있다. 자기 힘으로 성공한 사람이 강자와 손잡고 승리한 사람보다 더 높다. 개천에서 나온 용을 찬양만 해도 세상을 혁신하는 일이다. 그런 사람이 많아지면 세상이 지금보다 더 밝아진다.

고수는 스스로 줄을 만들어 약자에게 던져준다. 그가 세상을 능력사회로 바꿀수록 후손에게 힘이 된다. 고수는 힘들어도 좋은 쪽으로 간다. 그를 따라가면 우리도 멋지게 바뀐다. 스스로 줄을 만드는 사람을 우러러볼 때 세상이 약자가 살기 좋은 곳으로 바뀐다.

서로 살리며 나아간다

나는 가족과 더불어 세파에서 생존했다. 쉰 살부터 한 해에 석달쯤 노동하고 나머지 시간에는 저술하며 살았다. 아내와 자식이 믿고 기다려 주어 여러 고비를 넘기고 살아남았다. 그 사이에 운은 대학을 나와 취업했고, 진은 대학을 마칠 무렵이 되었다. 가족과 상생하려고 오늘도 나는 읽고 쓴다.

가족은 서로 살리는 만큼 나아간다. 상생은 황금률을 기반으로 성립한다. 남에게 바라는 대로 내가 남에게 해주어야 상생한다. 부부도 주고받는 사이라 남편이 몇 달만 놀아도 상극하기 십상이다. 그런 점에서 나는 행운아다. 아내도 나에게 돈을 벌어오라고 말한 적이 있으나 내 노력을 인정하여 소득이 없어도 참고 기다렸다. 십년 넘게 아내의 자원을 받은 터라 빨리 글로 밥벌이를 하고 싶다.

자기 본위로 살려고 고집하면 상극한다. 인간은 이기적인 동물인지라 부부도 이해(利害)를 따지며 산다. 성장 배경이 판이하여 생각과 언행이 서로 다르다. 성격과 남녀의 차이를 인정하고 서로 어울리려고 힘써야 상생한다. 손해를 감수하며 상대를 신뢰할 때 서로를 살려준다.

일반적으로 남편이 처자를 부양한다. 2018년 여성가족부의 통계를 보면 기혼여성으로서 가계의 생계를 책임지는 여성이 460여만 명이다. 그중에 남편이 있는 경우가 얼마인지는 모르겠다. 이런 현상이 이혼과 어떤 연관이 있는지를 연구한 결과도 못 보았다.

남편이 돈을 못 벌면 아내는 이혼도 떠올린다. 결별할 때도 아내는 성격 차이 등을 이별 사유로 든다. 아내가 남편이 무능하다며 갈라서자고 하는 수도 있다. 더러는 위기를 상생의 계기로 삼는다. 아내가 가족과 남편을 어떻게 보느냐에 따라 다르게 처신한다. 그 양상은 천차만별이다.

부부는 여러모로 궁합이 맞아야 상생한다. 부부의 궁합은 음양오행에 따라 부합 여부를 가름했다. 가령 이 씨(李氏)는 김 씨(金氏)와 상극이라며 김 씨를 꺼렸다. 김 씨는 쇠[金]이니 이 씨의 나무[木]를 죽인다고 보았다. 지금도 사주팔자로 상생과 상극을 따지는 사람이 있으나 그것은 비합리적이다. 궁합은 만들어진 구조가 아니라 내가 만드는 틀이기 때문이다.

궁합은 외면과 내면의 조화다. 서로 어울리려고 힘써야 궁합이 맞는다. 궁합은 궁에서 합한다는 뜻이다. 자궁에서 태어난 남녀가 궁궐에서 왕과 비로 만나는 일이 궁합이다. 서로 존중하고 상대를 있는 그대로 인정하면 심신이 궁에서 조화를 이룬다. 안팎이 하나가 되니 서로 살려 나간다.

요즘은 환경과 개성이 뚜렷하여 비슷한 사람끼리 궁합을 맞추는 전략이 무난하다. 연애와 달라 결혼하면 서로 전면적으로 부딪친다. 결혼 초기에는 상대를 배려하지만 친밀해지면 이전의 습관대로 살려고 고집한다. 자기는 편안한데 상대가 습관을 바꾸라고 하면 갈등한다. 서로 양보하고 배려하지 않으면 싸우다 갈라선다. 작은 일을 풀지 못해 이혼하는 부부가 있다. 60대인 내 눈으로 보면 문제도 아닌 일로 이혼한다. 개성과 자존심을 결혼보다 중시하여 그러는 것 같다.

한국은 OECD에서 이혼율이 최상이며, 그 양상은 최악이다. 부부가 서로 원수가 되어 헤어진다. 총체적이고 장기적인 상생을 외면하고, 일면적이고 단기적인 재미를 찾다가 상극한다. 죄도 없는 아이에게 치명상을 입히고 헤어진다.

상생은 차이를 인정하고 양보할 때 성립한다. 이를테면 경제 궁합도 서로 조율해야 맞는다. 경제생활 가운데 소비만 해도 오래된 소비 습관을 하루아침에 바꿀 수 없다. 소비 궁합을 맞추려고 서로 애써야 좋아진다. 돈을 안 버는 아내가 홈쇼핑에 중독되면 상극한다. 그런 아내와는 소득과 지출을 놓고 논의하여 상생을 꾀한다. 중독에서 혼자 벗어나지 못하면 상담사나 의사와 상의하여 치유한다. 상대가 낭비벽이 있다고 인정할 때 가능한 일이다.

직장에서는 가정에서보다 상생하기가 더 힘들다. 직장은 가정과 달리 이해에 따라 움직이는 까닭이다. 학원을 운영하면서 나는 직원과 상생하려 노력했다. 경쟁에서 밀리는 강사가 잘나가는 강사를 험담하여 서로 갈등하곤 했다. 누구나 자신의 공로를 실제보다 높게 보아 이해를 조정하기 어려웠다.

한 강사가 수업을 잘하면 학원 이미지가 올라간다. 그 덕을 모든 강사가 보는데 유능한 강사를 시원찮은 강사들이 끌어내렸다. 유능한 강사는 인간관계를 고민하느라고 강의에 전념하지 못했다. 나는 학원 전체를 생각하며 강사들의 인화에 힘썼다. 각자 자기 역할을 잘하여 시너지 효과를 내도록 유인했다. 개성과 철학이 상이한 직원들과 상생하는 길을 찾았다. 쉽지 않았으나 경영 서적을 읽고 화합 전략을 활용하여 상생의 길로 갔다.

흔히 말로는 상생을 외치면서 발로는 상극한다. 우리는 처세술을 『삼국지』나 『손자병법』에서 배워 사회에서 권모술수를 애용한다. 이해가 얽힌 데서는 손바닥만 한 힘이라도 있으면 그것을 이용하여 이익을 보려 한다. 자기 힘을 크게 생각하여 상대와 힘겨루기를 한다.

학원에서 보니 사무 보조원도 나름대로 힘을 썼다. 그가 어느 쪽으로 기우느냐가 학원에 영향을 미쳤다. 그는 학원의 얼굴이요, 상담원이다. 그는 새로 오는 학생에게 자기가 좋아하는 강사를 추천했다. 그 말이 고객의 선택에 영향을 주었다. 작은 조직도 권력구조는 물론 교육, 사회, 문화, 심리 등을 알아야 제대로 운영한다. 나는 여러 분야를 공부하며 학원을 이끌었다. 내 자산을 상생하는 일에 쓰려고 이 책을 쓴다.

나는 어릴 때부터 부모의 농사를 거들며 협동의 중요성을 절감했다. 자녀들이 고추 한 포기라도 심으면 부모가 허리를 한 번 더 편다. 고사리손도 서로에게 힘이 된다. 그 힘이 모여 가정의 상생을 가져온다.

지금 나는 가문의 상생을 생각한다. 집안이 서로 살리며 가는 길이 부모의 희생을 승화하는 일이라 여긴다. 여러 일터에서 배운 바를 사람들과 상생하는 일에 활용하려 한다.

마르크스와 엥겔스는 피 한 방울 섞이지 않았으나 형제보다 긴밀하게 상생하며 살았다. 엥겔스가 마르크스의 능력을 알아보고 거액을 투자했다. 엥겔스에게 지원을 받으며 마르크스는 불후의 『자본론』을 집필했다. 정작 그가 직접 돈을 벌어본 적은 드물다. 어머니에게 그가 자본론을 저술한다고 하자 어머니는 자본에 대해 쓰기보다 돈을 벌어오라고 말할 정도였다.

반면, 엥겔스는 자기에게 의존하여 집필에 전념하는 마르크스를 비난하지 않았다. 그는 마르크스의 흠은 덮었고 힘은 드러냈다. 마르크스와 하인 사이에서 태어난 아이를 자기 아이로 삼기까지 하였다. 그는 마르크스와 가족이 상생하도록 도왔다. 마르크스가 죽은 뒤에 그 업적이 빛나도록 하는 일에도 최선을 다했다.

그 어머니의 비난에는 일리가 있다. 마르크스가 경제활동을 해본 적이 거의 없어 그 이론은 환상적인 측면으로 흘렀다. 그 사상은 세계를 바꿨으나 머잖아 허상이라는 사실이 드러났다.

이번 정부는 이론파가 득세하여 이상적인 곳으로 나라를 끌고 간다. 돈을 벌어보지 않은 사람들이 모여 현장과 떨어진 정책을 편다. 그 가운데는 마르크스를 신봉하는 사람이 많은데 그에 매여 낡은 이념을 따르니 문제가 생긴다.

고수는 살아 있는 가족과 상생한다. 사회에도 기여하려고 노력한다. 제 몫을 다하고 세상을 떠나는지라 나라를 어지럽히는 관리보다 훨씬 위대하다.

상생은 나와 남을 살리는 일이다. 그 열매는 손해 보는 길로 가야 얻는다. 가족하고만 상생해도 훌륭하다. 아니, 제가(齊家)가 평천하(平天下)보다 중요하다. 사람 노릇을 제대로 하고 제가에 성공하면 평천하는 저절로 이루어진다. 나와 집이 상생하면 국가도 서로 살리는 곳이 된다. 나와 집이 모여 나라를 이루기 때문이다.

따뜻하게 경쟁한다

나는 어제보다 나아지려고 애쓴다. 어제의 나와 겨루니까 자존감과 경쟁력을 아울러 올린다. 스트레스 없이 기분 좋게 성장한다. 얼마나 컸는지 잘 몰라 가족에게 가끔 진척 여부를 확인한다. 진에게 이 책의 '여는 글'을 이메일로 보낸 다음에 평가를 부탁했다. 그러자 지금까지 읽은 내 저서 서문 가운데 최고라고 호평했다. 아들에게 칭찬을 들으니 아주 기뻤다. 날마다 읽고 써도 글이 제자리에 머문 것 같았는데 아들에게 인정을 받으니 뿌듯했다.

아내가 퇴근하자마자 아들에게 저술 실력을 인정받았다고 하니 "아들에게 인정받는 게 그렇게 좋아!" 하기에 "그럼." 하며 싱글거렸다. 아들이 알아주는 아빠가 되니 아이처럼 기분이 좋았다. 밖에 나가 남들과 겨룰 만하다는 자신감이 생겼다.

우리는 죽을 때까지 타인과 경쟁하며 산다. 수억 대 일의 정자 경쟁에서 승리하고 이 땅에 태어나 집에서부터 형제와 서로 다툰다. 학교에서는 전쟁용어를 일상적으로 사용하며 경쟁한다. 짝꿍도 적으로 보고 총력전을 벌인다.

현행 제도를 보면 공정성이 생명인 입시 대전에 부모가 개입할 여지도 많다. 서울의 강남 숙명여고에서는 교무부장의 쌍둥이 딸이 나란히 전교 1등을 하여 부정 혐의를 받는다. 아빠가 다른 교사의 시험지를 관리하는 직책이었는데 두 딸의 성적이 급상승하여 의심을 받는다. 법률방송뉴스(2018. 10. 12.)에 따르면 경찰이 그 교사가 시험지를 유출했다는 물증을 찾았다고 한다.

때문에 학생부가 좌우하는 수시는 줄이고 정시를 늘리자는 주장이 빗발친다. 하지만 기득권은 그들에게 유리한 대입 정책을 바꾸지 않는다. 여러 교육이론을 늘어놓으며 기존제도를 고수한다. 대입제도를 공론에 붙인 결과 정시를 대폭 늘리자는 견해가 우세했으나 당국에서는 정시를 늘리는 시늉에 그쳤다. 부모를 잘못 타고 나면 유전과 환경은 물론 제도에서도 차별을 받는다. 약자가 다수라도 강자와 대결하면 대체로 강자에게 밀린다.

남녀평등이 이루어져 여자도 공부를 잘하면 남자를 능가하는 길이 많다. 때문에 여학생은 비전을 갖고 공부한다. 여자가 경쟁력을 확보하려면 갖춰야 하는 조건이 많다. 여학생은 남자에 대한 자기 방어력부터 길러야 한다. 여자들은 여럿이 은밀하게 약점을 공략하니 성적과 담력을 겸비해야 생존한다.

여자들의 외모 경쟁은 살아 있는 한 그만두지 못한다. 여자는 자녀교육과 남편의 내조까지 잘해야 살아남는다. 남자가 맞벌이를 바라니 취업도 기본이다. 결혼에서는 총력이 중요하므로 부모가 가난할수록 자기라도 경쟁력을 갖추어야 좋은 배우자를 만난다. 솔로도 조건이 좋을 때 혼자 행복하게 산다.

힘겨루기 마당이 국제화하여 남녀노소가 생존을 놓고 치열하게 경쟁한다. 국제 경쟁력이 있으면 미국 실리콘밸리에 가서 거인이 될 수 있다. 한국에 외국인이 일하러 몰려와 일자리를 놓고 그들과 경쟁한다. 그들보다 우월해야 일자리를 얻는다.

경쟁은 불가피할뿐더러 경쟁에는 강점이 많다. 자본주의가 사회주의를 이긴 까닭이 경쟁에 있다. 경쟁 덕분에 시장이 커지고, 산업이 발달한다. 경쟁하는 동안에 개인과 국가가 발전한다. 기업끼리 경쟁하기에 우리가 좋은 상품을 싸게 산다. 직장에서 경쟁력을 중시하니까 누구든 도전하고 점검할 기회를 갖는다. 경쟁하면서 과정을 즐기며 성과도 낸다. 공정한 경쟁보다 효율적인 성장수단도 드물다.

학교에서 기간제 교사가 정규 교사보다 인기다. 기간제 교사는 당국과 교장의 평가에 따라 임용하므로 다른 교사보다 잘 가르치려고 노력하기 때문이다. 정규직 교사는 신분이 안전하니 다른 교사보다 수업을 잘하려고 겨루지 않는다.

기간제 교사 입장에서 보면 교장은 물론 학생의 눈에 들어야 하니 피곤하다. 그래서 그들은 정규교사처럼 교육감이 발령을 내라고 시위한다. 공교육의 발전에 바람직하지 않은 요구다. 정규 교사끼리 선의로 경쟁하도록 제도를 바꾸어야 공교육이 살아난다.

아내는 30년 동안 정규 교사로 근무했는데 나처럼 시장 원리를 신봉하지 않는다. 그런데도 임시직을 정규직으로 바꾸는 일에 반대한다. 임시직의 신분을 보장하자 그들이 일을 더 안 하더라는 것이다.

사교육이 공교육을 이기는 이유가 바로 경쟁에 있다. 공교육은 사교육에 비하면 무풍지대다. 교사는 서로 경쟁하지 않는 데다 무능할수록 월급을 많이 받는 구조다. 유능한 교사가 능력을 발휘하기는커녕 그도 무능한 교사만큼만 일하게 만든다. 다시 말해 공교육은 무능한 교사를 기준으로 하향평준화가 이루어진다. 그래도 망하지 않으니 누구도 수준을 올리려고 애쓰지 않는다. 사교육은 경쟁력을 잃으면 바로 망한다. 남보다 잘해야 생존하는 구조이기 때문이다.

한국에서는 부정한 지도자가 사기업 인사에도 개입하여 국가경쟁력을 떨어뜨린다. 2017년 9월 세계경제포럼(WEF)이 발표한 국가경쟁력 순위에 따르면 우리나라 정치인에 대한 공공의 신뢰(90위), 정부 규제 부담(95위), 정책 결정의 투명성(98위)이 바닥권이다. 사기업에 견주면 후진국 수준이다.

사기업은 세계 최고와 경쟁하여 생존하려고 인재를 선발하여 체계적으로 교육한다. 신규 교사는 1~2일 연수하는 데 견주어 대기업 신입사원은 몇 달 동안 현장에서 훈련한다. 아울러 기업의 사원 평가는 공무원 평가보다 엄정하다. 그 점수를 연봉과 직결한다.

거인을 보며 동료와 경쟁할 때 크게 자란다. 옆에서 거인을 보면 그만큼 자라려고 노력한다. 그 영향력이 커서 어릴 때 가까이서 그 소문만 들어도 평생 힘이 된다. 나는 어린 시절에 부모가 제시하는 사람을 보고 꿈을 키웠다. 내 부모는 동네에서 하위직 공무원으로 근무하며 농사짓는 사람을 내 모델로 제시했다. 평생 산골에서 살아 우물에서 자녀의 모범을 찾았던 것이다.

고향 주변에 이병철 같은 거인이 살았더라면 내 부모도 나에게 사업을 하라고 촉구했을 터이다. 부모가 말려도 내가 그를 닮으려고 노력했을지 모른다. 나는 어릴 적에 장사하다 망한 사람 이야기는 많이 들었으나 사업해서 성공한 사람 이야기는 못 들었다. 내 부모는 자식이 장사보다 선비가 되기 바랐다. 때문에 나는 기업가 정신이 무엇인지도 모르고 자랐다.

이병철과 가까운 곳에 LG, GS, 효성 등의 창업주가 살았다. 그들은 서로 경쟁하며 포부를 펼쳤다. 거목으로 자랄 나무끼리 유년 시절부터 경쟁하며 자랐다. 그 후손도 여러 모습으로 겨루며 가업을 이끈다. 진주 남강 인근에 많은 창업주들이 살았기에 더러는 진주를 한국 기업의 메카라고 부른다.

나는 고향에서 고등학교까지 다니는 일에 만족하여 막강한 경쟁력을 기르지 못했다. 고향에 내 또래가 열댓 명인데 셋이 고등학교에 갔으니 그럴 만했다. 당시 5급 공무원은 인기가 적은 데다 더 공부하고 싶어 대학에 진학했다. 대학에 가서 시골 출신으로 처음에는 위축이 되었으나 점차 적응하여 경쟁력을 갖추어 대학원에도 진학했다. 교수와 갈등하고 나이도 마흔에 이르러 대학교수의 꿈을 접고 대학에서 나왔다. 밖에서 내 꿈을 펴기로 다짐한 것이다.

내 부모는 내가 고등학교를 나와 공무원이 되어 동생을 돕기 바랐다. 현실적인 부모 요청을 거부하고 내 길을 갔는데 아직도 여의치 않다. 나는 지금 6남매의 장남으로서 가문에 대한 부채 의식을 가지고 내 인생성형에 최선을 다한다. 다른 사람과 따뜻하게 경쟁하며 세상을 바람직하게 바꾸려 한다.

왕대밭에서 왕대가 나오기도 하지만, 인간은 유전을 넘어 환경에 따라 달라지기도 한다. 결핍을 극복하는 동안 경쟁력을 얻어 성공하는 수도 있다. 혹자는 의지력으로 유전과 환경을 바꾸어 꿈을 이룬다.

오늘도 개천에서는 용이 나온다. 넷마블 대표 방준혁은 개천에서 나온 용이다. '방탄소년단'을 키워낸 방시혁도 방준혁의 친척이다. 사촌이 논을 사면 아픈 배를 움켜쥐고 사촌처럼 일하는 사람이 성공한다. 빈부를 떠나 선의로 경쟁할 때 자란다. 방시혁은 박진영과 함께 일하며 경쟁력을 갖추어 대성했다.

공부 말고도 성공하는 길은 많다. 공부가 진로에서 유력하지만 갈수록 다른 길도 늘어난다. 이제는 공부의 개념과 그 효용을 다시 생각할 때다. 공부로 성공한 사람은 경쟁력이 떨어진다. 공부의 달인들은 발 대신 말로 산다. 책상에서 공부만 해온 사람은 현장에서 경쟁에 밀린다. 현장에서 경쟁력을 기르면 탁상공론을 내놓는 사람을 이긴다.

다른 사람과 따뜻하게 겨룰 때 서로 살린다. 따뜻하게 경쟁한다는 말이 모순 같으나 그런 길은 있다. 거인은 정도로 가며 타인과 경쟁한다. 많은 정치인이 말년에 추락한다. 더럽게 겨루어 얻은 힘을 추악하게 써서 그렇다. 그런 뜻에서 따뜻한 경쟁은 인생성형의 요체다.

냉정한 게릴라가 된다

한국은 사기공화국이다. 인구에 대비해 보면 사기 사건이 일본의 수십 배에 이른다. 황금만능주의가 팽배한 데다 사법당국이 사기를 엄벌하지 않아 사기가 만연한다. 한국은 교통과 통신이 발달하여 사기꾼이 설치기 좋다. 우리가 속도와 편리를 좋아하여 보안에 허술하니 사기가 난무한다.

사기꾼은 가상화폐가 뜨자 그 판에서 돈을 훔친다. 2018년 3월, 서울 송파경찰서는 가상화폐를 대신 채굴해준다고 하며 1,400여 명에게 120억 원을 뜯어간 범인을 체포했다. 외부에서 가상화폐 거래소를 해킹하는 것은 물론이요, 거래소에서 자체적으로 사기를 저지르기도 한다.

사기가 판칠수록 냉정한 게릴라가 되어야 살아남는다. 사기 천국에서는 게릴라가 되어 심신을 차갑게 유지해야 사기꾼이 범접하지 못한다. 사기꾼의 공격에 대비하여 화력을 갖춰야 자산을 보존한다.

냉정한 게릴라는 사기꾼의 안팎을 간파한다. 믿고 싶은 대로가 아니라 보는 대로 믿는다. 공짜 점심은 없다고 생각하여 탐욕을 통제한다. 감정에 치우쳐 오판하지 않으며, 정보에서 사실과 의견을 구분한다. 상황에 알맞게 대응하여 진퇴와 출처를 결정한다. 은인 자중하며 실력을 쌓는지라 사기를 안 당한다.

사기꾼은 심리전과 정보전으로 원초적 본능을 자극하여 남의 돈을 빼앗는다. 경찰은 신일그룹 관계자를 보물선 사기 혐의로 조사했다. 그들은 가상화폐까지 발행하여 사기 세트로 사람들을 유혹했다. 동심을 자극하는 동시에 사이비 전문가를 끌어들여 광고전을 요란하게 벌였다. 고전적인 사기 수법에 10만 명쯤이 속은 듯하다.

경찰은 그 사건에서 2,600여 명이 피해를 입었다고 밝혔다. 2018년 8월 25일 현재 그중에 4명만 경찰에게 피해자진술을 했다고 한다. 아직도 보물선 이야기를 믿는 사람이 많다는 말이다. 머잖아 진위가 드러나겠지만, 경찰은 일단 사기에 혐의를 두고 있다.

사기꾼은 인간의 욕망을 자극하는지라 마음을 잘 다스려야 그들에게 속지 않는다. 일확천금을 노리다 사기꾼의 밥이 된다. 눈 뜨고 있어도 코를 베어가는 세상에서 냉혹하게 심신을 다스릴 때 허튼소리에 넘어가지 않는다. 남의 말을 그대로 믿으면 사기를 당하기 십상이다.

냉정한 게릴라는 병사이자 장군이다. 육해공군을 겸비하여 공격과 수비에 뛰어나다. 작전계획에서 전후수습까지 모두 혼자 수행한다. 남의 밥에 마음이 없는지라 남이 던진 미끼는 바라보지 않는다. 아는 사람이 천만금을 남겨 준다고 하며 투자하라고 해도 거절한다. 인간은 이기적이라는 사실에 근거하여 타인의 제안을 판단한다.

문무를 겸전한 사람이 냉정한 게릴라가 된다. 그는 총력을 기울여 사람을 입체적으로 읽는다. 스치며 만나는 사람도 오감을 동원하여 분석한다. 말이 아니라 발을 보고 사람을 가늠한다. 자기 돈은 자기가 알아서 투자한다. 자기가 모르는 내용이나 상식에 어긋나는 말은 듣지 않는다. 아는 길은 정곡을 찔러 반문한다.

냉정한 게릴라는 어떤 관계든 이해가 얽혔다고 보기에 모르는 사람이 투자하라고 전화하면 바로 끊는다. 말빚도 꺼리므로 불편한 관계에 말려들지 않는다. 머리는 간결하게 정리하고, 가슴은 서늘하게 유지한다. 선제공격은 안 하지만 기습을 당하면 융단폭격을 감행하여 상대를 초토화한다.

사기꾼은 누구나 좋아하는 먹이로 사람을 유혹한다. 그들은 대박을 터뜨리고 싶은 인간 본능을 자극한다. SNS에 거짓 소문이나 가짜 뉴스를 퍼뜨린다. 그 말을 믿으면 사기를 당한다. 스스로 행운아라고 최면을 걸었다가 사기 낚시를 문다. 나를 속인 다음에 남에게 속는 법이다.

대학에 다닐 적에 나도 사기를 당했다. 신문에서 지역별로 전문기자를 뽑는다고 하여 서류를 보냈다. 얼마 뒤에 합격했다고 하며 기자로 등록하려면 돈이 필요하다고 하여 알아보지도 않고 돈을 보냈으나 그 뒤로 소식이 없었다. 연락처로 전화해도 받지 않았다. 내가 중학생 이래 언론인을 열망했던 터라 그 말에 넘어갔다. 그 뒤로는 언론사 광고도 불신에 기초하여 본다. 적은 수업료를 지불하고 많은 지혜와 통찰을 얻은 셈이다.

내 책에는 남의 추천사를 붙이지 않는다. 주례사 같은 추천사를 낚시로 본다. 나는 남을 동원하여 나를 포장하지 않는다. 내 이름을 걸고 독자에게 직접 심판을 받는다. 유명한 남에게 기대는 대신 무명인 나에게 매달린다. 스스로 뛰는 만큼 나아가려 애쓴다. 냉혹한 현실에서 내 실력으로 생존하고 싶은 게릴라인지라 스스로 힘을 키운다. 내 책을 읽고 감동하여 좋은 소문을 내주는 독자가 늘어나기 바라며 글의 수준을 올리려고 노력한다. 나를 차갑게 바라보며 전투력을 올리는 일이 내 책을 많이 파는 길이라 여긴다. 홍보 또한 긴요한 화력이니 홈페이지, 블로그, 팟캐스트를 꾸준히 꾸려간다. 얼마 전에는 유튜브에도 인생성형을 안내하는 동영상을 올렸다.

　무기가 시원찮아도 싸우면서 힘을 얻으면 막판에 웃는다. 뜨는 데 시간이 걸려도 나 혼자 필력을 높인다. 나를 있는 그대로 출판시장에 드러내놓고 독자의 평가를 받는다. 실패하면 패인을 분석한 뒤에 그것을 고려하여 책을 쓴다.

　냉정한 게릴라로서 생존하려고 나는 끊임없이 첨단 전술을 익힌다. 현실을 직시하며 정보를 비판적으로 수용한다. 영상보다 문자에 의거하여 전황을 살핀다. 거인의 저서에서 지혜와 통찰을 체득한다. 우물 안보다 세상 밖에 주목한다. 공격을 당하지 않으려고 항상 주변을 경계한다. 전투가 아니라 전쟁에서 이기려고 만전을 대비한다.

　사기꾼은 약점을 파고든다. 노인들을 모아놓고 화장지를 나눠준 뒤에 만병통치약을 광고한다. 선물을 주고 상담까지 해주니 노인들은 미안하게 생각한다. 그들이 "아버님! 어머님!" 하면 의심을 내려놓는다. 흔해 빠진 유사 가족 전략을 구사하는데 그 말을 믿는다. 가족주의를 맹신하여 사기꾼이 던진 낚시 호칭에 걸려든다. 경계를 풀었을 때 가짜 약을 꺼내면 거절하지 못한다. 백전노장의 아킬레스건은 외로움과 아픔이다. 사기꾼이 그 고독을 어루만져주면 싸구려 약을 비싸게 산다. 자녀들이 거기에 가지 말라고 말려도 듣지 않는다. 마음을 알아주는 사람에게 빠지니 자식 말도 안들린다.

사기꾼은 전화를 애용한다. 얼굴을 숨기면 비언어적 소통 요소를 감출 수 있는 까닭이다. 수신자가 상대를 배려하여 전화를 안 끊으면 사기에 말려들기 쉽다. 전화를 내려놓으면 정신이 돌아와 현실을 알아차리지만 사기를 겪은 뒤에는 사태를 되돌리기 힘들다.

사기꾼에게 가장 경제적인 도구는 말이다. 돈도 안 들이고 여러 사람을 한 방에 속일 수 있는 데다 거짓으로 드러나도 손해를 안 본다. 자고로 사기꾼이 피해자보다 이익을 많이 보았다. 유사 이래 속이려는 사람이 속는 사람을 이겼다. 한국은 사기꾼이 살기 좋은 나라인지라 사기 전과 수십 범이 나온다.

검사 김웅은 『검사내전』에서 한국을 '사기공화국'으로 규정했다. 경찰과 법조인은 흔히 그렇게 생각한다. 사기는 재범률이 8할 안팎이다. 국회의원 가운데 가장 많은 직종이 법조인인데 그들이 사기꾼을 엄벌하는 법안을 안 만든다. 그들 자체가 부정부패를 저지르니 그런지도 모른다.

사기 피해자는 사기꾼을 당국이 엄벌하기 바라지만 현실적으로 사기꾼은 구속되는 경우가 희소하다. 최선은 사기를 당하지 않는 일이다. 정부가 무능하니 냉정한 게릴라가 되어 자신을 믿고 생명과 재산을 지켜야 한다. 각자도생이 사기를 막는 지름길이다.

누군가 까닭 없이 혜택을 준다고 하면 99% 사기로 보면 된다. 인간의 이기적 본능을 거스르는 말이기 때문이다. 사기꾼이 감정을 마비시키려 할 때 인간의 본능을 떠올리면 속지 않는다. 감정 대신 이성을 작동하며 주머니를 단속해야 돈과 몸을 지킨다.

냉정한 게릴라는 방아쇠에 손가락을 넣고 산다. 모르는 사람이 다가오면 그 태도를 주시한다. 게릴라는 자유롭게 항해하며 해적처럼 생존한다. 바다의 왕이자 신하로 나를 다스리고 남을 물리친다. 상대가 내 소유물을 빼앗으려고 하면 한 방에 쓰러뜨린다. 전략상 필요하면 정당방위를 과감하게 수행한다.

냉정한 게릴라도 평정을 잃으면 사기를 당한다. 감정에 끌려 정신이 나가기 때문이다. 냉정한 게릴라는 자신을 지킨 다음에 타인과 경쟁한다. 필요한 관계를 유지하며 전력을 축적한다. 그는 자기를 믿고 전쟁을 주도한다. 전쟁에서 승리한 다음에는 철저하게 휴전협정을 하여 다시는 상대가 못 덤비게 만든다.

불안을 헤치며 걷는다

나는 11년째 굴속을 걷는다. 한 해에 백 리씩 왔다면 천 리가 넘는 터널을 지나온 셈이다. 한국 최장인 대관령 터널이 21.7㎞이니 오십 리쯤 된다. 나는 스무 개도 넘는 그런 암굴을 거쳐 왔다. 힘들었지만 불안하지는 않았다. 꿈을 들고 고난을 헤치는 재미로 여기까지 왔다.

쉰 살이 되던 해에 학원을 그만두고 배수지진(背水之陣)을 치고 집필하면 한두 해면 자리를 잡을 줄 알았다. 두 아들이 대학에 다닐 때는 아내와 함께 정말 힘겹게 버텼다. 나를 과대평가하여 직업 전환의 행로를 짧게 잡았으나 3만 시간 이상 사투를 벌였는데 성과가 미흡하다. 국문학 박사로서 잘 아는 길을 걸었는데도 그렇다. 그동안 끈질기게 읽고 써온 덕분에 여기저기서 좋은 징조가 보인다.

내가 집필하는 사이에 운은 대학을 졸업하여 취직하고, 진도 대학을 마칠 때가 되었다. 가족의 신뢰에 부응하려고 오늘도 나를 가꾼다. 저술에서 성과를 내어 힘을 얻기 바란다.

현재도 불확실한데 미래는 더욱 불투명하므로 우리는 불안에 싸여 산다. 다행히 불안에는 장점이 많다. 불안을 보고 우리는 위험을 감지한다. 두려워하며 적응하는 동안 발전한다. 대부분의 불안은 실체가 없고, 극소수의 불안은 어쩔 수 없다. 불안은 대개 일에 몰입하면 사라진다. 불안에는 환상적 요소가 많아 정면에서 돌파하는 순간 대부분 없어진다. 불안에 휘둘리지 않고 적절하게 긴장하면 좋은 열매를 얻는다.

불안을 안고 저술에 몰입한 세월이 때로는 백 년 같다. 불안할 때는 세월이 더디게 가는 까닭이다. 나는 책도 못 내고 있는데도 베스트셀러는 수시로 나왔다. 그나마 뜨는 순간에 극적으로 그 책을 만나니 남들은 하루아침에 유명해지는 것 같았다. 나보다 나쁜 조건에서 젊은이가 부상했다고 하면 실망하여 저술을 그만두고도 싶었다. 투자한 자원만큼 성과를 못 내니 무능하다는 생각이 들었다. 언젠가는 뜬다고 생각하려 해도 눈앞이 캄캄했다.

집필에 매진하기 이전에 성공의 원리를 배운 터라 날마다 불안을 헤치며 걷는다. 돌아보니 십일 년을 하루처럼 살았다. 어떤 상황에서도 목표를 직시하며 전진했다. 혼신을 다해 달리다 보니 저술에 전념해온 세월이 한 점처럼 보인다.

대부분 안목이 짧고 시야가 좁아 길게 보고 가지 않는데 나를 믿고 전진하기가 불안하다. 유명 작가도 정부에서 지원금을 타내려고 노력하는데 내 자본으로 길을 닦는 일이 미련한 듯도 하다. 그러나 나는 스스로 나를 도우며 걸어간다. 십 년 넘게 읽고 썼으니 열매를 거둘 날이 가깝다고 위로하며 불안을 떨친다. 내 발로 걸어온 만큼 멀리 가기 바라며 우직하게 나아간다.

카네기멜런대학의 존 헤이스 교수가 다양한 시기에 활동한 작곡가 76명의 500곡 이상을 확인해보았다. 그 결과 작곡가 경력 10년이 되기 이전에 완성한 음악은 세 곡뿐이었다. 그나마 작곡가로 나선 지 8~9년째에 만든 작품이었다. 76명의 작곡가들은 작곡을 시작한 이후 10년 동안 사람들이 주목할 만한 작품을 내놓지 못했다. 헤이스는 좋은 작품을 작곡하기 이전에 거쳐야 하는 준비 기간을 '침묵의 10년'이라 불렀다. 그 10년 동안 사람들은 작곡가가 무엇을 했는지도 몰랐다. 그 작곡가들은 무명 시절인 10년 동안에 오선지를 버린 만큼 성과를 냈다.

우리는 모차르트를 신동으로 알지만, 연구자들에 따르면 그는 평범한 음악가다. 안데르스 에릭슨은 모차르트가 작곡을 시작한 이래 10년 이내에 의미 있는 작품을 작곡했다는 증거는 없다고 하였다. 모차르트는 음악가 아버지 아래서 10여 년 동안 혹독하게 작곡 훈련을 받은 뒤에 명작을 내놓기 시작했다. 지독한 연습기를 지나 흘린 땀만큼 이름을 떨쳤을 뿐이다.

지금은 국제적인 음악가로 등극하려면 모차르트보다 더 많은 자원을 투자해야 한다. 경쟁이 치열하고 학습할 내용이 많은 데다 관객의 수준이 높아서다. 국제무대에 서는 음악가에게 영어와 유학은 필수다. 온갖 유혹과 방해를 헤치며 십 년 넘게 공부해야 세계적인 콩쿠르에 나간다. 그 사이에 강산이 몇 번 바뀌고 개인 사정도 유동적이다 보니 십 년을 백 년보다 길게 느낀다. 음악으로 성공하려고 재능을 점검하는 데도 몇 년이 걸린다. 자식이 음악을 공부하면 집안이 서서히 망한다는 풍설도 있으니 다른 가족이 고생할까 봐 불안하다.

우리는 위인은 재능을 타고난다는 위인예정설을 믿는 데다 세상이 급변하니 쉽게 성공하려 한다. 내 고생은 과장하고 남 고통은 축소하여 '노오력'해도 안 된다고 포기한다. 신동 신화를 신봉하는 사람은 십 대에 재능이 없다고 하며 무기력하게 산다. 자신을 믿고 도전한 사람도 십 년은커녕 열 달도 안 되어 그만둔다. 대부분 머리로 계획할 뿐 손발을 움직이지도 않으니 백 년을 살아도 성과를 못 낸다. 모차르트는 38년 생애를 훈련기이자 업적기로 보냈다. 장수가 아니라 업적에 중점을 두고 살아 그 인생이 화려하다.

80년을 누려도 모차르트보다 두 배 이상 사는 것이지만 성과는 그 절반에 미치는 사람도 드물다. 모차르트는커녕 동네에서 최고가 되기도 힘들다. 자신을 믿고 십 년 이상 노력할 때 동네에라도 이름을 알린다. 십 년 동안 꾸준히 노력한 사람이 지방을 넘어 전국에 이름을 날린다.

재능을 고정자산으로 보면 재능이 없다고 판단할 경우, 목표도 안 세운다. 반면, 재능은 유동자산이며 개발할 수 있다고 믿으면 대업에 도전한다. 한국인은 재능을 하늘이 줄뿐더러 고정자산이라고 보아 제 뜻을 못 펴고 죽는다. 십중팔구가 재능을 발견할 기회도 못 갖고 삶을 마감한다.

거인은 스스로 재능이 있다고 믿으며, 작게 시작하여 크게 성장한다. 목표와 계획을 조정하며 꿈을 이룬다. 십 년 동안 꾸준히 걸어가며 심신에 능력을 쌓는다. '침묵의 10년' 동안 열매가 안 보여도 그 길을 기꺼이 걸어간다. 십 년 동안 열심히 걸으면 적어도 건강은 유지하니 다음이라도 기약한다.

사과 하나도 침묵의 세월을 거쳐야 거둔다. 묘목을 심어 수령이 십 년쯤 되어야 좋은 열매를 맺는다. 농부는 그동안 자금을 투자하여 사과나무를 가꾼다. 불안을 무릅쓰고 사과 거둘 날을 기다린다. 태풍이 불면 십 년 농사를 하루아침에 망치는 까닭에 사과나무에 지주를 세운다. 꽃 피는 시기에 눈이 오면 냉해를 입어 다음 해를 기다려야 한다. 어린 나무에 달린 사과는 따낸다. 나무를 튼실하게 키워야 좋은 사과를 오래 따기 때문이다. 열매를 노리는 짐승도 막아야 한다.

시장이 요동치고 심신이 고달파도 농부는 풍성한 과일을 머리에 그리며 침묵의 세월을 보낸다. 그렇게 키운 사과에 자기 이름을 붙여 세상에 내놓는다. 사과의 품질을 끝까지 책임지겠다는 선언이다. 하물며 내 인생이랴.

10년은 1년의 10배가 아니다. 전문가에 따르면 10년을 지속하면 1년 노력한 사람보다 성공할 가능성이 40배쯤 커진다고 한다. 성공은 더하기가 아니라 곱하기다. 계획을 지속적으로 실행하면 경쟁자는 감소하고, 경쟁력은 증가한다. 출발도 안 하는 사람이 많은지라 2~3년만 달리면 성공할 기미가 보인다. 5년을 넘으면 결과가 나오기 시작한다. 그때부터 성공에 가속도가 붙는다. 열매를 보며 힘차게 일하니 더 빨리 성공 가도를 달리게 된다. 인생에는 적층성이 있어 평생 초심을 유지하면 남보다 100배, 1,000배 열매를 거두는 것이다.

고수는 자신과 현실에 따라 목표를 조정하며 성과를 낸다. 책상에서 세운 계획은 현장에 가면 휴지가 되기 일쑤다. 정답은 현장에 있으며, 계획을 교정하며 실행해야 성과가 나온다. 실행이 전부다. 실행하며 계획해도 늦지 않다.

담대한 사람은 불안을 동력으로 전환한다. 불안을 무시하면 위험하지만, 불안에 시달려도 무력해진다. 불안은 환상이요, 느낌인데 약자는 불안에 싸여 쓰러진다. 인생을 실패를 중심으로 보는 사람은 실패할까 두려워서 아무 일도 못 한다. 실패는 성공보다 다섯 배 이상 영향력이 커서 잘나가다도 한 번 쓰러지면 주저앉기도 한다.

고수는 불안을 조장하는 사람에게 마음을 빼앗기지 않는다. 인간은 불안에 민감하기 때문에 불안산업에는 불황이 없다. 진화생물학적으로 인간은 불안을 이용하여 생존하도록 설계되었는데 성직자마저 불안을 악용하는 수가 있다. 우리나라에 내우외환이 많다 보니 성직자가 종교를 불안산업으로 삼아 교인을 협박하기 좋다. 따라서 성직자가 불안을 악용하는지 감지할 줄 알아야 이 땅에서 살아남는다.

승자는 불안을 뚫고 꿈을 이룬다. 경쟁에서는 결국 상대보다 불안을 오래 감내해야 승리한다. 불안에 유연하게 대응하며 꾸준히 열매를 내는 사람이 마지막에 웃는다.

고수는 불안감 대신 성취감을 맛보며 창조력을 발휘한다. 혼자 우울과 불안을 초월하여 혁신적인 사고를 창출한다. 그리하여 한

적한 곳에서 위업을 이룩한다.

세상은 급변하는데 전문가로 등극하려면 이전보다 시간을 더 투자해야 한다. 30년 전에는 의대만 나오면 의사가 되었다. 지금은 남자라면 30대 중반에 전문의가 된다. 의과대학을 나와 십 년은 공부하며 진료해야 개업을 꿈꾼다. 괜찮은 병원에서는 의사를 채용할 때 구비조건을 갈수록 까다롭게 본다. 그만큼 실력은 기본이요, 운과 줄이 좋아야 안정적인 월급쟁이 의사가 된다.

남다르게 싸워 이긴다

30년 전 이야기다. 내가 교사로 근무하던 중학교에서 학생회장 선거를 치렀다. 후보들이 전교생 앞에서 연설을 하는데 한 후보가 유세 대신 노래를 부른 뒤에 이름을 알리고 물러섰다. 학생들은 뒤집어졌으며 그를 학생회장으로 뽑았다. 그 노래와 학생은 잊었지만, 그 유세 광경은 지금도 내 머리에 남아있다. 내 삶에서 처음이자 마지막 겪은 유세라 그렇다.

나는 20여 년 전에 시간강사를 그만두고 나와 여러 일을 하며 살았다. 그 무렵 내가 근무하던 학과에 수십 명의 시간강사가 있었다. 그 가운데 대학을 떠나 다른 길을 찾은 사람이 거의 없다. 나는 그들과 달리 학원장을 거쳐 인생성형가가 되었다.

내가 대학을 나온 사건 자체가 남다르다. 시간강사는 대부분 교수가 되기 힘들다는 사실을 알아도 대학에 머문다. 다른 사람을 보며 위안을 얻는 데다 무리를 벗어날 용기가 없어서다. 더러는 나에게 용감하다고 하는데 나는 농촌에서 궂은일을 많이 해본 터라 밥벌이를 자신하고 대학을 버렸다. 대학에 남은 강사에 견주면 내 존재감이 돋보인다. 대학 탈출을 기준으로 대별할 때 나 혼자 수십 명에 맞서는 까닭이다.

대학교수보다 자유교수가 더 좋다. 자유교수는 광야에서 누구든 가르칠뿐더러 세상을 바꾸기 때문이다. 남이 가지 않는 길에 먹을 게 많다. 그걸 알아도 두려워서 호젓한 길로 못 간다. 무리를 벗어나지 못하여 옛날 동료가 밖에서 잘나간다는 소문을 듣고, 대학이 무너지는 모습을 보고도 대학에 머문다.

고수는 상황을 직시하고 담대하게 블루오션을 개척한다. 그는 교수가 '짜장으로 통일!' 해도 짬뽕을 외친다. 교수의 눈보다 제 배를 생각할 만큼 배짱이 두둑하여 튀는 길로 가서 승리한다.

블루오션에는 무리를 벗어나 험난한 파도를 헤친 뒤에 도달한다. 보통 사람은 모난 돌이 되면 정을 맞아 죽는 줄 안다. 새로운 뱃길을 열려면 집단과 대결해서 이겨야 한다. 커다란 바위가 되면 어떤 석공도 건들지 못한다. 그런 자신감이 없으니 교수에게 탄압을 받아도 대학을 떠나지 못한다.

내가 대학을 떠나 학원을 차린 뒤에 시간강사 경력을 전단지에 쓰자 어떤 교수가 그것을 문제 삼았다. 사실을 거론했는데 내가 대학의 물을 흐렸다고 보아서 그런 것 같다. 대학과 교수를 배반한 사람이라고 여긴 듯하다. 그가 대학의 경쟁력을 얼마나 올렸는지 모르겠다. 나는 사교육 시장에서 이름을 떨쳐 내가 나온 대학의 평판을 올렸다.

여장부는 남다른 곳에서 특이한 전략으로 성공한다. 이길순은 공기청정기를 제조하는 에어비타 대표다. 그는 남자처럼 술을 마시며 영업하는 길을 포기했다. 협력업체 남자 사장들과 매주 두세 번씩 술자리를 함께할 수 없었기 때문이다. 흔히 제조업의 승패는 음주 능력에서 갈린다고 하는데 그녀는 남자들과 술을 마시지 않고 사업할 궁리를 했다.

고민 끝에 그는 술잔 대신 제품을 들었다. 새로운 기술을 이용하여 소형공기청정기를 개발했다. 부품 제조업자들에게 제품을 보여주었다. 남자 사업가와 달리 여성으로서 고객에게 세심한 면모를 보여주었다. 공기청정기는 대체로 여자들이 구입하는지라 그 책략은 주효했다. 여자 고객들이 입소문까지 내주는 바람에 상품이 불타나듯 팔렸다. 그는 이렇게 회고한다.

"처음에는 남자처럼 일해 보려고 했지만 타고난 자기 색깔을 버릴 수가 있나요. 생판 모르는 길을 저만의 방법으로 뚜벅뚜벅 걸어갔어요."

그녀는 어떤 상황에서도 약속을 지켰다. 공장에 불이 났을 때도 계약한 날짜에 제품을 선적했다. 수업료를 많이 지불하고 신뢰를 쌓은 터라 사업이 갈수록 번창했다.

제조업은 남자에게도 벅찬 분야다. 기계를 다루고 거칠게 일하며 남자와 경쟁해야 하는지라 보통 남자는 시작도 못 한다. 때문에 한국에서 제조업은 유능한 남자가 주도한다. 제조업계는 위계질서가 뚜렷하고 남자가 많아 여자가 일하기 버겁다. 그런 현장에서 여자가 야전 사령관이 되어 버텼다는 사실만으로도 위대하다. 이길순은 여자로서 열악한 환경을 딛고 남자가 경영하는 경쟁사를 뛰어넘었으니 참으로 탁월하다. 사업의 꽃이 제조업이라면 그는 꽃 가운데 꽃이 되었다.

그는 집에서 살림하는 친구들을 보면서 쓸데없이 고생한다고 생각한 적이 있었다. 평범한 여자들이 부러웠기 때문이다. 사업이 위기에 처했을 때는 괜히 제조업을 시작했다는 마음도 들었다. 그는 숱한 고민과 후회를 딛고 성공했다.

그녀는 남자가 판치는 제조업에서 여자의 특징을 살려 남자 업체를 따돌렸다. 때로 그는 남자의 허를 찔러 승리했다. 남자는 여자를 억압하는 동시에 보호한다. 그는 남자의 양가적 속성을 활용하여 뜻을 이루었다. 남자가 여자를 보호하려는 본능을 이용하여 영업에서 승리했다. 협상에서 남자는 여자의 요구를 거절하기 어렵다. 가부장적인 남자일수록 여자의 부탁을 들어주어야 남자답다고 생각한다. 그런 속성을 이용해 그는 남자를 압도했다. 여자 사업가로서 양성성(兩性性)을 십분 활용했던 것이다.

여자로서 여자를 우군으로 활용하는 사업 전략도 전개했다. 여자는 소비의 주체로서 가족의 상품 구매에도 영향을 준다. 같은 마당에서 겨루지 않는 여자라면 성공한 여자를 광고해준다. 그것이 여자의 위상을 올려주는 일환인 까닭이다. 때로는 여자라는 사실 자체가 강점이 되었다. 홍일점 제조업자로서 남자 사업가에 둘러싸이자 그가 돋보였기 때문이다. 하늘도 그 사업에 날개를 달아주었다. 미세먼지가 건강을 위협한다는 사실이 알려지면서 공기청정기가 날개 돋친 듯이 팔렸다.

사업을 하면서 가장 걱정하던 자녀교육에서도 근심을 덜었다. 자기 일에 전념하다 보니 자녀에게 잔소리할 겨를이 없었다. 결국 엄마와 자녀가 함께 목표를 보고 나아가는 전략을 자녀교육에 활용했다. 직장 주부로서 자녀를 관리하는 대신 자녀에게 일하는 모습을 보여주었다. 엄마가 사업을 잘 끌어가니 자녀들은 공부에 열중한다. 공부가 자녀에게는 일이기 때문이다. 그에 따라 엄마가 자녀를 감시할 일이 줄었다. 엄마의 성공은 가장 탁월한 웅변이라 입을 다물어도 자녀들이 그를 보고 제대로 자랐다. 그 덕분에 일하는 엄마로서 자녀에 대한 죄책감을 떨치고 사업에 전념할 수 있었다. 결국 그는 여러 마리 토끼를 한꺼번에 잡았다.

남녀 차이가 큰 데다 남자와 여자의 시선을 동시에 의식해야 하는 여자 사업가는 남다른 길로 가기 힘들다. 거인은 타인의 주목을 무시하고 자기 신념에 따라 남과 겨루어 이긴다. 제조업자라면 기술력은 기본이요, 경영과 판매를 잘해야 여자로서 꿈을 이룬다. 여자는 소비를 주도하고 정보력과 공감 능력이 뛰어나다. 그런 특징을 살리면 남자가 주도하는 세계에서도 성공한다. 남자보다 불리하다는 사실을 인정하고 약자의 전략으로 남자를 공략하면 신화를 쓴다.

약자는 최적의 전략을 구사해야 강자를 이긴다. 보위얍은 베트남의 전쟁 영웅으로 미국, 프랑스, 중국과 싸워 이겼다. 그의 '삼무전략(三無戰略)'은 전쟁사에 길이 빛난다. 그는 적이 좋아하는 곳, 적이 원하는 때, 적이 생각하는 힘을 따돌리고 자기의 장기로 적을 공략하여 승리를 쟁취했다.

제품의 콘셉트만 잘 잡아도 성공한다. 운동화는 운동할 때보다 걸으면서 많이 신는다. 그런 현실에서 착안하여 프로스펙스는 워킹화W를 출시했다. 그 뒤 4년 만에 470만 족을 파는 신화를 썼다. 한국 토종 운동화 브랜드가 세계적인 신발업체와 어깨를 겨루게 되었다. 프로스펙스는 운동화의 본래 이름을 찾아줄뿐더러 신발을 걷기에 알맞게 만들어 워킹화라는 콘셉트를 만들었다. 김연아를 광고 모델로 등장시켜 뛰는 것보다 걷는 게 건강에 좋다는 인상을 심었다. 카피로는 "걸을 때는 운동화 대신 워킹화를 신으세요."를 내보내 히트를 쳤다.

사람들은 운동화를 뛰거나 운동할 때보다 걸을 적에 많이 신는다. 그 사실은 모두 알고 있으나 신발 이름은 그에 맞게 바꾸지 않았다. 용감하게도 프로스펙스는 남다른 생각을 브랜드에 담아 대박을 터뜨렸다. 러닝화에 대응하는 워킹화를 내세워 추락하던 회사에 날개를 달아주었다.

남이 가지 않은 길로 가면서 문제를 풀면 사고력과 적응력도 기른다. 고독하고 불안해도 계속 걸어가면 열매를 많이 얻는다. 비난을 무릅쓰고 불안을 견디면 머잖아 안전한 곳에 이른다. 거인은 남이 가지 않는 길에서 남다르게 싸워 이긴다. 세상을 밝게 하며 이기는지라 그 성공은 뜻이 깊다.

달리면서 꿈꾼다

~~~~~~~~~~~~~   ~~~~~~~~~~~~~

　인생은 나그네길이다. 더러는 '인생'을 사람[人]이 소[牛]처럼 외나무다리[一]를 걷는 일로 풀이한다. 나그네는 외길을 달리며 꿈꾸다가 바라던 곳과 동떨어진 데서 빛을 보기도 한다. '20세기 최고의 발명품'이라 부르는 발기부전 치료제 비아그라는 협심증 치료제를 개발하다 탄생했다. 곁길에서 대박을 터뜨린 셈이다. 혹자는 비아그라가 심장병을 유발한다고 주장한다. 약도 인생처럼 희비를 내포하여 때로는 독이 된다.

　박정희는 사범학교를 나온 교사였다. 그는 교단을 떠나 군인을 거쳐 대통령이 되었다. 군사학교에서 노나카 시로 대위가 일으킨 쿠데타를 배운 뒤에 민간정부는 2개 대대면 전복할 수 있다고 믿었다. 어릴 때부터 나폴레옹을 흠모하여 변신을 거듭하며 꿈을 키웠다. 여러 차례 생사의 기로에 섰으며, 다양한 이념을 넘나들며 살았다.

　박정희는 쿠데타를 일으켜 18년 동안 독재를 폈는데도 사람들이 역대 최고 대통령으로 뽑는다. 그는 결점을 보완하려고 여러모로 노력했다. 정치를 결과의 예술이라고 보면 그를 능가하는 대통령은 없다. 산업을 일으켜 빈국을 부국으로 만들었기 때문이다. 여건이 다르지만 다른 대통령이 그런 과업을 수행한 사례는 없다.

그는 문무를 겸비했다. 사범학교에서보다 군사학교에서 성적이 우수했으니 문인보다 무인에 가깝다. 모르는 일은 전문가에게 맡겼기에 김인환은 농촌진흥청장으로 12년이나 근무했다. 산전수전을 겪은 지도자로서 사람을 일단 신뢰하면 오래 일하도록 조처했다. 김인환은 그 덕분에 '통일벼'를 개발하여 식량 증산에 기여했다. 박정희는 양적인 성장에 치중하여 질적인 측면에는 소홀했다. 밥맛이 좋지 않은 통일벼가 사라졌듯이 그 업적도 광채를 많이 잃었다.

박정희는 태종처럼 악업을 행사하며 후대에 세종 같은 성군이 나오기를 갈망했다. 태종과 달리 그는 좋은 후세를 못 만났다. 그 딸은 대통령이 되었으나 탄핵을 당해 부모는 물론 나라에 먹칠을 했다.

지금은 유목 시대이자 정보화 시대라 지식근로자가 뜬다. 여러 길을 넘나들던 사람이 창의성을 발휘한다. 나도 그동안 교사, 조교, 강사를 거쳐 학원을 운영하며 다양한 지식과 경험을 얻었다. 내 인생 자원을 선용하여 나와 남을 바람직하게 바꾸려고 인생성형을 열었다.

사범대학에 다닐 때는 교직을 천직으로 알았다. 당시 국립대 사범대학은 등록금이 고등학교와 비슷하여 가난한 나에게는 안성맞춤이었다. 어쩔 수 없이 들어섰으나 고등학생 시절부터 교회에서 아이들을 가르친 터라 재능과 적성에 맞았다.

　교사가 되고 나서 교수가 되려고 박사학위를 취득했다. 삶이 꿈 대로 풀리지 않아 대학에서 나와 학원을 운영했다. 다양한 지식과 경험을 선용하려고 저술에 뛰어들어 십 년 넘게 가시밭길을 헤치 며 오늘에 이르렀다.

　여러 일을 해보았는데 크게 보면 모두가 교육에 들어간다. 인생 을 말하기에는 많이 모자라지만 인생을 여생의 주제로 삼아 글과 말로 세상에 이바지하려 한다. 성패를 거듭하며 꿈을 이루기 바랄 뿐이다.

　다양한 직업에 종사해본 덕분에 나는 교단에만 머문 사람과 달 리 교육을 다채롭게 바라본다. 학교에서 교사로 근무할 때는 내가 학생과 학부모보다 우월한 입장이었기에 그들은 가면을 쓰고 나와 대면했다. 학원에서는 학생과 부모가 선택권을 가진지라 그 민낯을 드러낸다. 교육이 공교육과 사교육으로 굴러가니 두 교육계를 누빈 나는 교육을 총체적으로 말하기에 유리하다. 아울러 나는 중학생 에서 대학생까지 가르쳐본 터라 인생을 말할 만하다.

　학생들이 가장 선호하는 직업이 교사라고 한다. 교사는 안전하 고 전문지식을 가르치니 보람도 있어서다. 다만 교사는 안전하기 때문에 역동성, 유연성, 전문성을 살리기 어렵다.

　교사가 학생의 진로에 영향을 미치므로 그 안목을 높이는 일은 시급하다. 식견은 여행이나 연수보다 경험으로 얻는지라 교사가 다른 직업에 종사해보면 좋다. 그런 정책은 시행하기 힘드니 다른 직업에 종사해본 사람에게 임용고시에서 가산점을 주면 어떨까

한다. 교단을 이질화하고, 진로의 진폭을 넓힌다는 차원에서 과감하게 도입해볼 만하다. 공직과 자영업에 종사해본 사람으로서 사업하는 사람 가운데서 훌륭한 교사 후보를 많이 보아서 하는 말이다.

꿈꾸는 모습으로 사람을 세 가지로 나눌 수 있다. 달리기에 앞서 꿈꾸는 사람, 달리면서 꿈꾸는 사람, 달리고 나서 꿈꾸는 사람이 그것이다. 그 가운데 달리면서 꿈꾸는 사람이 이상적이다. 그는 계획과 실천을 동시에 수행한다. 요즘처럼 변수가 많고 상황이 돌변할 때는 그런 인간이 성공할 가능성이 높다.

현실은 꿈과 다르다. 내 책이 베스트셀러가 되기 바랐으나 그 꿈은 빗나갔다. 내 책이 뜰 만한 여건을 구비하지 못했기 때문이다. 나는 내 책을 띄우려고 여러모로 애쓴다. 현실과 바람이 따로 놀지만, 오늘도 달리면서 꿈을 꾼다. 어제보다 한 걸음이라도 소망에 근접했다고 여기며 나아간다.

꿈은 해보아야 적절한지 안다. 글을 써보면 자신의 수준을 깨닫는다. 나도 책을 출판한 뒤에 내 지식과 경험이 빈약하다는 사실을 절감했다. 그래서 날마다 잘 쓰려고 나를 채찍질한다.

조정래는 동아일보 안영배 기자와 인터뷰하며 "50년을 써도… 늘 무능함을 탄식하는 제례를 치른다."고 했다. 하물며 나처럼 무명한 작가이랴.

책을 쓰는 일은 말할 것도 없고 책을 홍보하고 파는 일도 버겁다. 거액을 지불하고 깨달은 사실인지라 내 책을 사는 사람에게 감사한다. 그 선택에 부응하려고 후속 작품의 품질을 올리는 데 혼신의 힘을 다한다. 그것도 모르고 내 책이 시원찮다고 무시하는 사람이 있는데 그 또한 견디며 날마다 읽고 쓴다.

나는 달리면서 꿈을 꾼다. 늦게 찾은 꿈인지라 애지중지하며 키운다. 늦바람을 몰고 한 걸음씩 정상으로 올라간다. 바람을 맞아야 돌아가는 바람개비처럼 시련을 동력으로 삼아 내 글을 쏟아낸다.

나는 방이 아니라 길에서 꿈을 꾼다. 길에서 달리며 꿈을 이루려 한다. 살면서 얻은 지식과 경험을 참고하여 실행력을 올려 목표를 성취하고 싶다. 현실에 대응하며 목표를 보고 달리면 목표에 이르는 날이 오리라 믿는다.

바닥에서 맨손으로 일어선다

~~~~~~~~~~~~~~~~~~~~~~~~   ~~~~~~~~~~~~~~~~~~

김우중과 윤석금의 공통점은 무엇인가? 월급쟁이에서 시작하여 대기업 총수가 되었다는 점이다. 모두 영업직 출신인데 기업이 망하거나 위기라는 특징도 같다. 둘 다 기업을 후대에 상속하지 못한 채 궁지에 몰렸다. 김우중이 이끌던 대우는 사라졌고, 윤석금이 일으킨 웅진은 작아졌다.

샐러리맨 신화의 주인공 둘 다 월급쟁이들이 꺼리는 영업에서 성공하여 대기업을 일구었다. 그 강점이 경영에서는 약점이 되기도 했다. 그들은 위기를 총체적으로 보지 못했다. 절대긍정에 빠져 기업을 방만하게 경영했다. 판매에 집중하여 위기의 원인을 다각도로 분석하여 적절하게 처방하지 못했다.

영업사원은 개인 사업자와 비슷하다. 물류, 판매, 고객관리, 회계 등을 현장에서 혼자 관리한다. 따라서 그들은 영업을 넘어 사업에 뛰어들어 성공하곤 한다. 다만 영업은 최종 단계요, 단독 작업이라 영업에 치중하면 과정과 협업에 어둡다. 영업직 경험을 대기업 경영에 적용하는 데 한계가 많다. 그런데 인간은 습관적 동물이요, 세 살 버릇이 여든 가는지라 대기업 CEO가 되어서도 초기의 성공

체험을 떨치기 어렵다.

대우는 판매에 치중해서인지 건설, 자동차, 전자 등에서도 그 품질이 낮다는 평가를 받았다. 김우중은 『세계는 넓고 할 일은 많다』고 외쳤으나 제품 경쟁력은 국내에서도 다른 기업에게 뒤졌다. 부채도 많아 외환위기가 닥치자 쓰러졌다. 반면, 웅진은 제품과 직원의 경쟁력이 탁월하여 부도를 냈으나 다시 일어섰다. 대기업으로서 회귀한 사례다. 외환위기 때 30대 재벌 가운데 반쯤이 쓰러졌으나 재기한 업체는 거의 없다. 그로 보아 웅진은 영업뿐 아니라 다른 부문도 견실했다고 하겠다.

영업직 출신 기업인들은 생존에 취약하다. 영업직은 최전방 소총수처럼 자기를 중심으로 위기를 파악한다. 판매가 부진하면 근본 원인을 따져보지 않고 대증요법을 쓴다. 따라서 일부 전투에서 이겨도 전쟁에서 패배하기 일쑤다.

김우중과 윤석금은 창업주처럼 상황을 입체적으로 보지 못했다. 위기를 빨리 감지하지 못하고 판매에 치중하다 넘어졌다. 둘 다 대학을 나와 지식과 인연을 중시하다 난제를 주도적으로 해결하지 못했는지도 모른다.

정주영은 바닥에서 맨몸으로 사업을 일으켰다. 그는 그룹 총수가 되어서도 부유한 노동자라고 자처했다. 그는 막노동에서 시작하여 대기업을 이룩했다. 대기업을 경영할 때도 작업복을 입고 노동자처럼 현장을 누볐다. 그가 발로 뛰며 현장을 누빈 덕분에 현대는 지금까지 생존한다.

정주영은 초졸자로서 대졸자들이 이론을 들어 반대하면 "이봐, 해봤어?" 하고 반문했다. 서산 간척지를 개발할 때는 폐선으로 물막이를 했다. 가방끈이 짧은 탓에 마음대로 생각하고 떠오른 바를 바로 실천했다. 정치에 불만을 품고 대통령 선거에 뛰어들기도 했다. 무엇이든 하고 싶으면 발부터 내밀었다. 해본 다음에 안 되면 또 다른 길을 찾았다. 바닥에서 맨손으로 일어섰으니 넘어져봐야 본전이라고 여기며 모험을 즐겼다. 성공한 경험이 많으니 바닥을 차고 일어서면 그만이라고 보았다. 해본 일이 많아 위기를 만나면 기발한 대안을 내서 극복하곤 했다. 백약이 무효하여 바닥에 쓰러져도 털고 다시 일어섰다.

영업직 출신 경영인은 일머리가 짧아 위기가 닥치면 헤맨다. 후유증을 남겨 대우의 경우, 대우조선과 GM자동차가 20년 넘게 국가에 부담을 준다. 대우조선에는 공적 자금을 15조 안팎 투자했는데 5조 이상 손실이 났으며 그 정상화는 요원하다. 정부도 갈래를 못 타고 밑 빠진 독에 돈을 퍼붓는다. 위기를 극복해본 적이 없는데다 표를 의식해서이다.

누구든 겪은 만큼 배운다. 정주영은 고향이 북한인 데다 초졸 출신이라 매사를 공부로 생각했다. 현장을 학교로 알고 누구에게나 배웠다. 인간관계도 공부로 알아 일하면서 맺은 인연을 소중하게 여겼다. 박정희도 그를 믿고 같이 일했다. 일부에서는 박정희가 정주영을 도왔다고 말하지만 사실은 정주영이 일하는 모습을 보고 박정희가 일을 맡겼다.

성공에서 부모와 대학은 중요한데 그 배경은 대우가 웅진보다 훨씬 낫다. 그런데도 실전에서는 대우가 패했다.

대우그룹 김우중은 연세대를 졸업했다. 그 아버지 김용하는 경성제대를 나와 교사, 교장을 거쳐 제주지사를 지냈다. 박정희의 대구사범학교 은사로서 김우중이 박정희의 은택을 입었다고 본다. 후광으로 성장한 기업은 연약하다. 김우중의 몰락에는 그런 요인도 작용했다고 본다.

웅진 윤석금은 빈농의 아들로 건국대를 나와 도서 영업을 하며 다양한 경험을 쌓았다. 김우중처럼 기업을 합병하여 성장하지 않았다. 영업가와 창업가의 기질을 겸비한 데다 직원과 고객에게 신뢰를 얻어서인지 쓰러졌다 다시 일어났다.

기업가의 생존력에는 모든 자산이 관여한다. 사업체가 클수록 쓰러지면 일어서기 힘들다. 한국에서는 실패자에게 낙인을 찍어 재기하기 어렵다. 그런 점을 아는 터라 창업자는 생존을 목숨처럼 여긴다. 당연히 그들은 생존력이 강하다.

창업주는 새로운 환경에서 생존하려고 꾸준히 사업을 확장한다. 어디에도 매이지 않고 세상의 변화에 따라 길을 낸다. 자신을 믿고 사업을 다각화한다. 다리가 많은 벌레는 넘어지지 않는다고 보는데 세상에서는 문어발 경영을 비난한다. 정부는 기업의 생존력 확보보다 지배력 확장을 우려한다.

바닥을 경험하지 않고 성공한 사람은 회복력이 약하다. 그는 한번 쓰러지면 재기하지 못한다. 쉽게 성공할수록 자기 능력을 과신한다. 슬프게도 성공은 실패의 덫이 되기 쉽다. 자신감이 넘치는 사람은 위기 신호를 지나친다. 성공한 사람은 과거의 업적을 믿고 사업을 확장한다. 환경이 돌변하니 성공 방정식이 달라져 위기를 맞는데 그 해법을 모르면 망한다.

김우중은 실패한 인생인가. 그는 베트남에서 말년에도 자기 사업을 한다. 그와 함께 일한 사람들이 여기저기서 두각을 드러낸다. 서정진은 대우그룹에서 구조조정을 담당했던 동료들과 바닥에서 맨손으로 셀트리온을 일으켰다. 그들은 사업이 위기를 만났을 때 대우에서 배운 영업력을 활용했다. 대우에서 배운 영업이 재기의 발판이 되었다. 그런 뜻에서 김우중은 성공한 사람이다.

서정진은 2018년 6월 현재, 이건희에 이어 주식부자 2위에 올랐다. 그는 SKY, 45세, 부자가 아니면 창업하라고 말한다. 기댈 언덕이 없어야 자신만 믿고 초능력을 발휘한다는 말이다. 맨손으로 바닥에서 일어난 사람은 자립정신이 투철하여 어떤 위기도 혼자 돌파한다. 그로 보아 창업에서 정신을 능가하는 배경은 없다. 부모나 학벌은 그다음이다.

창업하기 이전까지 그가 아는 약명은 아스피린밖에 없었다고 한다. 자신을 믿고 맨몸으로 창업하여 대성했다. 그는 몇 년 동안 부도 위험에 시달렸다. 사채업자에게 신체포기각서를 써주고 돈을 빌렸으나 막지 못해 자살을 시도했다. 그는 자살하려는 마음을 생존하는 쪽으로 돌려 바닥을 치고 올랐다.

그는 대우가 쓰러지지 않았다면 창업하지 않았을 터이요, 오늘의 성공신화도 존재하지 않을 것이다. 승자는 환경을 떠나 바닥에서 한 걸음씩 올라가는 사람이다. 기업은 사라져도 기업가 정신은 남는다. 서정진은 김우중과 달리 바닥에서 제약으로 시작했다. 김우중에 견주어 가문이나 학벌이 한미한지라 자신을 믿고 창업했다. 고비를 정신력으로 극복하여 오늘에 이르렀다.

창업할 때는 자신을 믿고 창대하게 시작하나 그 끝은 대개 미약하다. 성경에 나오듯 창업에서는 시작은 미약하나 끝이 창대한 게 낫다. 미국 거대기업이 차고에서 창업했다고 이야기하는 것은 바닥에서 시작하여 큰 뜻을 이뤘다는 말이다.

바닥에서 맨손으로 시작해도 뜻을 이룰 때까지 버틸 수 있어야 꿈을 이룬다. 장사를 시작할 때는 행인이 모두 들어올 것 같지만, 막상 문을 열면 하루에 손님이 한 명도 안 들어온다. 찾아오는 손님에게 정성을 다하여 단골을 만들어내야 사업이 자리를 잡는다.

인간은 자기기만의 달인이다. 자기가 아니라 고객이 매기는 점수가 내 신뢰지수다. 신용평가기관에서 매긴 신용등급이 내 경제 실력이다. 인간의 능력은 개인사는 물론 가족사와 유관하다. 자기신뢰에는 거품이 많으니 타인에게 피드백을 받아보면 좋다.

나를 믿고 십 년 넘게 투자했으나 나는 생각보다 투자 가치가 적었다. 그런 나를 있는 그대로 받아들인 뒤에 꾸준히 읽고 쓴다. 내 신뢰 지수에 맞게 바닥에서 맨손으로 실행력을 높이려 한다. 불리한 부분이 많으니 조건이 좋은 사람보다 실력이 뛰어나야 성공한다고 생각한다.

내가 내야 내 길이다

돌만 지나면 모두 걷는다. 누구도 더 이상 걷는 연습은 안 한다. 남처럼 걸으면 그만인 까닭이다. 걸음을 직업으로 삼으려는 사람은 없다. 경보 말고는 걸음으로 먹고살 길이 없어서다. 이런 세상에서 걸음으로 길을 낸 사람이 있다. 바로 '사단법인 우리땅걷기'의 대표 신정일이 그 주인공이다. 길을 내려고 걸은 게 아니라 걷다 보니 길이 생겼다. 혹자는 그를 현대판 김정호라 부른다. 〈대동여지도〉를 그린 김정호처럼 전국을 누비며 글을 썼기 때문이다.

어떤 사람에게는 여행이 교통수단을 이용하여 목적지에 가서 사진을 찍고 오는 행사다. 옮긴 곳에서 스스로 실시하는 자기 확인을 현장의 견문이나 감상보다 중시한다. 셀카를 찍다 사고가 나서 죽기도 한다. 관람을 방해하기 때문에 여러 나라에서 셀카봉을 금지한다. 하수는 남이 아니라 나를 보러 먼 곳으로 날아간다. 한국에 하수가 많아 외국인들은 한국 여행객을 국제화물이라고 비아냥거린다. 외국까지 라면과 고추장을 가져가 현지 음식을 외면한다. 어디를 갔다 왔느냐가 중요하지 무엇을 보았는지에 마음이 없다. 경치를 영상에 담느라 두뇌를 돌리지 않는다. 집에 돌아오면 남는

건 사진뿐이다. 여행이 아니라 촬영이다. 여행지의 역사나 문화를 체득하는 일은 없다. 유럽을 많이 다녀와도 서구적 도전정신과 문화교양은 알지도 못한다.

신정일은 보통 사람과 달리 입체적으로 여행한다. 주로 국내를 걸어 다니며 오감을 살려 여행한다. 그는 발로 산하를 다니며 역사를 쓴다. 길을 내면서 삶을 누리는 도사다.

그의 정규학력은 초등학교 졸업이 전부다. 두 번이나 아버지가 중학교 입학금을 노름으로 날려버린 까닭이다. 친구들이 중학교에 다닐 때 그는 어머니와 함께 행상을 다녔다. 당시에는 사람들이 물건값을 곡식으로 주는 수가 많았다. 그 곡식을 지고 어머니를 따라다녔다. 지칠수록 짐이 불어나 돌아올 때는 어깨가 무거웠다. 하교하는 친구라도 만나면 쥐구멍에 들어가고 싶었다. 숨을 곳도 없는지라 어머니 뒤에 바짝 달라붙었다. 집에 오면 심신이 고단했으나 앞이 컴컴해 잠을 못 잤다.

가만히 앉아서 또래에게 밀리기는 싫었다. 아버지를 원망하고 신세를 한탄하다 혼자 공부하기로 다짐했다. 중학생 친구들을 생각하며 밤을 새워 독서했다. 동네에서 구할 수 있는 책을 빌려다가 닥치는 대로 읽었다. 40년 이상 독학을 지속하여 책을 만 권 넘게 읽었다. 간판 대신 실력을 쌓은 터라 그 저력은 뛰어나다. 그 힘을 믿고 저술을 시작하여 그 길에서도 남다른 걸음을 보여준다. 지금까지 책을 60권 넘게 썼다.

내가 전북대학교에 다닐 때 그는 대학 근처에서 경양식집을 운영했다. 거기에서 김용택 시인 등을 불러 문화행사를 열곤 했다. 사업을 하면서도 1980년대 중반에 '황토현문화연구소'를 차려 동학을 연구했다. 1989년부터는 문화유산답사 프로그램을 만들어 현재까지 계속한다. 발로 살아온 그와 함께 답사를 하면 역사와 문화에 듬뿍 빠지게 된다.

언젠가 그와 더불어 문경새재를 넘으면서 그에게 거기에 얽힌 역사와 문화를 들었다. 과거 보러 가는 선비 이야기며, 조선군과 왜군의 전쟁 비화를 들었다. 시험이나 전쟁은 물론 유배나 도둑도 길과 얽혀 있었다. 자영업을 해본 데다 사람을 두루 만난 터라 세상을 넓고 깊게 본다. 그는 한국의 10대 강을 걸어서 누볐다. 육로는 영남대로와 삼남대로를 답사했다. 전국에 흩어져 있는 산 400여 곳을 올랐다. 발로 얻은 지식과 경험을 바탕으로 옛날 이름을 되살리는 일도 한다.

그는 방외지사(方外之士)라는 말을 좋아한다. 재야의 선비답게 전국을 순례하며 자기 지평을 열었으니 '길 위의 철학자'라 부를 만하다. 올해는 자연과 더불어 걸어온 인생 여정을 『길 위에서 배운 것들』에 담았다. 거기에서 그는 스승이 따로 없어 책과 길에서 세상의 이치를 배웠다고 말한다.

전국을 다니는 동안 우리 강산을 사진기에 담았다. 통합적 시야로 사물을 바라보는지라 그 영상은 품격이 높다. 그 가치를 네이버에서 인정하여 그에게 저작권료를 주고 그 작품을 사용한다. 오래 걷다 보니 이런 일도 생긴다고 하면서 기뻐했다. 길에서 보너스를 받은 셈이다.

그는 보약(步藥)이 보약(補藥)보다 낫다고 한다. 걷는 약이 먹는 약보다 뛰어나다는 말이다. 강을 따라가는 보약(步藥)을 최고로 친다. 인생을 닮은 강물을 보며 걷기를 좋아하는 까닭이다. 물처럼 파인 곳은 메우고 막힌 데는 돌아서 살아온 터라 그런 것 같다. 섬진강을 따라 걸으면 지리산이 이야기하고 화개장터에 가면 전라도와 경상도가 만난다.

문명은 강에서 발생했으며, 역사는 강처럼 흘러간다. 어원상으로 라이벌(Rival)은 강을 놓고 다투는 사이다. 물은 인간의 생명줄인지라 도읍을 정하거나 전쟁을 벌일 때도 강을 중시했다. 강은 젖줄이자 터전이요, 진지이자 무덤이다. 생사고락이 녹아 흐르는 강을 따라 걸으며 신정일은 물처럼 자연스럽게 살아간다.

초등학교 졸업자가 역사서를 내니까 교수들이 문제를 제기한다고 한다. 역사는 관점에 따라 달리 해석할 수 있으니 그와 다른 주장을 펼 수 있다. 그런데 교수들이 논리적으로 반박하는 게 아니라 논문이나 읽고 책을 쓰느냐고 무시한다는 것이다. 관련 논문은 되도록 찾아서 읽는데 특수한 근거를 들이대며 폄하하니 기분이 나쁘다고 했다. 정말 터무니없는 트집이다. 교양서적을 학문적으로 재단하니 우스울 뿐이다.

논문보다 저서가 훨씬 뛰어나다. 소논문은 저서에 견줄 수 없으며, 학위논문도 9할은 보고서 수준이라 대부분 저서에 못 미친다. 청문회에서 보듯이 명문대 교수도 논문을 쓸 때 표절을 많이 한다. 신정일의 저서는 분량과 품질은 물론 독자에서도 논문을 압도한다. 그는 전공에 매인 교수보다 종합적 안목을 지녔다. 더구나 학자는 성과로 말한다. 세상에서 가장 쉬운 일이 비판 아닌가.

같은 업적이라면 초등학교를 졸업한 신정일이 교수보다 탁월하다. 그보다 성과에서 뒤진 교수라면 그를 비판할 자격도 없다. 올라온 높이로 재면 그를 뛰어넘을 교수는 드물다. 제 발로 길을 만들었으니 그야말로 광야의 교수다.

이 말이 자격지심에서 나왔다고 본다면 네이버에서 교수 출신으로 청와대에서 일하는 장하성과 신정일의 저서를 검색해보기 바란다. 저서의 양과 질을 견주면 우열이 바로 드러난다. 학자는 성과로 말하는데 우리가 간판과 직위에 휘둘리다 보니 무능력자가 판친다.

대부분의 교수는 제 길을 내기는커녕 길을 닦으려는 마음도 없다. 교수가 길은 내지 않고 성을 쌓으니까 대학이 추락한다. 교수의 다수가 우리 현실에 맞지도 않는 외국 이론을 수입하는 보따리 장수에 그친다. 요즘 신규교수는 대략 40대 중반에 채용이 되는데 그때까지 공부하느라고 못해본 놀이에 빠지기도 한다. 때문에 정년이 되도록 읽을 만한 저서를 한 권도 못 내기 일쑤다. 남이 만든 자리에 들어가는 일을 인생의 목표로 삼으니 교수가 되면 심신이 풀려 공부도 안 한다. 괜찮은 학자는 교수 가운데 2할이나 될까.

우스개로 변호사는 본가, 의사는 처가, 교수는 자기만 좋은 직업이라고 말한다. 사실은 자기에게도 나쁜 교수가 있다. 공부도 안 하면서 제자를 괴롭히는 교수가 그렇다. 자기뿐 아니라 제자와 다른 교수, 나아가 대학을 훼손하는 까닭이다. 대학에는 괜찮은 교수도 있으나 밥값을 못하는 교수도 있다. 대체로 밥값을 하나 참스승은 드물다.

신정일은 재야의 학자로서 방외에서 약자에게 힘을 준다. 그는 학교가 아니라 길에서 공부하여 자유교수가 되었다. 그런 다음에 말과 글로 세상을 혁신한다. 그보다 좋은 길도 드물다. 칠순을 바라보며 그는 '슬픔도 아픔도 길이 된다'고 역설한다.

신정일은 남이 가지 않는 곳에 길을 닦았다. 그는 걸음으로 길을 찾았기에 오늘도 걷는다. 걸으면서 저술하여 학계에 흔적을 남겼다. 숨은 역사와 문화를 찾아 세상에 알린다.

어떤 일이든 뜻을 가지고 꾸준히 하면 길이 된다. 고수는 자기 길을 낸다. 내가 내야 내 길이다. 남이 낸 길은 내 길이 아니다. 남이 낸 길을 가면서 제 길을 닦는 사람을 깔보는 사람이야말로 하수다. 고수는 스스로 길을 내고 그 길에서 밥을 번다. 그 양식을 남과 나눠 먹으면 금상첨화다.

길을 내려고 의도하지 않아도 걸어가면 길이 된다. 장자가 말한 도행지이성(道行之而成)이 바로 이것이다. 길은 찾을 게 아니라 한 걸음씩 걸어가며 만들어야 한다. 험산심곡(險山深谷)을 만나도 앞으로 나아가면 길이 열린다. 그 길을 수십 년 걸어가면 고수가 된다. 죽고 나서 수백 년이 지나 그 길이 옳다는 소리를 들은 위인도 많다. 그야말로 죽어서도 길을 닦은 사람이다.

나는 나를 믿는다. 잘나서가 아니라 못나서, 나마저 저버리면 쓰러질 것 같아서다. 나를 굳게 믿었기에 배고픈 속에서도 11년째 읽고 쓰며 살아왔다.

불안을 헤치며 오늘도 나를 믿고 나아간다. 자신감이 모자라 불안과 열등감 따위에 시달렸다. 나를 못 믿으니 누가 나무라지 않는데도 나쁜 느낌에 사로잡혀 살았다. 부정적인 감정에 신경을 쓰다보니 되는 일이 없었다. 이제는 자신감을 충전하며 읽고 쓴다.

성공은 나를 믿는 데서 비롯한다. 자신을 믿으면 내 조건에 맞는 곳으로 가서 재능을 살린다. 스스로 믿는지라 위기를 넘어 꿈을 이룬다. 자신을 믿는 사람은 냉정하게 현실을 직시한 다음에 한 발씩 목표를 보고 걷는다.

나는 성패를 거듭하다 쉰 살에 작가로 나섰다. 내 능력을 과대하게 평가하여 오래 고생했으나 나를 믿고 나아간다. 시행착오를 겪으며 실력을 쌓아 열매를 거두려 한다.

자신감이 있으니 누가 뭐래도 내 길로 나아간다. 남의 말을 비판적으로 수용하여 바람직하게 살아간다.

자신감은 성패를 겪으며 구축한다. 심신에는 자신감을 살리는 기능이 있으므로 성공과 실패를 인생의 일부라고 믿으면 자신감이 살아난다.

남은 나를 믿지 않을 뿐만 아니라 나를 나라고 불러도 싫어한다. 기득권은 나를 버리고 자기에게 복종하라고 강요한다. 상하질서에 기대어 편안하게 살려는 음모다. 개인이 사회체제에 맞서기 힘들지만, 기득권의 음모를 알고 자신감을 견지하면 기득권이 방해해도 꿈을 이룬다.

나는 나와 남을 도우려고 저술한다. 11년째 노력했지만, 아직도 글로 일용할 양식을 못 번다. 환갑을 맞아 다시 세상에 책을 내놓는다. 저술에 전념한 뒤에 네 번째로 펴내는 책이다.

그동안 내 책이 얼마나 팔렸을까. 이 책 이전에 출간한 세 권을 더해도 삼천 권도 안 팔렸을 터이다. 20대가 첫 책으로 뜨는 것을 보면 자신감이 살짝 흔들린다. 그렇다고 백전노장이 절필하고 다른 길로 가겠는가. 나는 그런 사람이 아니다. 나를 믿는지라 다음 책을 쓴다. 지금까지 많이 연습했으니 뒤에 나오는 책은 이보다 더 뜨기 바란다. 과거를 잊고 미래로 가려고 내 책을 읽기보다 새 책을 쓴다.

논술학원에서 나는 학생들에게 논술 실력은 자기가 써낸 원고지 높이만큼 오른다고 말하곤 했다. 학생들은 내가 말한 대로 실력이 향상한 것 같은데 막상 내가 써보니 원고지를 키보다 높게 쌓아도 글쓰기 실력은 발바닥에 머문 듯하다. 학생들에게는 입으로 가볍게 말했는데 스스로 실천하려니 손이 무겁다.

학생도 이전에 쌓은 배경지식과 사고능력이 빼어나면 성적이 빨리 올랐다. 나는 나이가 많으나 저술 공부가 부실하여 발전 속도가 느린 것 같다. 십 년 넘게 읽고 썼으니 내가 말한 대로 이루리라 믿는다.

내가 낸 길만이 내 길이다. 나는 나를 믿고 내 길을 낸다. 힘들고 두려워도 내 길로 간다. 나를 믿고 길을 뚫어 남도 다닐 수 있도록 하고 싶다.

거인은 자신을 믿고 바닥에서 맨손으로 일어선다. 넘어지면 바닥을 짚고 다시 일어난다. 그 길에서 여러모로 배우는지라 위기도 슬기롭게 극복한다.

개천에서 나온 용이 세상을 바꾼다. 사람들이 개천에서는 미꾸라지도 살기 어렵다고 할 때 그들은 경쟁력을 기른다. 십 년을 하루같이 날아오르는 연습을 한다.

자기에게 투자하면 잃는 법이 없다. 실패해도 그 원인을 분석하여 적절하게 대처하면 뒤에 많이 얻는다. 사실, 성공과 실패는 하나다. 실패를 거쳐 성공하고, 성공을 지나 실패한다. 실패에서 지혜와 통찰을 얻으면 대성한다. 거인은 실패를 디딤돌로 삼아 성공한다.

신념과 열망을 가지고 달리는 사람이 목표에 도달한다. 지식과 경험이 빈약한 데다 재력과 지력이 부족한데 실패하면 재기하기 어렵다. 의지를 자산으로 삼아 다시 시도하는 사람이 성공한다. 고수

는 자신감을 갖고 진로를 수정하면서 꿈을 이룬다. 책상에서 사업
계획서를 쓰기보다 현장에서 전단지를 돌린다.

자신이 재능을 계발할 수 있다고 믿는 사람은 끊임없이 노력하
여 성공한다. 뜻밖에도 스스로 한계를 긋고 실행하지 않는 사람이
많다. 그런 사람은 남이 도전하는 일도 부정적으로 생각한다. 남까
지 실패하도록 방해하는 것이다.

인생성형은 시행착오를 겪으며 삶을 갈고닦는 일이다. 만인이 반
대해도 자신을 안고 가는 사람이 삶을 멋지게 가꾼다. 나도 가족
마저 반신반의하지만 나를 믿고 꿈을 이루려 한다. 자식의 자유를
보장하려고 두 아들의 이름은 가명을 사용했다.

나는 독서와 저술을 여생의 과제로 삼았다. 내 글이 나와 남에게
힘을 주기 바란다. 나와 글이 함께 자라기 바라며 글을 쓴다.

날마다 나는 내 인생을 성형한다. 가족과 부모, 형제도 내가 뜨
기 바랄뿐더러 하늘에 계신 아버지도 나를 응원하니 내 꿈을 이루
려고 애쓴다.

이 책을 쓰면서 자신감을 얻었으니 다음에는 이보다 더 좋은 책
을 내리라 믿는다.